TEXAS BY THE TAIL
JIM THOMPSON

テキサスのふたり

ジム・トンプスン
田村義進 訳

文遊社

テキサスのふたり

テキサスのふたり　登場人物

ミッチ・コーリー　ギャンブラー
レッド　ミッチの恋人
テディ　ミッチの妻
ターケルソン　ヒューストンのホテルの副支配人
ウィンフィールド・ロード・ジュニア　テキサスの富豪
フランク・ダウニング　ダラス郊外のカジノ経営者
ジェイク・ゼアースデール　ヒューストンの大企業経営者
リー・エーガット　ヒューストンの銀行員
サミュエル　ミッチとテディの息子

1

綿ぼこりのような煙草の煙が四人の男のまわりに漂い、上物のバーボンのほのかな香りとまざりあいつつ、ときおり口をついて出る汚い言葉とともに舞い散らばっていく。フォートワース名物〝ロデオと家畜の品評会〟の最終日の夜。そこはホテルでいちばん高い部屋で、一泊三十ドルもする。けれども、そこに泊まっている客からしたら安いものだ。

隣の男が最初のサイコロで負けると、ミッチ・コーリーは財布を取りだし、そのなかを野暮ったい金属縁の眼鏡ごしにこっそり覗きこんだ。彼はここフォートワースで山出しのおのぼりさん役を演じている。大海を知らぬ蛙《かわず》、田舎町の小金持ちというわけだ。カウボーイハット、サイズのあわないスーツ、シルクのシャツ、紐タイ。そしてそのような格好に見あった物腰。財布からほかの三人の男へおずおずと視線を移すさまは、実年齢の三十五より十五歳は上に見える。

「どうだろう、みんな。賭け金は二百ドルにしようと思ってるんだが」と、ミッチは言った。

「二百?」赤ら顔の掘削業者が鼻で嗤《わら》った。「おいおい。二千の間違いじゃないのかい」

「そうとも。いったいどういうつもりなんだ」畜牛のバイヤーの眉間には皺が寄っている。「これはクラップスなんだぜ。ちょいとセコすぎるんじゃないか」

男たちはいらだちを募らせたが、ミッチはかまわず、ひとしきりためらってから二十ドル札を五枚ゆっくりベッドの上に置いた。「悪いけど百にしとくよ。今夜はついてない気がするんだ」

舌打ちと毒づきの声があがる。油井の採掘権の転売屋が大いなる辛抱強さを発揮して、ゲームから降りたらどうかと勧める。「あんたにクラップスは無理なんじゃないか、コーリー。故郷のパンケーキ屋なりどこなりに戻って、村長さんと数セントを賭けてコイン・トスのゲームをしてたほうがいいんじゃないか」

「そりゃないだろ」ミッチはぼやいた。「今日はもう三百ドルも負けてるんだぜ。そいつを取りもどさなきゃ」

「だったら、さっさとやれよ。やらないのなら、とっととうせろ」

いまやろうとしてるところじゃないか。しょうがない。二百でいくよ。ミッチはそう言って、また財布をあけ、また百ドルを数えながら、腕時計にちらっと目をやった。あと八分。一儲けして、ずらかるまで、まだ八分ある。少し時間稼ぎをしなければならない。

不器用な手つきで二個のサイコロを取り、わざとひとつを床に落とす。そこまでに稼げた時間は一分。まだ七分残っている。また財布を引っぱりだす。これで三度目だ。

「まいったな」掘削業者が自分の額をぴしゃりと叩いた。「今度はいったいなんだい」

「もう百ドル上乗せするんだよ。セコいやつだと思ってるとしたら、大きな間違いだぜ」

「やれよ。どうせなら五百にしたらどうだ」

ミッチは目を尖らせた。「そんなことできないと思ってるんだな。五百ドルも持ってないと思ってるんだな」

畜牛のバイヤーはげんなりしたような顔をしている。「いい加減にしな、おやっさん」

「よかろう」ミッチは金をベッドに叩きつけた。「五百で勝負してやる」

そして、サイコロを握り、ほかの三人に気づかれないよう指でしかるべき位置に並べる。それから、手のなかで転がす。というか、転がすふりをする。サイコロは実際には位置を変えておらず、当たって音を立てているだけだ。わざとぎこちなくサイコロを振る。

二個の赤いサイコロがベッドにぴんと張られた毛布の上を転がる。出目は6と1。

「あんたの勝ちだ」と、転売屋が言う。「次は勝った分を全部賭けてみろよ、コーリー」

「千ドルを？　千ドル全部ってことかい」

「こんちくしょう！」掘削業者が帽子を放り投げる。「早く賭けろ。賭けないなら、サイコロをこっちによこせ」

ミッチは千ドルを賭けた。サイコロの出目は6と5。これも投げ手の勝ちだ。なじられ、嘲られ、毒づかれ、この次は二千ドル賭けろと煽られる。

「どうってことはないだろ。賭けるのはおれたちの金なんだ」

「わかったよ。賭けりゃいいんだろ」

もう一度サイコロを振ると、このときは毛布の上に4と3の目が出た。ほかの三人はうめき、ミッチは金に手をのばした。

「次は百……いや、五十にしておくよ。かまわないだろ」

もちろん大いにかまうので、みな口を尖らせた。一人勝ちで大金をせしめておいて、そんな端金《はしたがね》はないだろ。

「だけど、四千ドルも？　四千ドルも賭けろって言うのかい」

「おれたちはもう賭けたんだぜ。早くしろ」牛のバイヤーはにべもない。

「うーん。仕方がないなあ」ミッチは心もとなげに言った。「わかったよ。やれやれ」

ミッチはズボンに手をこすりつけて汗を拭い、サイコロを取った。心もとなげなのは、まるっきりの演技というわけではない。どんなに腕のいい外科医でも、一度くらいはメスを滑らせることがある。どんなに熟練したナイフ投げの名人でも、一度くらいは手元が狂うことがある。どんなに高いところが平気な綱渡り師でも、一度くらいは（二度はないが）足を踏みはずすことがある。賽《さい》の目稼業も同じだ。

どんなに技を磨いても、どれだけ練習を積んでも、運を完全に支配することはできない。失敗の確率がゼロになることは決してない。

あと二分。ベッドには八千ドルの金が積まれている。おそらく連中は有り金のほとんどすべてを吐きだしている。としたら、ここいらが潮時だ。引き際はきれいにしなければならない。この次は7も11も駄目だ。そんな露骨な勝ち方はできない。素人《しろうと》なら同じ目が何回出てもかまわないが、プロはもう一工夫しなければならない。

サイコロをカチカチ鳴らし、ぎこちない手つきで振る。そして、渋面をつくる。ほかの三人はせせら笑った。

「4だ。こいつは面白いことになってきやがったぞ」

「まずいな」ミッチはつぶやいた。「うーん。こりゃじつにまずい」

「賭け金を上乗せするかい。コーリー。4が出る確率は一割弱だ」

「それくらい言われなくてもわかってるよ、糞ったれ」ミッチは言い、三人はまた笑った。

ふたつのサイコロの目を足した4は、ジョーと呼ばれていて、出る確率はごく低い。つづいて5はフィービー(つれない女)・ファイブ、6はイージー・シックス(三パターン)、7はクラップス(三パターン、投げ手を交代する)、8はエイター・ディケイター(三パターン)、9はキニーネ(二パターン)、10はビッグ・ディック(二パターン)。11はヘブン・イレブンで、12はボックスカーズと呼ばれているが、二投目以降は勝負に関係しない。オッズは5か9だと三対二。6か8だと六対五。10か4だと二対一だが、出る確率は10のほうが高いと普通は考えられている。

実際のところ、ミッチも4とは相性が悪い。サイコロも相性の悪さがわかっているのか、4の出目はいつも気むずかしげな顔をちらっと見せるだけで、すぐにそっぽを向いてしまう。

「早くしろ、おやっさん。7が出たら、あんたの負けだ」

「そんなに急《せ》かさないでくれよ。いまやろうとしてたところなんだから」

ミッチはサイコロを振った。10だ。4はサイコロの裏側に隠れている。投げ手を続ける。9。つづいて8……5……6。くそっ。レッドはどうした。何をぐずぐずしているんだ。このままじゃ、この場をしのぎきれない。緊張が高まる。神経がぴんと張りつめ――

来た！　合図だ。いつものくぐもった咳ばらいが、ドアのすぐ向こうから聞こえた。ほかの連中には、自分たちの大きな声のせいで聞こえていない。

「次は7だ！　6と1が出たら、おれたちの勝ちだ！」

「早くしな、おやっさん。何をぐずってるんだ」

「ちょっと待ってくれよ。急かさないでくれと言っただろうが」

またズボンで手を拭く。サイコロを握り、セットし、カチカチと音を鳴らす。そして投げる。手に力が入りすぎたような気がして、心のなかで悲鳴をあげる。一週間かけて準備をし、そのためにけっこうな金を使ったのに、すべてがこの一瞬でパーになる。

いまはなすすべもなく毛布の上を転がるサイコロを見つめるしかない。サイコロはいつまでも転がりつづけているように思える。永遠にして一秒。二個のサイコロが同時に二度引っくりかえる。そして、ほんの少し反対方向に動きかけ、だがそこでとまる。

2のゾロ目が上を向いている。

三人の男が反応するまえに、ドアを激しく叩く音がした。三人が思わずそっちのほうを向いた隙に、ミッチは金を掻き集めて、ポケットに突っこんだ。

そこは掘削業者の部屋だった。悪態をついて、部屋を横切り、ドアをあける。「なんだ、いったい――」

「はあ？　誰に向かってそんな口きいてんのよ！」

レッドはつかつかとなかに入ってきて、掘削業者を後ろに突き飛ばした。それから火がつくような視線をほかのふたりの男に投げ、次にミッチに向ける。ミッチは縮みあがった。

「はいはい。見つけたわよ」その視線がテーブルの上のサイコロをとらえる。「またこんなことをしてたの？　パパに言いつけてやる。見てらっしゃい」

「ちがうんだ、これは、ええっと――」ミッチは小さな子供のように身をよじった。「ここに集まっているのは――」

「クズよ。そう。兄さんと同じクズども。さあ、帰りましょ。帰るのよ！」

赤毛、頬骨の突きでた白い顔。気性の激しい女の特徴をすべて備えている。触らぬ神になんとやらだ。けれども、ほかの三人は何やら言いたいことがありそうな顔をしている――おれたちはボロ負けしてるんだ。勝ち逃げは許さない。それくらいの理屈はわかるはずだ。クズ呼ばわりされる筋あいはない。

「わたしはアマリロとビッグ・スプリングにオフィスを構えていて――うわっ！」掘削業者は頬をさすりながら後ずさりした。

レッドは爪を立てて、残るふたりに突進していく。「冗談じゃないわ！　警察を呼んでやる！」声は上ずっている。目は血走っている。

レッドは頭を後ろにそらし、口を大きく開いた。そして嚙みつきかけたとき、ミッチが身体をつかんだ。

「帰るよ。いますぐに帰る。だから落ち着いて……」レッドをドアのほうへ押しやりながら、苦々しげな顔で肩ごしに弁解する。「申しわけない。でも……」

でも、見てのとおりだ。わかるだろ。こんな癇癪持ちが相手じゃ、どうすることもできない。

三人の男が呆気にとられているあいだに、ミッチはドアを閉め、レッドといっしょに急ぎ足で廊下をエレベーターのほうへ向かった。


ふたりの部屋はレッドがチェックアウトをすませていて、ホテルの通用口には、ふたりの荷物を持った黒シャツ姿のポーターが立っていた。

駅へ向かうタクシーのなかで、レッドはミッチに擦り寄り、耳もとでささやきかけた。「寝台車はふたりいっしょの個室を予約しておいたわ。いいでしょ」

ミッチは暗がりのなかで眉をひそめた。「ええ？　おれたちは兄妹ってことになってるのに――」

レッドは気を悪くしたみたいだった。「だいじょうぶよ。予約はホテルを通してないから」

「今夜は遅かったじゃないか」

「わたしが？　そんなことないと思うけど」

「思う思わないの問題じゃない」

レッドはぷいと身体を離した。このままだと本当に怒りだしかねない。そうなると、ちと面倒なことになる。でも、いまはこっちも頭にきている。いざ退散というときに、二分も遅れてくるなんて。時計をきちんと見ていなかったのだろう。おかげでせっかく稼いだ金を持ってかえることができず、大損をこくところだったのだ。なのにこの女は――やれやれ。ガキの脳みそしかないのか。

レッドはごく小さな声で言った。「そういう口のきき方やめてくれる、ミッチ」

「けど、遅れたのは事実だろうが！　おれだってこんな口はききたくないんだ、ハニー、けどよ――」

「ハニーなんて言わないで！」

赤帽のあとについて列車のほうへ向かっているとき、ミッチははっとして駅の時計を見あげ、それから自分の腕時計に目をやった。二分ほど進んでいる。間違っていたのは自分のほうだったのだ。レッドは時間どおりに来た。遅れるはずがない。そんなことは最初からわかっていた。だがしかし、大金のかかった勝負は神経を擦り減らす。しばらくして気が落ち着くまでは誰に対しても手厳しくあたってしまう。大きな勝負をするときは、たとえそれが合法的なものであったとしても、かならずそうなる。自分が知っているギャンブラーはたいてい私生活に破綻をきたしている。公園事務所に勤めながら趣味として小銭を賭けるのなら、気楽なものだ。でも、本職だとそうはいかない。どんな技量の持ち主でも、限界というものがある。一線を越えたら、抑えがきかなくなる。

寝台車の個室で、レールの継ぎ目が立てる小さな音を聞いているうちに、とつぜんムラムラしてきた。それで、ダメ元と思って、遠まわしに詫びを入れ、自分と同じようにストレスのせいで理不尽きわまりないことをした者の例を虚実とりまぜて話しはじめた。

「死んだ親父もそうだった」わざと思いだし笑いをして、「新聞の特集号の請負業をしていてね。仕事をとるために全国各地をまわっていた。電話詐欺室《ボイラールーム》と呼ばれる部屋で、朝から晩まで働きづめだ。電話セールスの陣頭指揮をとったり、自分でむずかしい交渉ごとにあたったり。日が暮れるころになると、親父に声をかけた者はみんなぶん殴られていたよ。そういえば……」

ミッチはため息をついて、話すのをやめ、胸のうちで毒づいた。どうしてこの女はこうなんだ。そんなにひどいことは何も言っていない。自分がみんなから言われていることに比べたら、可愛いものだ。それなのに、どんなに謝っても、なだめても、時間の無駄にしかならない。

意地でも機嫌を直さないつもりだろう。豊満な肉体は閉店状態で、当分のあいだ開きそうもない。向こうも同じくらいやりたがっていることはわかっている。寝台車の個室をひとつしか予約しなかったのだから、それは間違いない。けれども、いまの服の脱ぎ方を見れば、わたしは平気だから、あんたはひとりで悶えてなさいと考えているのはあきらかだ。

いつもは何をとりすましているのかと思うくらいの恥じらいをみせる。同じ部屋で着替えなければならないときはガウンの下で脱ぎ、絶対に見ないでねと念を押す。なのに、拒むときは、与えるつもりのないものをすべて惜しげもなくさらけだす。

ご機嫌斜めのレッド（本名はハリエット。いっちょうまえに！）以上に煽情的なストリップ・ショーを演じられる者はいない。尻のなかばまでパンティをおろし、さりげなく身体の向きを変えて、前も後ろも見えるところはすべて見せる。パンティは尻のなかばにとどまっている。次にブラジャーを取り、乳房をおしげもなくさらけだす。ピンクの乳首、青く透けて見える細い血管。その重みのせいで、華奢に見える（本人はこれっぽっちも華奢ではないが）肩が前にのめっているような感じがする。さらに、わけても虫の居所の悪いときは、両手で乳房を持ちあげて、自分でそれをゆっくりじっくり見つめる。それで、こっちは股間に野球のバットをかまえているような思いをさせられることになる。

今夜はわけても虫の居所の悪いときで、乳房のシーンは完全ノーカット。さらに、小さな下着をかなぐり捨てて、全裸になり、脚を少し開いて立つ。頭を後ろにそらし、豊かな赤い髪を肩の上ろに垂らす。両手をあげて、その髪をふわっと膨らませる。手の動きにあわせて、乳房がかすかに揺れる。それから、頭を前に倒すと、髪は頭の左右にきれいに分かれ、肩を越えて、胸の上にさらさらと広がる。そこでようやくミッチに目を向ける。邪悪な天使のような目。そして、ハスキーな声でささやきかける。

「したい？」

させるつもりなど毛頭ないことはわかっている。それで、ふたつの単語で答えた。人称代名詞と、とびっきり汚い動詞。

「本当に?　ちっとも?」レッドは指を開いて、その量を示した。「これっぽっちも?」

ミッチは低くうめいて、手をぐいとのばした。降参だ。

すると、さっき投げつけたふたつの単語がかえってきた。

そして、レッドは上の寝台にあがり、すっぽりと毛布をかぶった。

しばらくして、ミッチも下の寝台で眠りについた。夢に出てきたのは、なぜかレッドではなく、父親だった。夢のなかで、父は気むずかしい人間のように言われたことに腹を立てていた。自分は理不尽なことなどしていない。なんにもしていない。

たしかにそのとおりだ。もろもろ考えあわせると……

2

コーリー・シニアの人生で、本当に気の休まるときはほとんどなかった。有能な電話営業マンの陣頭指揮をとり、彼ら二人分の二倍の仕事をこなし、さらには特集号を発行する新聞社の新規開拓にも余念がない。それはどんな聖人君子でも悪態をつかずにいられないストレス満載の仕事だ。新聞社の幹部連中は小賢しく、根っからのひねくれ者で、どんな巧みなセールス・トークにでもケチをつける才能を有している。ミッチがそのことを知っていたのは、仕事を取るための挨拶まわりにいつも母親（気が短く、神経質で、口達者）といっしょに連れていかれたからだ。父が訪問先で話して聞かせるところによると、他人の土地に足を踏みいれようとしているのがどういう人間なのかを知ってもらうためらしい。決しておかしな者じゃありません。どこにでもいるごく普通のアメリカ人一家です。この言葉を合図に、ミッチは相手の手を握り、おじさんちにも子供はいるの？　と可愛らしい声で尋ねる。それからさっと脇に寄り、母にお鉢をまわす。母は馬乗りにならんばかりの勢いで前に進みでて、歯の浮くようなお世辞を並べたてる。そして、相手が逃げだすまえに（実際に逃げだそうとした者も何人かいた）、父の売りこみ口上が始まる。

じつのところ五回のうち三回は断わられるのだが、誰にとってもノーと言うのはそんなに簡単なことではない。売りこみの口上には反論の余地がなく、その語り口調と身振りには催眠術のような効果がある。

相手には決して目をそらさせない。立て板に水のような緩急自在の弁舌に辟易して目をそらしかけたら、必要な方向に身体を動かし、場合によっては床に頭がつきそうになるくらい前かがみになって、ふたたび相手の目を正面からとらえる。そうしておいて、みずからはまたたきひとつせずに、口上にあわせて頭を小さく揺すりはじめる。前に、後ろに。言葉を途切れさせることなく。話しながら揺すり。一言に一揺れ。一言に一揺れ。前に後ろに。前に後ろに。ミッチが目をそらし、父の姿と声を遮断できるようになるのは後年のことで、それまでは目が虚ろになり、身体が麻痺するような感覚に襲われるのがつねだった。

実際のところ、目をあわせていなくても、さらには聞いていなくても、それがどんな話かはわかる。パターンはいつも決まっている。それは長年にわたってクライアントと度重なる鍔迫りあいを繰りかえしているうちに少しずつできあがっていったものだ。

「おっしゃるとおりです」と、父は弁じる。「おっしゃるとおり、ご自分で特集号を出すこともできます。ご自分でスーツを仕立てることもできるし、家を建てることもできる。でも、そんなことはしません。しませんよね。なぜかというと、その道のプロじゃないからです。そんなことは誰でもわかっています。失敗したくなければ、その道のプロにまかせるのがいちばんで……」

またこんなふうに言いくるめることもある。

「よくぞおっしゃってくださった。そうなんです。そうなんですよ。特集号を出したら、そのあとはひとつの広告も取れなくなる営業マンが新聞社にいるのは事実です。一年間からっきしってわけです。言い訳は決まっています。こういう田舎町じゃ、広告費は限られている。だから、特集号にその金を使ったら、日刊紙に広告を出すことができなくなるってわけです。そうなんです。わたしはそういう営業マンを何人も見てきました。言い訳だけは達者なんです。そういった戯言《たわごと》に手もなく丸めこまれている経営者も、わたしは何人か見ています。阿呆です。そんな浅知恵しか持たない者に新聞社の社主の資格はありません。安食堂のおやじがいいところです。でも、あなたがそういった経営者で、もちろん実際はちがいますが、そういった営業マンをかかえていたとしても、なんの問題もありません。広告は特集号にまとめて出せばいい。日刊紙に何度もちまちまと出すんじゃなくて……」

さらには、こういったパターンもある。

「なーるほど。豪気ですねえ。そういう方はなかなかいませんよ。いまかかえている分だけで充分ってわけですね。だからなんですね。長年の実績があり、二百社近い新聞社から支持されている、わたしの提案に興味を示していただけないのは。いや、ご立派。御社ほどの幸運に恵まれていないライバル会社がこの金脈に目をつけないことを祈ってますよ。先週も、新しい試みに挑戦したいとおっしゃった方と話をしたばかりでして……」

エトセトラ、エトセトラ。

二度目以降は営業を必要としないところもあった。黙っていても、年に一回、多くのところは二年に一回ずつ、向こうから依頼が来るのだ。だが、仕事はその分かえって忙しくなる。空いた時間は別の仕事で埋めなければならず、のんびりしているわけにはいかない。しなければならないことは多く、わけても大事なのは人材を確保することだった。優秀な営業のプロがいなければ、商売はあがったりになる。

彼らは仕事にありつくと月に数千ドル稼ぐ。仕事がない一年の三分の二ほどは、近くの大きな街へ行って、酒と女に明け暮れ、無一文になったあたりで、たいていはコーリーのような男から連絡が入ることになる。彼らに前払い金を送ってやることもたびたびあった。だが、ひとも金も戻ってくることはめったになかった。戻ってきたはいいが、仕事より病院での治療が必要という者も珍しくなかった。それでも、最終的には頭数が揃い、歯車は動きだす。

頭数は、町の規模によるが、だいたい六人から十二人。オフィスは安く借りることができる空き倉庫だ。備品は段ボール箱と木箱、それに電話だけ。ちらっとなかを覗けば、電話詐欺部屋《ボイラールーム》と呼ばれる理由がわかる。ひっきりなしに鳴る電話の音と、途切れることのない電話セールスのくぐもった声。それを聞けば、しばしば毒づく声があがるのも、煙草の煙がもうもうと立ちこめているのも、それぞれの手元に栓のあいたウィスキーのボトルがあるのも納得がいく。それでも、みな楽しそうにしている。粗野だが、気のいい男たちばかりだ。

電話中に、いきなりミッチに受話器を突きだすこともある。この野郎の耳に小便をぶっかけたいかい、坊や。あるいは、送話口を一瞬手で覆って、ふざけるな、ボケナス！　ドジを踏み、平謝りをすることもある。いいえ、まさか、マダム。そんなことを言うわけないですよ。いえね、ここに年配の紳士が来てましてね。世界一周の旅行がしたいって言うんです。いまちょうどお帰りになるところなんですがね。いちばん安あがりな方法を訊かれたもんで、こう答えたんですよ。船《シップ》ってね。糞《シット》ったれじゃなくて……

そこには笑いと興奮があった。でかいヤマを踏んでいるという自負と、でかい金を動かしているという実感があった。機転と話術が魔法の扉を開いているとみな思っていた。けれども、いつも両親といっしょにいるミッチにはわかっていた。そこにあるのは実体ではなく、幻影であり、危険に満ちた紛《まが》い物の成功なのだ。男たちが心身を擦り減らして挑んでいるのはまやかしのレースで、もちろんたまには勝つこともある。一日に一ドルの貯金を続ければ、百万日後には大金持ちになれる。

父は日に幾度となくオフィスに顔を出すが、だいたいは外に出ていた。一方、妻のヘレン（愛称はダッチ、公爵夫人《ダッチェス》から）はオフィスにこもり、営業成績をチェックしたり、たまにみずから電話をしたり、あとは部屋を歩きまわって、どこかにあるいは誰かにおかしなところはないか目を光らせたりしていた。

身体は小ぶりだが、服はいつもパツパツ。スカートにはいつも丸い尻のかたちがくっきりと浮かびあがり、ブラウスの胸もとは豊満なバストではち切れそうになっていた。せわしない足取り、歯に衣を着せぬ物言い。いまここにいたかと思えば、もうあっちにいる。ときおり、腰をかがめて、なんの気なしに（なんの気なしに?）営業マンの肩に手を置き、煙草の火をもらったり、電話でのやりとりに耳を傾けたりする。脚が疲れたときには（とは、本人の弁だが）、営業マンがすわっている椅子がわりの木箱に尻と尻をくっつけて腰かける。

昼間はずっと男けに取り囲まれていた。男たちのあけすけな会話、男たちのむさくるしい風体、男たちの甘くきつい体臭、男たちの荒々しい優しさ。けれども、夜、ホテルの部屋に戻ると、そういう場所のすべてが暗示的で、タオルや便器、ベッドの枠の太いパイプ、天井の吊りさげランプ、さらにはテーブルの脚まで男根の象徴のように思えるのに、そこに男はいなかった。男けはまったくなかった。

コーリーとその妻はそれぞれの役割を分担しつつ、生活は基本的にともにしていた。だが、夫が枯れていくのに対して、妻のほうはなお盛んで、夫が失ったものが、すべて妻へまわっていくみたいだった。ある日の深夜、続き部屋でミッチが眠っているはずのとき、ふたりは激しく虚しい口論をしていた。

「頼むから、ダッチ……」

「いいから答えて。これはなんのためにあるか知ってるの？　これが何をするためのものか知ってるの？」

「あのな、ハニー……」

「やめて！　冗談じゃないわ！　やるんなら最後までやって！」

「この生活が悪いんだよ、ダッチ。住みいいところを見つけて落ち着こう」

「馬鹿馬鹿しい。いまのこの生活のいったいどこが悪いのよ」

「嘘じゃない。新しい仕事を見つける。今度はカタギの仕事にする」

「やめてちょうだい。なにがカタギの仕事よ。サハラ砂漠で砂を売るつもり?」

たぶんそうなんだろう。あぶく銭を稼げるところは、山の上と同じで、足場が悪いし、空気も薄い。肺から弾力が失われ、だんだん息苦しくなってくる。それでも下界で暮らせないことは、コーリー自身にもよくわかっているはずだった。若いころでも無理だったのだ。いまはもう若くない。

ミッチはおおよそ二カ月おきに学校を変わった。転校生だし、明るく、人柄もよさそうなので、ほかの普通の生徒や、より出来の悪い生徒のように、学校からお小言をちょうだいすることはなかった。どうせまた数週間でいなくなるのだ。礼儀正しくて、頭も悪くない。同学年の者より優れていると思える点は多々ある。いまここで事を荒だてて、いやな思いをさせることはない。いやな思いはこれまでいやというほど経験してきているにちがいないから。ただ、きちんと授業を受け、やるべきことをやってくれたら……

やばいことになったのは高校二年のときだった。昼間からやっているストリップ小屋にいるところを補導員に見つけられ、さぼり癖を両親に知られることになったのだ。ふたりはそれぞれ持ち前の反応を示した。

母は突っかかってきて、肩を激しく揺さぶりながら、尻を水膨れができるまで叩いてやると凄んだ。本気でそうするつもりだった。

父は言った。脳ミソは尻にあるんじゃない。理屈でわからせなきゃ。そして、ミッチを自分の前に立たせた。「いいか、おまえにひとつ訊いておきたいことがある。これはどうしても訊いておかなきゃならないことだ。こら、どこを見てる！　質問はひとつ。おまえはこれからどんな人生を送りたいと思ってるのか」――首を振り振り――「それはどんな人生なのか。おまえは教育を受ける気でいるのか」――首を振り振り――「利口になるのか。馬鹿のままでいるのか。それはおまえ次第だ。いいか、おまえ次第なんだ。肘かけ椅子か、箒《ほうき》か。肘かけ椅子にふんぞりかえって、美人秘書にかしずかれるか。おまえにはそれができる」――首を振り振り――「それとも、箒を持って、溝《どぶ》の馬糞さらいをするか。さあ、どっちだ」

ミッチは求められていた返事をした。父は母の強い反対を押しきって、五十ドル札をミッチに渡した。

「これは教育の証しだ。いいか、教育は金だ。金があればなんでもできる。おまえは今日ここで何かを学んだ。そのおかげで、こうして金を手に入れることができたんだ」

その五十ドルはすぐさまホテルの従業員の更衣室でサイコロ賭博に消えた。母は典型的な反応を示した。父も同じだった。

「信じられん。結局のところ、おまえの脳ミソは尻にあったわけだ。やれやれ。おまえは箒の柄を手にしかかってるんだぞ。情けない」――首を振り振り――「おまえはサイコロを思いのままに操れる人間がいるってことを知らないのか。誰だって少し練習すりゃ、思いどおりの目を出せるんだ」

「でも、あの部屋にそんなことができる者はいなかったよ」

「おまえが知らないだけなんだ。おまえはサイコロのことを何も知らない。それは証明ずみだ。いいか、おまえは自分でそのことを証明したんだ」――首を振り振り――「おまえが自分の足に小便をひっかけるのは、便器が見えていないからだ。だったら、しゃがんで用を足せ。便器の前でしゃがんで用を足すんだ。でなきゃ、教育という明かりのスイッチが見つかるまで、小便を我慢しろ。いやはや。これじゃ、先が思いやられるよ」――首を振り振り――「本当に先が思いやられる。おまえにはすでに箒の影がかかっている。馬糞の臭いがする」

父は息子の高校卒業を待たずに死んだ。母は息子を激しく揺すり、むんずと抱きしめ、おいおい泣き、静かに遺体を荼毘に付した。ホテルに戻ってからは、長いこと鏡を覗きこんでいた。それから、心配そうな顔で自分は四十二歳に見えるかとミッチに訊いた。

ここは軽く受け流すのが正解だと考え、四十二歳には見えない、せいぜい四十一歳と十一ヵ月ってところだと答えた。

ダッチはまた涙にくれ、投げつけるものを探した。「よくもそんなことが言えたもんね。お父さんがお墓の下で冷たくなっているっていうのに」

「骨壷のなかで茹であがっているかも……いや、冗談だよ。冗談」ミッチはあわてて身をかわした。

「もちろん四十一歳にも見えない。ぜんぜん見えない。三十四歳か五歳で通る」

「本当に？　口先だけじゃないでしょうね」顔が晴れ、また曇る。「でも、だからどうなのよ。いまの仕事をひとりでこなすのは無理。新しい男が見つかればいいんだけど、あんたがいたんじゃ、それもむずかしいし」

「そうか。だったら、ぼくは窓から飛びおりたほうがいいってことだね」

「そうね。でも、あんたは高校を卒業しなきゃならないし、母さんは次の出会いの場を見つけなきゃならない。あせったら、ろくなのが引っかからないからね。でも、だからといって、再婚するってことじゃないのよ、もちろん」

「そりゃ、もちろん」

「なによ、その言い方。あんたが利口なことはわかってるわ。だったら、母さんを困らせる以外のことを考えたらどうなの」

ミッチは肩をすくめた。そして、提案した。自分はひとりでここに残るから、母さんは好きなところに行けばいい。このホテルにはずいぶん長くいるので、経営者も目をかけてくれている。健康な若者なら、ホテルでできる仕事はいくらでもある。アルバイトのようなかたちで雇ってもらえるなら、高校を卒業するくらいのことは簡単にできるだろう。

「すごい！　それって最高じゃないの」母は手を叩いて喜んだ。「雇ってもらえるかどうかすぐに尋ねてみなさい」

次に母に会ったのは五年後だった。そのあいだに母は再婚し、ミッチも結婚していた。ミッチには妻がいる。いまもいる。だが、レッドはそう思っていない。本当は妻がいる。いまもまだ……夢のなかで、ミッチは身をよじった。規則正しいレールの継ぎ目の音にあわせて、つねに頭の片隅にこびりついている恐ろしい言葉が聞こえてきた。もしレッドに知られたら、もし金がぎっしり詰まっているはずの貸し金庫がほとんど空っぽだとわかったら——

殺される。間違いなく殺される。レッドは本当にやる女だ。

3

ヒューストン。

もっとも黒い土、もっとも善良《ホワイト》な人々。

赤の他人などいない街。

一説によると、テキサス州が南に傾いたとき、善意の持ち主だけがヒューストンに流されてきたらしい。別の一説によると、ヒューストンはほかの街が口先で言うだけのことを実行し、決して口に出さない。そこの住人は富をひけらかしたりしない。何百万ドルという金を大学や慈善団体に寄付しても、それは当然の行為であるとして、その気前のよさを取りざたされることを好まない。

ヒューストンは南にあり、そこには南の美点がすべて詰まっている。勇敢さ、寛大さ、親切心。フォートワースは西にあり、ダラスは東にあり、そしてヒューストンは南にある。そこが南であることをゆめ忘れるなかれ。

誰よりも善良な人々(実際にそう謳われている)。赤の他人などいない街(これも実際に謳われている)。この〝善良〟という言葉もゆめ忘れるなかれ。とりわけ自分がその括《くく》りに当てはまらないときには。

——翌朝、ヒューストンで列車から降りたときも、レッドはまだぷりぷり怒っていた。そこでも、ふたりの姿はいやでも人目につき、その後ろには妬みと憧れのまなざしがあった。男はほっそりした身体に、りゅうとした身なりで、こめかみの白い髪さえ洒落て見える。女の身だしなみも非の打ちどころがなく、赤い髪を高く品よくまとめ、馬鹿でかい銀色のクロテンの毛皮を肩にかけている。

手袋を着けた手は当然のことのようにミッチの腕にかけられている。だが、それはエチケットに反することをしたくなかったからであり、形だけのものでしかない。ときおり浮かぶ笑みも上べだけのもので、ミッチの言葉にごくおざなりに反応しているにすぎない。

ミッチは思った。ここらで一発かましておいたほうがいい。このままだと、レッドは怒りを募らせるばかりで、逆に一発かまされることになる。

駅舎に入ると、ミッチはレッドとポーターにちょっと待っていてくれと言って、電話ボックスに入り、電話帳を開いた。それから用をすませて電話ボックスを出るまで少し時間がかかった。レッドは待たされたことにいらだち、怪訝そうな顔をしていたが、もちろん何も言いはしなかった。

タクシーに乗ってしばらく行ったところで、レッドは方角がちがうことに気づき、ミッチのほうを向いた。

「どういうこと？　ダウンタウンに泊まる予定じゃなかったの」

「キャンセルしたんだよ。別のホテルに一カ月の予約をとった」ミッチは運転手にちらっと目をやり、それから声を落とした。「しばらくいっしょに過ごそう、レッド。いっしょに過ごしてもさしつかえないところで」

「あら。昨日の夜もいっしょだったような気がするけど」

「わかってる。悪かったよ。本当に悪かったと思ってる。許してくれ」

「考えておく。何年か頼みつづけてね」

ミッチはレッドの手を取った。その手を引くまえに、一瞬の間があった。氷が溶けかけている証拠だ。それで、畳みかけた。

「ひとところに一カ月は長い。でも、おたがい一息つける。ミネラル・ウェルズではコンベンションがあり、フォートワースでは家畜の品評会があり――」

「そんなの平気。そんなことで怒ってるんじゃない」

「わかってる。でも、とにかく、ここはあの子の学校から百五十マイルほどしか離れていない。車を借りたら会いにいける」

「だからどうだっていうの。わたしがどうしてあなたの息子に会いにいかなきゃなんないの」

ミッチは笑いを嚙み殺した。じつは大喜びなのだ。それから一瞬の沈黙があり、レッドは少し身体を近づけ、まったくなんの関心もないといった顔をして、いつ会いにいけるのかと尋ねた。

「つまり、いつ会いにいかなきゃいけないのかってことよ」

ミッチはくすっと笑った。きみが望むことなら、いつでもなんでもする。望まないことはしない。

だったら明日、とレッドは言った。それから、白い顔をほんのり赤く染めて、ささやくような声で続けた。「今日はこれから忙しくなりそうね」

そして、ミッチの手をギュッと握った。

ホテルに着いたときも、ふたりは手をつないでいた。

宿泊者名簿にはこれまでどおりミスターおよびミス・コーリーと書いた。こういったことはいったん始めたら、なかなかやめられない。一ヵ月分の宿泊費は前払い。それに加えて、保証金として千ドル。保証金はもろもろの支払いに充てられ、一ヵ月もたたないうちにきれいに消えてなくなっているだろう。少なからぬ不安を胸に、ミッチは受付カウンターを離れ、エレベーターの前でレッドと合流した。

もちろん、金はまだいくらか残っている。貸し金庫に三千ドルほど。だが、それでは足りない。プロのギャンブラーの基準からすると、危険なほど少ない。今回のような大きな出費はないにせよ、二人分の生活費や旅費などで、控えめに見積もっても年に五千ドルはかかる。しかも、自分たちの支出以外にも、息子の養育費など物入りは多い。

そういった支出に加えて、でかい賭けにはそれなりの元手も必要だし、たまにではあるが負けることもある。その分も勘定に入れたら、少なくとも二万ドルはいる。なのに、いまはホテルに預けてある保証金を含めても、その半分ほどしかない。

早々に手を打たなければならない。打つ手はある。ここはヒューストンだ。ここには世界中の金が集まっている——とまでは言わないが、金がうなっているのはたしかだ。カモれる者は多い。だいじょうぶだ。レッドの飛びきり上等の身体が肩に触れるのを感じながら、ミッチはエレベーターを降りて、部屋に入った。

その部屋を見て、レッドは息をのんだ。そして、ベルボーイが出ていくまえに、ミッチの首に両腕をまわし、大喜びで、だが少し不安げに抱きついた。

「す、すごい！　いったいどういうことなの」

「この部屋のことかい」

「そう、この部屋のことよ。いくらかかるか訊くのが怖い」

「訊かないほうがいい。でないと、きみは半桃尻娘と呼ばれることになる」

「どういうこと？」

「おれにその桃尻の半分を食われちまうってことだよ」

レッドは顔を赤らめて笑い、ミッチに熱いキスをした。それから、ミッチの手を取って、部屋のなかを見てまわりはじめた。そこはホテルの最上階で、三方から街を見おろすことができる。広々とした居間には、天井まである暖炉がしつらえられ、白い絨毯の上にクリーム色のグランドピアノが置かれている。

ふたつの寝室、メイドの控え室、三つのバスルーム、そして化粧室。主寝室で、レッドはくるりと振り向き、ミッチの腰に手をまわした。興奮のせいで胸が震えている。

「だったら言わないで。金額なんてどうだっていい。でも……ヒントくらいかまわないでしょ」

「きみの喜ぶ顔が見られるなら、この倍を出したっていい」

「嬉しい。今日は埋めあわせをさせて……昨夜の分の」

「埋めあわせというと？　もうちょっと具体的に」

「なんでもよ。わかるでしょ」レッドは身体に火がついているにちがいない。「なんでも！」

「ざっくりしてるな」

「すぐにわかるって。それよりヒントを」

「そうだな……とある有名人がここに泊まったらしい」

「どのくらいの有名人？」

「この国でいちばんの有名人。いちばんの大物」

それでわかったみたいだった。「もしかしたら大統――」レッドは胸を押して身体を離した。

「あっちに行ってて。ちょっとでいいから。気を失うまえに楽な服に着替えなきゃ」

ミッチは居間に戻り、電話を取った。すぐにホテルのスタッフが列をなしてやってきた。メイド（部屋付きなので、呼び鈴を鳴らすだけでいい）、朝刊や花瓶に活ける花や何種類もの酒を持ったベルボーイの一団、朝食のワゴンを押すウェイター。

請求書に相応のチップを書きこんでサインをする。合計金額は約百五十ドル。思わずため息が漏れる。レッドが身体にぴったりのバスローブ姿でやってくると、朝食をとるためにふたりでバルコニーに出た。

朝日が赤毛を燃えあがらせる。その肌は口もとに運ぶ磁器のカップ同様に透きとおるくらい白い。食べ方は品がよく、食欲は旺盛。食べ物は強壮剤のようなものだ。ほかの者にとっては、酒がその役割を果たす。食べると、褐色の瞳が楽しげに光り、頬骨の高い顔が満足げに輝きだす。

その様子を見ながら、ミッチは微笑んだ。レッドが微笑みかえす。ほんの少しはにかむように。

「ブタみたいでしょ。子供のころは、お腹いっぱい食べることができなかったから」

「ふたりではじめていっしょに食事をとったときのことを覚えてるかい」

レッドは口の前に指を立てた。ちょっと待ってということだ。嚙み、呑みこみ、恍惚の表情で身体をぶるっと震わせる。それから、もちろん覚えてると答えた。忘れるわけがないじゃない。あれは五年前のことだったよね。

ミッチは笑った。「引っかからないぞ。知ってるくせに。あれは六年前だ」

レッドはうなずき、夢を見るように微笑んだ。「そう。六年と三カ月と十二日前。おかしな出会いだったわ。笑っちゃうくらい」

「おかしなことはない。おれはずっときみを探してたんだ」

「相棒を探してたのね」

「いいや、きみを探していたんだ」

本当だ。

ただ、彼女に会うまで、そのことに気づいていなかっただけだ。

レッドは急に立ちあがり、黙って手をさしだした。ミッチはその手を取ってキスをし、それから彼女を抱きあげて寝室へ向かった。

オクラホマ・シティとメンフィスを結ぶ列車は、世界最悪の列車のひとつと言われている（掛け値なしに世界最悪と断ずる者も多い）。まず食堂車がない。車両は第一次大戦以前の時代物で、空調などの快適装備もない。そこでは、コミック作家がストーリー作りにかかわっているのではないかと思うような出来事がしばしば起きる。到着や出発がしばしば大幅に遅れるのは、列車が伝説の強盗犯ジェシー・ジェイムズに襲われたり、駅員が勤務時間中に狩りや釣りをしたり、旅の途中で死亡した老人の葬儀が車内で執り行なわれたりするからだ。

そんな列車に乗る者には、たいていのっぴきならないワケがある。たまさかの例外は、〝不快〟を面白がり、〝耐えがたさ〟を興味深いことと考える一部の旋毛《つむじ》まがりくらいだろう。ミッチがその列車に乗ったのは、それがオクラホマ・シティをいちばん早く発《た》つ便だったからであり、一刻も早くそこを離れる必要に迫られていたからだった。

それはアシスタントを馘にした直後で、気持ちがひどく落ちこんでいたときのことだった。ぐずぐずしていたら、決心が鈍って、ヨリを戻そうとしてしまうかもしれなかった。それはどちらにとっても不幸なことだ。

いま思っても、とびきりの上玉だった。元モデルで、女優の仕事をしたこともあり、品もいいし、美貌は人並みの倍以上だった。実際のところ、どこにも非の打ちどころはなかった――酒びたりでなければ。当初はわからなかった。だが、おそらくストレスが引き金になったのだろう。酒癖は悪くなるばかりだった。

ミッチは父親のように言い聞かせた。叱りとばしもした。尻をひっぱたき、いい年をしてこんなおしおきをされて恥ずかしくないのかと罵りもした。けど、どうにもならなかった。彼女は仕事の足を引っぱりつづけ、肝心なときにいつも酔っぱらっていた。

それで、ようやくわかった。本人にもどうしようもないのだ。よくなる見こみがあるとすれば、いっしょにいるのをやめるしかない。

彼女は泣き崩れ、ミッチも涙を浮かべた。けれども、やるべきことは決まっていて、そうするしかなく、それでミッチはいちばん早い列車に飛び乗ったのだった。

きっと疲れていたのだろう。それまでの二日間、一睡もしていなかったのだ。でなかったら、眠りに落ちたのは、最悪の列車の旅の退屈さをまぎらすためだったかもしれない。いずれにせよ、目が覚めたときには陽が沈みかけていて、隣に赤毛の娘がすわっていた。慈善バザーでもらってきたような服を着て、紙袋に入った得体の知れない食べ物を口に運んでいた。

その娘がいきなりこっちを向いて、それまで見たこともないような冷たい目できっと見つめた。その目、その髪、その顔かたち。そして、その身体。それで、そこにいるのがどんな女かわかった。と同時に、娘の目に映っている自分の姿にも気づいた。無精ひげ、充血した目、皺くちゃのスーツ、汗と煤で汚れたシャツ。

それらを順々に見て値踏みをしていくうちに、娘の顔に同情の色が広がっていった。「よかったらどうぞ」と言って、紙袋をさしだす。「食べたら元気が出るわ」

いいや、けっこう。お気づかいなく。ミッチは言ったが、娘は聞かなかった。パパもそんなふうだったときがしょっちゅうあったわ。でも、ママが用意した冷たいサツマイモとトウモロコシパンを食べたら、それでいつも笑顔になっていた。

ミッチは少しだけかじった。ちょうどそのとき、車掌が弁当の注文を取りにきた。注文は電信で次の停車駅に伝えられ、弁当はそこで車内に運びこまれることになっている。ミッチが財布にのばしかけたとき、娘はその手をつかんだ。

「一ドルもするのよ。立ちなおりたいなら節約しなきゃ」

「でも、これくらいは――」

「甘い、甘い。そんなふうに無駄使いをしているから、そんな恰好でいなきゃならなくなるのよ」

チケットがあれば車内で荷物を預かってもらえるということを、どうやら知らないらしい。不毛の地に囲まれた、うら寂しい片田舎の村で生まれ育った者にとって、世のなかは知らないことだらけだ。けれども、仕事も金もない酔っぱらいのことはよく知っていて、一目でそれとわかるにちがいない。

娘はミッチの手を軽く叩いた。「朝になれば元気になるって。パパもそうだった」

娘はミッチを元気づけるために話を続けた。父親が次々に不幸に見舞われたこと、そのせいで家族がさんざん苦労させられたこと。ふたりの兄が軍隊に入って仕送りをしてくれているあいだは、まだよかった。ところが、ふたりとも父親の運気の悪さを受け継いでいたようで、みずから招いた不祥事のせいで死んでしまった。それで、軍の死亡給付金を受けとることはできず、仕送りも途絶えることになった。

当然ながら、家族の全員が働けるときは身を粉にして働いた。自分の畑だけでなく、よその畑の仕事も手伝った。それでも一エーカーから四分の一梱包《ベール》の綿花しか穫れなかったら、どうすればいいの。うちみたいに何人もの家族がいるんじゃなおさらのこと。

「わたしは図書館で働いてたんだけど、閉館になっちゃって。次の勤務先は雑貨屋。でも、すぐに閉店。それで、その次は電話の交換手よ。でも、そこも閉鎖になっちゃった。あっても、意味がないってことで。みんな村から出ていってしまったから。でも、わたしたちは出ていけなかった。パパは身体をこわしてたし、ママはまた妊娠してたから……」苦々しげな口調だった。嫌悪感からかもしれない。「それでも、住む家だけはあったので……」

それで、娘のレッドはひとりでメンフィスへ行かされることになった。できるだけ早く仕事を見つけて、送金しろとのことで。

「もちろんそのつもりよ」レッドは顎をあげて言った。「それで、あんたはどんな仕事を、えぇっと……」

「ミッチだ。ミッチェルのミッチ。きみはレッドでいいかな」

「いいわよ。それで、ミッチ、あんたはどんな仕事を？」

ミッチは正直に答えることにした。この娘とならいっしょにやっていけそうな気がしたので。

「ギャンブラーだ」

「ほんとに？　じゃ、腕はイマイチってことね」

「いいほうだと言ったら？　ほとんど負けなしだと言ったら？」

「なるほど。そりゃそうだよね。負けてばかりじゃ、商売にならないもんね。でも、それなら、どうして……」

ミッチは理由を手短かに説明し、手持ちの金がどれくらいあるかを話して聞かせた。それに対するレッドの反応は予想外のものだった。

「嘘ばっか！　ほんとはお酒で失敗して、仕事をクビになったんでしょ。ほんとはすっからかんで──」

「ちょっと待ってくれ。嘘じゃないんだ」

「嘘よ。嘘に決まってるでしょ。親切にしてあげたのに馬鹿みたい」

ミッチはなんなら席を移ろうかと言った。レッドはぷいとそっぽを向いた。嘘つきはいつもそう。嘘をついて、逃げを打つ。

「きみに仕事を手伝ってもらいたいんだ、レッド。いい金になる。それに──」

「やめて！　それがどんな仕事かくらいわかってるわ！」

「いや、そんなんじゃなくて——」

「やめてったら！」

ミッチはその言葉に従った。日が暮れて冷えこんできたので、窓を閉め、座席に身体を押しつけ、上着の胸もとを掻きあわせた。

レッドはしれっとした顔でスーツケースをあけた。そこから何かを取りだし、これ見よがしにそれを身にまとった。それから、ゆっくり座席にもたれかかり、得意気な視線をミッチに向けた。

「おあいにくさま。嘘をつかなかったら、いっしょにあったまれたのに」

「どういたしまして。その毛布はきみのものだ。好きに使えばいい」

「毛布？　これはコートよ。失礼ね」

レッドはわざとらしく身体をひねり、ミッチに背を向けた。気まずい沈黙のあと、また振り向いて、にっこり。

「たしかに毛布に見えるかも。ほら、いっしょにくるまって」

当然のことながら、ふたりの距離は近くなり、顔と顔が触れあいそうになった。照明が落とされ、そして消え、オザーク台地にかかる月の光が窓から入ってきた。なんだかベッドにいるみたいね、とレッドが言った。

「うーん、それはどうかな」ミッチは言い、レッドに身体をつねられた。

「ねえ、ミッチ……さっきの仕事の話だけど、ほんとなの？」

「ああ」

「でも、それってズルじゃない？」

ミッチは肩をすくめた。「考え方による」

「それに……わたしにできるかしら」

「できると思うよ」ミッチは慎重に言葉を選んだ。「間違ってる可能性はあるが、ひとを見る目は商売柄欠かすことができないものでね。きみはこの仕事に打ってつけだと思う。でも、そんなに簡単じゃないのはたしかだ。本番前にみっちり練習を積む必要がある」

「そりゃそうよね。どんなことでも一丁前になるには、うーんと頑張らないと。それで、ええっと、どれくらいもらえるの？」

「稼ぎの二十五パーセント。経費をさしひいての計算だ。週に千ドルちょっとになる。でも、仕事がない週も多い」

レッドはもうひとつ質問があると言ったが、なかなか切りださなかった。誤解されるといやだから、とのことだった。

「何を訊きたいかわかった気がする。さしあたってはノーだ。将来どうなるかはわからないけど――」

「やめて」レッドはなぜか怒っていた。「わたしはもう十九歳よ。子供を相手にしているみたいな言い方をしないで」

「すまない。じゃ、何を訊きたかったんだい」

レッドは答え、知ったことじゃないと思うかもしれないけど、と付け加えた。ミッチはそんなふうには思わないと答えた。これからいっしょにやっていくのだから、当然知る権利はある。隠しだてしなきゃならないことは何もない。

とかなんとか言いながら、ミッチの頭はめまぐるしく回転していた。彼女には本当のことを言いたい。でも、本当のこととは何なのか。テディとは何年ものあいだ音信不通になっている。離婚はとうに成立しているはずだ。もしかしたら、テディは生きてさえいないかもしれない。公共の利益に深い関心を持つ者に殺されてしまったかもしれない。そんなことはいままで気にもとめていなかった。しかし、ここに来て、それは気にしないではいられない問題になった。

さっきはノーと言ったが、本当はこの赤毛がほしい。仕事でも、それ以外のところでも。となると、答えはひとつしかない。それは間違いない。勘でわかる。彼女の身体と顔と心はすぐに自分の宝物になる。それも間違いない。それも勘でわかる。

「いいや、結婚はしていない。結婚していたことはある。小さな息子もいる。いまは寄宿学校に入っている。でも、女房はいない。死んだんだ」

「わかった。じゃ、わたしに手をまわして――ダメ。そうじゃない。馬鹿ね。そう。これで心地よくあったまれるでしょ」

「いっしょにベッドにいるみたいだ」

「やめてったら。わたしがいいと言うまで、あんまり馴れ馴れしくしないで」

——ホテルの最上階の部屋の寝室で、レッドは腕をあげ、バスローブを脱がせてもらうと、恥ずかしそうに目を半分閉じて下を向き、それからベッドに行って、そこに身を横たえた。

ミッチも服を脱ぎはじめた。靴と片方の靴下を脱ぎ、ネクタイをはずしたとき、ドアベルが鳴った。

5

若いホテルマンの身の振り方には幾通りかのパターンがある。ホテルには女や酒や窃盗の機会など多くの誘惑があるので、馘になる者も少なくない。けれども、お行儀よくしていることができたら、あるいは不品行を隠しおおすことができたら、おおよそのところそんなに大きな問題が起きることはなく、一、昇進して管理職につくか、二、昇進しないで、制服姿のぺーぺーで通すか、三、コネを使って好待遇の他業界に鞍替えするかのどれかになる。

奇妙なことに——実際はそんなに奇妙なことではないかもしれないが、ほとんどの者は第二のパターンになる。

ホテルのボーイは年をとらない。五体満足であるかぎり、六十五歳になっても、十六歳でレストランや駐車場やエントランスで仕事をはじめたときと同様ボーイはボーイだ。給料は何年たってもいくらもあがらず、定年退職時と新入り時との差はほとんどない。けれども、給料以外にチップが入ってくるので、合わせたらけっこうな額になる。だから、安い給料で出世の階段を少しずつのぼっていく途を選ぶ気にはなかなかなれない。

それでも、そうする者はそれなりにいた。制服姿のおじいちゃんの幻影に怖気《おぞけ》をふるったのかもしれない。あるいは、お偉方に目をかけられ、応じなければ馘だぞと脅されたのかもしれない。でなかったら、急に太りだし、ある日とつぜんお仕着せ姿が似あわないことに気づいたのかもしれない。いずれにせよ、ミッチがベルボーイとしていっしょに働いていた若者のなかには、なんらかのわけがあって管理職になった者が何人かいた。

それは先見の明といえるかもしれないが、そのときは純然たる好意から、ミッチは上級職につくまで窮乏生活を強いられていた者たちを助けてやっていた。だから、ごく一部の例外を除いて、いまはみな恩返しをしなければと思っている。好意と感謝の気持ちから。そして、実利的な観点から。誰だって小遣い稼ぎはしたい。ミッチのような律儀な男なら、借りはかならずかえしてくれる。ホテルマンは簡単にカモられる薄ら馬鹿を軽蔑している。その薄ら馬鹿のなかには、プロでないギャンブラーも含まれている。

カモはいずれかならずカモられる。だとしたら、友人にカモらせてやろうじゃないか。


——ミッチはドアをあけた。ドアの向こうには、でっぷりと太ったバラ色の頰の男が立っていた。モーニングコートにストライプのズボンといういでたち。薄い髪の頭の近くまでの笑みをたたえて、両手をさしだした。

「やあ、ミッチ！　チェックインしたという話を聞いたもんでな」

ミッチはわざとうろたえたようにうめき声で言った。「ターク！　信じられない。タークじゃないか！」太っちょをなかに通すと、レッドに向かって言った。「万事休すだ。タークルソンがここに来ている」

ターケルソンはくすくす笑っている。レッドは走ってやってくると、心のこもった強いハグをしたあと、頭のてっぺんにキスをし、そして自分の頬にキスをしてもらった。それから、ミッチのほうを向いて言った。「こんなひとから逃れられる方法があると思う?」

「ああ。みんなそれを知りたがっている」

「このひとにはお行儀よくしておいてもらわなきゃ。なにしろ建物三十階分の目方があるわけだから」

ターケルソンの体重が絨毯を突き破ってしまうまえに、ミッチは椅子をすすめ、ここでどんな仕事をしているのかと訊いた。皿洗い? それとも便所掃除? ターケルソンはにやにや笑いながら答えた。どちらにも応募したけれど、イマイチ信用できんとのことで不採用になり、仕方なく副支配人の仕事を引き受けた。いや、なに、副支配人といっても、やることはたかが知れている。ホテルの仕事ってのはほとんどすべて外注なんでね。食事、酒、クリーニング、駐車係、新聞雑誌の売店、花屋……みんなそう。副支配人がしなきゃならないのは、ホテル自体をまわしていくことだけ。

「なんとかかんとかやってるよ。ところで、あんたのほうはずいぶん羽振りがよさそうだな。なにせ一カ月分のホテル代四千五百ドルをポンと払えるんだから――」

レッドがヒイーッと言って、気絶しそうになった。ミッチは苦々しげに首を振った。

「す、すまん、ミッチ!」ターケルソンは自分の額をパシッと叩いた。「余計なことを言っちまったようだ」

「おれはなんであんたみたいなやつと知りあってしまったんだろうな」

「じつは、そのこともあってここに来たんだよ。わたしにできることがあるかもしれないと思ってね。悪いけど、わが麗しのお嬢さん、その電話をこっちにまわしてもらえないかな」

レッドは電話を渡した。と、タークルソンはとつぜん別人のようになった。厳めしく、気むずかしげで、客室係に向かって話す声は威圧感に満ちている。

「……わかったな、デーヴィス。こんなことは言われなくても、わかってなきゃいけないんだ。基本的にこういう場合の料金は、部屋の空き状況とお客さまの質によって決まるんだ。いいお客さまには何度も来ていただかなきゃならない。ちがうか……よろしい。だったら、それでいい。でも、これからはわたしに相談するように。そう、そのとおり。今回は、そうだな、三千七百五十ドルにしておこう」

タークルソンは受話器を置くと、ふたりに微笑みかけた。ミッチはレッドを膝の上に乗せて、その身体を軽く叩いた。レッドは素早く反応した。

「ほんとにいいひとね。何かお礼をしなきゃ」

「でも、タークはなんでも持っている。フケ、扁平足、六十四インチの胸囲——」

タークルソンは苦笑い。

「だったら、バケツ一杯のバター・サンドイッチはどうかしら。お腹ぺこぺこみたいだから」

「胃のなかが空っぽになっているとしたら、バケツ一杯じゃ足りないだろう。金を渡して、自分で好きなだけ買ってもらったほうがいい」

「そうね。そのほうがいいかも。子供じゃないんだから。少なくとも、横方向には立派な大人」

「じゃ、そうしよう。ターク、この五枚の紙幣でバター・サンドイッチを買ってくれ」

ターケルソンは五百ドルを受けとらなかった。友だちだから。

あえて受けとらなかった。友達だから。

でも、受けとったほうがいい場合もある。自分たちは友だちであり、友だちはおたがいに助けあわなければならない。いま助けてもらったとしたら、次は自分が助けたらいい。

「ゼアースデール・カントリークラブで大きな賭場が開かれることになっているんだがね。そこのゲストカードならいつでも用意できるよ」

「ゲームに参加できるってことかい」

「あそこで？　そりゃ無理だ。逆立ちしたって、そんなことはできない」

ミッチとレッドは同時に不満の声をあげ、容赦のない悪態をついた。ターケルソンは愉快そうに身体を揺すり、顔を真っ赤にして笑った。金を受けとったことに対して気まずさを感じていたので（ありがたく使わせてもらうつもりだが）、悪態をつかれて逆にすっきりした気分になった。

ミッチは親指をターケルソンに向けた。「要するにこの程度の男だってことだ。カントリークラブのゲストカードを一枚持たせてくれるだけの」

「それで大きな顔ができるってわけね。わたしたちの名前を電話帳に加えることだってできるにちがいない」

「なにしろ親切な男だ。親切の権化のような男だ」

ターケルソンは笑いながら両手をあげた。「わかった。わかったよ。だったら、もうひとついいことを教えよう。いまふと思いだしたことなんだがね。ウィンフィールド・ロード・ジュニアが来週このホテルに宿泊することになっている。なんなら引きあわせてやってもいい。ここにギャンブラーが滞在していると言えば、おっとり刀でやってきて、ドアをノックするはずだ」

ターケルソンはひとり悦に入り得意げな笑みを浮かべた。それからレッドとミッチに視線を向けると、笑みはゆっくり消えていき、滑稽なほど悲しげな表情になった。

「頼む。あんたたちを満足させるためにどんなことをしたらいいか教えてくれ」

「わたしの前でけがらわしい言葉を使うのをやめることよ」と、レッド。

「えっ？　どういうことか――」

ミッチが説明する。「ウィンフィールド・ロード・ジュニアとか」

「ああ。たしかにけがらわしい糞ったれだ。だから、鼻をつまんで、甘い香りがする金をふんだくってやりゃいい。ロード家はテキサス州の半分を所有していて、しかも――」

「テキサスじゃ、あぶく銭はすぐに消えてなくなる。ジュニアがいい例だ。十年で二千万ドルは使っている。いま残っているのは空手形と世界一悪い性格だけだ」

「われわれはジュニアの小切手を受けいれている。トラブルになったことは一度もない」

「それにはわけがある。母親が必要経費として金を立てかえているんだ」

「これはたまたま小耳にはさんだ話なんだが、フランク・ダウニングもジュニアから小切手を受けとっている。金額は五万ドル超だ。そのすべてを問題なく換金できたらしい」

それもわけあってのことだとミッチは言った。フランク・ダウニングを怒らせたら、どんなことになるかわからない。ジュニアの母親は金を払うか、息子を自分たちの牧場に一生閉じこめておくかしかない。

「ダウニング。フランク・ダウニング……その名前、どこかで聞いたことがあるような気がする」レッドが口をはさんだ。

「だろうね」ミッチは言った。「ダラス郊外でカジノを経営している。テキサスのモンテカルロといったところだ。でも、フランクのカジノのほうがたぶん大きい」

ターケルソンは咳払いして、キツキツの立ち襟と垂れた首の肉とのあいだに指を入れた。そして言った。もしかしたら事情が変わったのかもしれない。いまは母親が息子の底なしの財布の紐を緩めているかもしれない。

「そうは思わないね」ミッチは言った。「本当だったとしたら、その種のニュースはすぐに広まる」

「でも、たしかじゃないんだろ」ターケルソンは言って、レッドのほうを向いた。「やってみる価値はあると思わないかい」

「ミッチがそう思うのなら」

「ボスはミッチだってことだね」

「もちろんミッチがボスよ。おかしい?」

ミッチはレッドにキスをして、両腕で守るように抱きしめ、にこっと笑った。「レッドはおれの子羊だ。おれの子羊をからかわないでくれ、ターク」

「わかってる。この娘《こ》は子羊だ。まえからそう言っているだろ。でも、ミッチ、せっかくだから手あわせしたらどうだい。あんたはすでにここにいて、ジュニアはもうすぐここにやってくる。少しの時間以外に何を失うものがあるっていうんだい」

ミッチはためらい、タークルソンの申し出を検討し、了解した。たしかに失うものは何もない。一稼ぎするせっかくのチャンスを見過ごすのはもったいない。だがそれでも……やはりためらわれる。心の奥のほうから低い声がささやきかけてきて、ロードはゲスのきわみのような男だ、かかわらないほうがいいと訴えている。

そう思うのは、個人的な感情が絡んでいるからかもしれない。ロードは一度レッドを手ごめにしようとしたことがある。そのときロードは泥酔していて、自分が何をしているかも、相手が誰なのかもわかっていなかった。そのせいで……

ミッチはため息をついた。理性と感情の両方から綱引きのように引っぱられ、片方には打算的に考えたほうがいいという思いが強くあり、もう一方にはそれに頑固に抵抗する力がある。

「少し考えさせてくれないか。小切手が不渡りだったらどうするか、いい手を思いついた。でも、本当にその手が使えるかどうか一日か二日検討してみたい。うまくいったら、あんたの取り分は十パーセントだ」

「いや、いや。そんなことをしてもらわなくてもいいよ」

「十パーセント——それがあんたの取り分だ。あと、ゼアースデールのゲストカードだが、いちおう受けとっておく。ゲームに参加できないことはわかっている。でも、少なくとも、レッドを見せびらかすことはできるからね」

レッドはミッチにキスし、それからターケルソンに向かって舌を出してみせた。ターケルソンはくすくす笑いながら立ちあがり、すぐにゲストカードを持ってくると言った。

「その必要はないわ」と、レッド。「ゲストカードは下のルームボックスに入れておいて」

「いいんだよ。それくらいなんの手間もかからない。ここに持ってくるくらい——」

「喜んで殺されたいのかい」と、ミッチ。「レッド、この男にオシベとメシベの話を教えてやってくれ」

ターケルソンは笑いながら出ていった。

ミッチとレッドは寝室に戻った。

ふたりは午後三時ごろにようやく軽い昼食をとった。そのあと、レッドは下のエステ・サロンからエステティシャンを呼び、ミッチは車を借りにいった。選択肢はリンカーン・コンチネンタルのセダンか、黒いジャガーのコンヴァーチブル・クーペ。結局、リンカーンは仰々しすぎると思って、ジャガーにした。

それは良い選択ではなかった。しまったと思ったのは、その夜の八時ごろ、緩やかなカーブを描く車まわしに入り、クラブの建物に近づいたときのことだった。前方に、大きなロールス・ロイスがとまっていた。なかには、おかかえ運転手と従僕、それにタキシードを着た初老の紳士の姿があった。初老の紳士は後続の車をリア・ウインドーごしに見つめ、それから前かがみになって、前席のお仕着せ姿のふたりに何か言った。ふたりはちらっと後方に目をやった。初老の紳士は車から降り、エントランスの前でジャガーとそのなかにいる者たちを胡散臭げに見つめ、〝なんだ、あいつらは〟とか〝困ったもんだ〟と言わんばかりの呆れ顔でくるりと背中を向けた。ミッチは顔をしかめた。

車のせいだ。こんな車に乗ってきたのが間違いだった。そして、そこにミッチとレッドが乗っていたのも間違いだった。それくらいのことは最初からわかっていたが、ここであらためてはっきりと思い知らされることになった。

一台のボロい改造車が轟音をあげて走ってきて、ジャガーに砂利を跳ねかけながら急停止した。そこから出てきたのは、六人ほどの十代の少年少女だった。みなだらしのない服装で、叫んだり笑ったりしながら建物のなかに入っていく。御者のような格好をして鞭まで持ったドアマンが愛想よくガキどもを迎えている。そのあと、ミッチのほうを向いて、さしだされたゲストカードをしげしげと見つめた。

「どなたとお会いになるんでしょう」ドアマンは言って、ゲストカードを突きかえした。「なんでしたら、あなたさまがお見えになっていることを、お伝えしてきますが」

「誰とも会う約束はしていない」

「なるほど。さようでございますか。当クラブでは〝ゲスト〟という用語は文字どおりの意味で使用しておりまして。このカードは会員さまからのご推薦があった場合にのみ有効になっております」

「これまであちこちでゲストカードを使ってきたが、そのようなややこしいことを言われたことは一度もない」

「なるほど。そういうことでしたら……」ドアマンは鞭で合図をし、制服姿の駐車係を呼び寄せた。「では、お車を預からせていただきます」

腕にレッドの手の震えが伝わってくる。幅の広い三段の階段をあがりながら、ミッチはレッドに優しく微笑みかけた。表向きは平静を装っていたが、内心はちがった。そこにある感情は怒り――レッドをここに連れてきた自分自身に対する怒りだった。

ターケルソンはここがどういうところなのかを知っておくべきだった。もちろん、又聞きの話くらいなら知っていただろう。ただ、ミッチならその程度のことは聞かなくてもわかっていると思っていたのかもしれない。ミッチの仕事の半分は情報の収集なのだ。大金のかかったギャンブルの迷宮では、つねに正しい通り道を見つけだし、何をしたらどういう反応がかえってくるかを知り、音と動き、そして言葉と言葉を適格に関連づけることが求められる。ゲームを見て楽しんでいるだけでいいなら、〝オイル〟は三文字の単語だということがわかるだけでいい。だが、大きな勝負をしたいなら、〝ゼアースデール〟という言葉の意味を知っておく必要がある。

ジェイク・ゼアースデール――〝ヒューストンの百名士〟の頂点に立つと万人が認めている男だ。そして、このクラブの創設者でもある。会員は百名士の家族や関係者に限られている。おそらく、その会員のひとりがミッチとレッドの滞在先のホテルを所有しているのだろう。あれだけのホテルだから不思議なことではない。ビジネスはビジネスとして、そこには数枚のゲストカードが割りあてられ配布されている。ただし、それを持っているからといって、かならずしも歓迎されるというわけではない。歓迎されるかどうかはゲストが到着してから決められる。たとえ、そこでゲストがどんなに粗略な扱いを受けたとしても、誰も気にする者はいない。

要するに、ミッチは余所者なのだ。ゼアースデールには借りもなければ、貸しもない。そう。そういうことなのだ。

だがそれにしても、このような態度はやはりテキサスらしくない。それはきっと世界一の金持ちのテキサスの話なのだろう。これまでヒューストンはひとに優しい街だとずっと思っていた。だから、ここもそうにちがいないと頭から決めてかかっていたのだ。

建物のドアのすぐ内側に、黒いディナー・ジャケットを着た男が立っていた。がっしりとした身体つき、広い肩幅。額に皺を寄せ、かかとをあげて身体を前後に揺すりながら、戸口を見ている。ミッチとレッドがなかに入っていくと、壁のような鋭く冷たい視線で行く手をはばんだ。背中で両手を組んだままで、ミッチがさしだしたゲストカードをすぐには受けとろうともしない。しばらくたってからようやく受けとり、それをかえしたときには、分厚い唇に薄ら笑いを浮かべていた。だが、その視線がミッチからレッドへ移ると、目の冷たさは溶け、歌うような口調で言った。

「バーでよろしいでしょうか。ご案内いたします」

アーチ天井の廊下を進んで通されたのは、静かな音楽が流れ、ひそひそ話が聞こえる広い部屋だった。薄暗がりのなかをカウンターのほうへ向かい、ふたりが席に着くと、男はバーテンダーに向かってパチンと指を鳴らし、深々とお辞儀をして立ち去った。

ふたりの前に、冷たいマティーニが置かれた。バーテンダーは媚びへつらうようにふたりの煙草に火をつけたり、灰皿の位置をほんの少し動かしたりしていたが、しばらくしてもうなんの用もないとわかると、ようやくその場から離れた。ミッチはグラスをあげ、これでようやく一息つけたと言った。

レッドはそれに同意したが、やはり居心地はあまりよくないみたいだった。「できるだけ早くここを出ましょ、ハニー。場違いもいいところよ。ここにいるひとはみんなそう思ってる」

「なんで？　おれたちは試験にパスしたんだぜ」

「ぎりぎりでね。お願いだから、ミッチ……」

「ここで食事をと思っていたんだ。ダンスでもいい。両方でもいい」

「どこでもいいから、ほかのところで」レッドは眉をひそめてミッチの顔を見つめた。「それとも、何か考えてることがあるってことと?」

ミッチは一呼吸おき、酒を一口飲んだ。それから、レッドに促されて、ゆっくり話しはじめ、だが途中でとつぜん口をつぐんだ。すぐそばをひとりの男が歩いていた。長身、やりすぎと思うくらい洒落た身なり。その顔にはなんの表情もない。

通りすぎざまに、拳《こぶし》でミッチの背中をこつんと叩いた。そして、唇をほとんど動かさずに、ふたつの単語を口にした。

「失せろ《ゲット・アウト》」

6

理屈で考えると、テディと結婚したのは母のせいということになる。無意識のうちに母を求めていたから罠にかかってしまったのだ。これまでテディに寛容だったのは、母と最後に会ったときにとった行動に対する償いの気持ちからかもしれない。父が死んだあと、母に会ったのはあのときだけだった。

だが、そんなふうに考えても、わりなさは残る。テディのことを考えるときはいつもそうだ。テディを〝母親タイプ〟と見なすのは相当に無理がある。出会ったときに感じたのは母性でもなんでもなく、﨟《ろう》たけた大人の女になるまえの娘のメスとしての魅力だった。

そのころ、ミッチは夜勤のベルボーイをしていた。テディが石油会社の夜間の経理係で、高給を取っていたことは知っていた。夜が明けるころ、仕事が終わると、彼女はいつもホテルのコーヒーショップで食事をとり、タクシーに乗って家に帰っていた。それはミッチがそのホテルで働くようになった二日目の夜のことだった。

若くて、元気はつらつとした娘だった。髪はトウモロコシの色、鼻のあたりにそばかすが散らばっている。堅苦しい格好をしているが、すべてを隠しきれているわけではない。車寄せでいっしょにタクシーを待っているとき、ふと気がつくと、ミッチは隠しきれていないものをじっと見ていた。そのすぐあとに、長い睫毛のグリーンの瞳が自分を見ていることに気づいた。まごついて、目をそらしかけたとき、娘は鼻に可愛らしい皺を寄せて、二度ウィンクをし、それからうなった。たしかに、うなった。

「ウウウウー、ワン！」

「え、えっ？」

「ウー、ワン。ウウウウー、ワン！」

それで、パイを顔に叩きつけられることなく、デザートにありつけることがわかった。電話番号を聞きだしてからいくらの時間もたたないうちに、ミッチは目に見えないフォークを持って、テディのアパートにいた。ベッドの用意ができているなら、いつでもお供すると言うと、テディはやんわりといなした。

「わたしのキャンデーは旦那さまのためにとってあるのよ。缶ごと買ってくれたら、全部手に入れることができる」

横になって話しあわないかとミッチは言った。テディはとりすましてトウモロコシ色の頭を振った。

「わたしの未来の夫のものを奪いとっちゃいけないわ。他人のものは他人のものよ」

ミッチは眉を寄せた。「でも、そんなふうに思っているのなら、どうして——」

「見たいんでしょ。モノが何かわからずに手を出すわけにはいかないもんね」

「えっ？　それじゃ——」

「ただし、取り扱いには気をつけてね」テディは言って、ネグリジェを恥ずかしそうに脱いだ。

「とっかえることはできないから」

馬鹿げている？　当然だ。これが馬鹿げていないわけはない。テディにドアの外に押しだされ、夜までゆっくり休んでちょうだいと他人行儀に言われたときには、もう気が狂いそうになっていた。ゆっくり休んでちょうだい？　冗談じゃない。こんな日に眠れるわけがない。見るだけで、味見もさせてもらえなかったというのに。

欲求不満もいいところだ。めちゃ腹立たしい。でも、めちゃ嬉しい。あれほどの上玉はめったにいない。身体だけでなく、頭の出来もいい。あれくらいの女なら、どんな男でも手玉にとれる。寄ってくる男どもを棍棒を使って追い払わなければならないくらいだろう。それなのに、どこの馬の骨とも知れぬ若造に言い寄り、手段を選ばず（厳密にいうと、ほとんど手段を選ばず）気をもたせようとしたのだ。

どうやって抗えばいいというのか。

次の朝も、その次の朝も、またその次の朝も、テディのアパートに通った。だんだん気が気でなくなってきて、結婚したいと思っているのにどうして拒みつづけるのかと尋ねたが、その答えはいつも同じで、答えになっていなかった。「あなたはわたしのシュガーだから。わたしの未来の旦那さまだからよ」

「でも、きみはぼくのことを何も知らないじゃないか。数日前に会ったばかりじゃないか」

「わかったのよ」

「そう。でも、わかるの」テディは穏やかに微笑んだ。「わかったのよ」

「どうやって。いつ?」

「わかるから、わかるのよ。どこで会ったとしてもわかる」

その週末にふたりは結婚した。結婚する理由は百十ポンド分あったが、結婚しない理由は特になかった。

式をあげた夜に、ふたりはシャンペンを浴びるほど飲んだ。泥酔していたので、初夜の営みのことはよく覚えていなかった。そのため、テディがすすり泣く声で目を覚ましたときには、もしかしたら乱暴なことをしたのかもしれないと思った。だが、テディは首を振って、狂おしげにしがみついてきた。

「とっても幸せよ、ダーリン。本当によかった。てっきり死んだものとばかり……」

「えっ? なんだって?」ミッチは霧のかかった頭で言った。「死んだって誰が?」

「もちろん、そんなことはないと信じてたわ、ダーリン。でも、みんなそう言ってたから。将軍から来た手紙にもそう書いてあった。でも、わたしは……わたしは……」

「それは何よりだね」ミッチは欠伸《あくび》をし、すぐまた眠りにおちた。

翌朝には、夢だったのかもしれないと思うようになった。実際のところ、そんなことはどうでもよかった。そんなことを考えるより、もっと面白くて、もっと楽しいことがあったから。それでも、しばらくすると、何かおかしいと思うようになり、勤務先のホテルに長期滞在している精神科医のところへ相談にいった。すると、こんなふうに言われた——おそらく彼女は思春期に端を発する性的な妄想の主役にきみをあてはめているのだろう。ミッチは納得がいかず、憤りを覚えた。

馬鹿馬鹿しい。ふざけやがって。冗談じゃない。でも、もしかしたらそうかもしれない。ほかに説明のしようがない。それはテディに引っぱりこまれ、自分がその一部になった夢だ。それはほどなく悪夢に変わった。

ちょうどそのころ、母と再会した。そんなに喜ぶべきことではないが、母と会って、少なくともひとつはよかったことがあった。テディがごく普通の平凡な女に見えるようになったからだ。

父が死んで離れ離れになってから五年ほどの歳月がたっていた。母はときどき気まぐれに手紙をよこし、ミッチはそのたびに返事を書いた。その手紙は〝転送先不明〟として送りかえされてくることがしばしばあった。一度ダラスから至急電報が届いたことがあり、それは百ドル送ってほしいというものだった。ある年には、ミッチの誕生日を三回思いだしたらしく、三通の手紙にそれぞれ十ドル札が一枚ずつ同封されていた。一年近くの間を置いたあとに届いた最後の手紙には、再婚して、幸せに暮していると書かれていた。

その手紙は届くまでに長い時間がかかっていた。そこには、そのときミッチが働いていたのと同じ街の住所が記されていた。手紙を読んでいるうちに、懐旧の念がこみあげてきた。それで、午後から仕事を休んで、母に会いにいった。

母の家はこれといった特徴のない、うらぶれた住宅地の一角にあった。鉄道の引きこみ線が家のすぐそばまでのびていて、雑草が生い茂っていた。反対側には、打ち捨てられた商業ビルがあり、崩れかけた建物の正面に、野心に満ちた政治家たちのポスターがべたべたと貼りつけられている。ニヤニヤ笑い、しかめ面、生真面目そうに見える顔……死に絶えた夢に群がる厚紙のハゲタカたち。

ポーチにあがると、ノックをするまえに、ミッチは網戸ごしになかを覗きこんだ。それは三つの部屋とバスルームが縦一列に並んでいる、いわゆるうなぎの寝床《ショットガン・ハウス》だった。なので、手前から二番目にある寝室は見たくなくても見え、ベッドのスプリングがいやらしく軋む音は聞きたくなくても聞こえてきた。

それで、ノックをすることもなく手をおろした。忍び足で通りに戻り、その先の曲がり角まで歩いていって、そこで踵をかえした。このときは、聞こえよがしに口笛を吹きながらポーチに向かい、ノックをした。もう一度ノックをしたとき、トイレの水が流れる音、それから短い沈黙があり、そのあと、男のぶっきら棒な単音節の声と女の甘ったるい声が聞こえた。いいや、ちがう、とは言えなかった。母の声だ。ミッチは声をかけた。

「母さん？　ぼくだ。ミッチだよ」

母が戸口に出てくるまえに、ミッチは予定を変更して立ち去ろうと思った。あの甘え声で媚びを売る者と、どうやって向きあえばいいのか。もちろん、男と顔をあわせなければならない理由もない。いまは寝室で動いている姿が見える。浅黒い肌、艶やかな髪、広い肩、細い腰。見えるものすべてに虫酸が走った。

帰ったほうがいいとわかっていながら、なぜかミッチはそこに突っ立っていた。結局、十分近くたったとき、ようやく錆だらけの網戸ごしに母に挨拶をすることになった。網戸ごしだったのは、母が掛け金に手を近づけながらも、あけるのをためらっていたからだ。

「フランシス」と、肩ごしに小さな声で言った。「ねえ、あなた。わたしの息子が来てるのよ」

「だからどうだって言うんだい」

「あの……いいかしら。なかに入れてやっても」

「おれのガキじゃない」

「よかった。ありがとう、あなた」母は嬉しそうに言って、ミッチをなかに通した。

そして、奥の部屋にいる男のことを気にしながら、かたちだけの軽いキスをした。ミッチは三つある椅子のひとつに腰をおろした。最初に見たときからなんとなく変な椅子だなと思っていたのだが、腰をおろしたとき、それは自動車の運転席であることがわかった。いまどんな仕事をしているのかと母親に訊かれたので、市内の一流ホテルで夜勤のボーイ長をしていると答えた。母は言った。素晴らしいわ、ほんとよ。ほんとに素晴らしい。そう思わない、フランシス？「だからどうだって言うんだい」このとき、ミッチは思った。やれやれ。いったい全体、母の身に何が起きたというのか。

もちろん、その答えはわかっている。考えようによっては、これでよかったのかもしれない。スズメバチのように怒りっぽかったのが、牛のようにおとなしくなっている。見るからにくたびれていて、魔女のように痩せ衰えている。年は五十ちょっとまえ。フランシスという男はせいぜい三十五だ。

「……ダンサーなの。フランシスはとても才能のあるダンサーなのよ。みんなそう言っている」

「それはいい。素敵だ」

「ええ、そうなの。踊ってるの」

「なるほど。それが仕事なんだね」

「そ、そう……ダンサーなの」

「それはいい。素敵だ」ミッチは言った。母がお行儀よくしていてくれと頼んでいるのは、その目を見ればあきらかだった。「とても上手なんだろうね。できれば一度見てみたいよ」

フランシスが居間に入ってきたときには、身支度を整えていた。黒地に幅広のチョークストライプのしゃれたスーツ、黒いシャツ、黄色のネクタイ、爪先が尖った靴。ミッチが立ちあがって手をさしだすのを待ち、なのに握手はせずに椅子にすわり、手に持っていた缶ビールの蓋をあけた。

まばたきもせず黙ってミッチを見つめている。ミッチは微笑みながら見つめかえした。

しばらくしてようやくフランシスが口を開いた。「おまえさん、ベルボーイなんだってな。客から女を世話してくれと言われたら、どうする」

「あんたなら、どうする」

「ホテルの従業員はみんな商売用の女をかかえてるって話を聞いたぜ」

「本当に?」ミッチは微笑んだ。「それで、何か言いたいことでも?」

母は気をもみ、そわそわし、ミッチにビールをすすめたらどうかと蚊の鳴くような声で言った。

「じゃ、そうしよう」フランシスは言って、持っていた缶ビールをいきなりミッチに向かって放り投げた。

なんとかキャッチすることはできた。だが、ビールを缶からこぼさずにキャッチすることはできず、百五十ドルのスーツのズボンがびしょ濡れになってしまった。ミッチは缶をむきだしのパイン材の床にそっと置いた。その口もとには笑みが浮かんでいる。フランシスは腹をかかえて笑っている。

「キャッチャーとしては失格だな、ベルボーイ」

「たしかに」ミッチはまた微笑んだ。「投げるほうが得意なんだよ」

「そのスーツはいくらしたんだ」

「買ったんじゃない。自分でつくったんだ。自分の服は全部自分でつくってる」

「小賢しい口をきくんじゃねえよ、ベルボーイ」

「あんたもやってみたらどうだい。失敗しても損はしない」

ミッチは自分の顔の笑みが大きくなり、凍りついていくのを感じた。母はそのことの意味を理解し、場を取り繕うためにぺちゃくちゃしゃべりはじめた。フランシスは一睨みして黙らせた。

「週にどれだけ稼いでるんだ、ベルボーイ」

「情報を交換しよう。小さな赤い帽子はどこにしまってあるんだい」

「はあ？　そんなもの、持っちゃいねえよ」

「だったら、小銭を集めるのに何を使っているんだい」

「小銭？　どういう意味だ」

「踊ってみせて、もらえるものだよ。それとも、相棒の手回しオルガン弾きに信頼されていないので、金をあずからせてもらえないのかい」

母は怯えておろおろしている。

フランシスは悪態をつき、椅子からガバッと立ちあがった。だが、スピードが足りなかった。あっと思ったときには（あるいは、思うまえに）、ミッチに股間を蹴りあげられ、喉に肘打ちを食わされ、顔面に膝を叩きつけられていた。母が悲鳴をあげて、ふたりのあいだに割ってはいったときには、肋骨をいやというほど踏みつけられていた。

悪いことをした、本当に悪いことをしたと思いながら、ミッチは家を出た。あの男が王のように母を足もとにかしずかせていたとしても、半殺しにする理由にはならない。フランシスを叩きのめしているときに気づいたのは、真の被害者は母であるということだった。もう二度と母に会うことはあるまい。いますぐこの街を離れよう。

家に帰ると、テディに事の次第を説明し、仕事が見つかり次第、呼び寄せると約束した。テディは自分もいっしょに行くと言ってきかなかった。あなたはわたしの旦那さま。ひとりではどこにも行かせない。

「わたしもフォートワースへ行く。いまと同じ仕事なら、働き口はすぐに見つかるはずよ」

「でも、おれは？　向こうですぐに仕事が見つかるかどうかわからない」

「見つからなくてもいい。わたしの稼ぎだけで充分にやっていけるわ。それに、あなたはベビーのおもりで忙しくなるのよ」

「ベビー？　いったいなんの話をしているんだ」

テディはスカートをめくり、パンティをおろし、白い下腹を見せた。そして、ミッチの頭を引き寄せて、そこに押しつけた。そのとき、ミッチは感じた。強くはないが、間違いなく蹴っている。

ミッチが頭を離すと、テディは大きな笑みを浮かべた。「わかったでしょ。もう八カ月なの。あまり目立たないけど、そういうひともいるってお医者さまが言ってたわ。出産間際まで働いてもかまわないんだって」

ミッチは大きく手を振った。「だ、だめだよ。そんなの――」

「これで何もかもうまくいく。ママさんはお仕事、旦那さまはベビーのおもり。当然でしょ。旦那さまにはたっぷり時間があるんだから。可愛いベビーと遊んでやってちょうだい」

ミッチはとつぜん語気を荒らげた。ひとをいったいなんだと思っているんだ。おれは家族を養っていく。そのために仕事を見つける。きみは赤ん坊のおもりをするんだ。

「何を言ってるの」テディは甘ったるい声で言ったが、そこには鋼鉄の響きがあった。「わたしにはもうすでにおもりをしなきゃいけないベビーがいるのよ。わたしの旦那さまがわたしのベビー」

「聞こえてないのか。その旦那さまとかママさんとかいうふざけた言い方もやめろ。全部頭から追いだせ。聞いていると、むかむかしてくる」

「ママさんにそんな口をきくもんじゃないわ」

「やめろ！　やめろと言ってるんだ！」

ミッチはベッドに倒れこんだ。テディは不吉なくらい暗い顔でバスルームに向かった。

水が流れる音がする。ミッチは唇を噛んだ。後悔の念が押し寄せてくる。なんということだ。最初は母親、その次は妻。一日にふたりの女につらく当たってしまった。自分にとってかけがえのない、たったふたりの女性なのに。しかも、テディは妊娠しているのに。もうすぐ母になろうとしているのに。本当なら、怒鳴りつけたり、罵ったりするのではなく、優しい言葉をかけてやるべきなのに。

謝ろうとして口をあけかけたとき、目の前にとつぜんテディが姿を現わした。と、手に持ったタオルをミッチの口に突っこみ、引っかきまわしはじめた。

びっくりして、一瞬動けなかった。息が詰まり、あえぎ、吐き気をもよおしながら、必死にもがいてなんとか口から手を離させることができた。文字どおり泡を食い、よろめきながら部屋を行ったり来たりしはじめる。

口汚く毒づきながら、唾を吐く。口から石鹸の泡が噴きだしている。テディはその様子を上から憐れむような目で見ていた。

「そうよ、ママさんはこんなことしたくなかったのよ。旦那さまよりママさんのほうがずっとつらいのよ」

「糞ったれ」ミッチがもつれる舌で言った。「いったい全体、なんでこんな馬鹿なことを——」

「口のきき方に気をつけたほうがいいわ。いい旦那さまになるのよ。でないと、ママさんがまたお口の掃除をしなきゃならなくなる」

7

バーの音楽は上に向かって柔らかく膨らむように漂っている。ミッチはレッドにうなずきかけ、スツールから立ちあがった。

「ここで待っていてくれ、ハニー。すぐに戻る」

「ミッチ」レッドの視線の先には、さっき出ていけと言った、背の高い伊達男の後ろ姿がある。

「誰なの、ミッチ?」

「フランク・ダウニング」

引きとめられるまえに、ミッチは歩きはじめた。そこから少し行ったところにあるドアの前で、ダウニングは立ちどまり、肩ごしにちらっと後ろを見てから、その向こうの部屋に消えた。

その部屋はバーの別室のようなものだった。のんびりくつろいだり、話したりできるようにしつらえられている。照明は屋外よりも暗いくらいで、客のひそひそ話さえ聞こえない。ミッチはまばたきしながら周囲を見まわし、暗がりのなかの人影に目をこらした。そのとき、カチッという音がしてライターの火がつき、フランク・ダウニングの冷たい仏頂面が闇のなかに浮かびあがった。

部屋の奥にある小さな書き物机の前にすわっている。ときどき明るくなる煙草の火を目印にして、ミッチは分厚い絨毯の上を歩いていき、ダラスのカジノ経営者の向かいの席にすわった。

そして、何も言わずに待った。ダウニングも何も言わない。数分が過ぎる。ミッチは煙草に火をつけ、さらに待った。ようやくダウニングが沈黙を破り、渋々といった感じでうなり声をあげた。それから小さなため息をつき、煙草を指先で叩いて灰を落とした。

「あの赤毛だが、いい娘じゃないか、じつに」

「ああ」ミッチは何食わぬ顔《こ》で言った。「妹なんだ。たしかにとても可愛い」

ダウニングは舌打ちした。「そうかい、そうかい。あんな可愛い妹を持つ者はどこにもいないだろうよ」

「それで?・」

「彼女といっしょにもう一杯飲み、メシを食い、ちょこっと踊って、ここから出ていけ。さっき言ったように。それとも聞こえてなかったのか」

「聞こえてたよ」

「いいや、そうは思わない。わしが出ていけと言ったあと、ここにいつづけている者はいない」

「例外はあるってことだろう」

「あの赤毛はじつにいい」ダウニングはなかば上の空で言った。「ああいう娘は幸せにしてやらなきゃいかん」

ダウニングは立ちあがりかけた。ミッチはあわてて手をのばして制した。

生計《たつき》のためにテキサスはどうしてもはずせない。タルサやオクラホマ・シティを除いて、いまプロのギャンブラーが草をはむことができる場所はそこしかない。テキサスには足場にできる大都市がいくつもある。そこにはドル紙幣の緑が生い茂っていて、クレジットカードの胴枯れ病が入りこむ余地はない。人々が好むのは現ナマの手ざわりだ。〃五十ドル以上の現金は持ち歩かない〃というケチな料簡は誰も持ちあわせていない。そこにいるのは、みずからの存在そのものを賭けて、ほしいものを手に入れた者たちであり、みないまひとたびの勝負に出るのをためらわない。そこでサイコロ賭博が市民権を得ているのは、尻の軽さと気ぜわしさ、そして自信(得られるものは最初より二度目のほうが大きいという確信)があわさったもののせいだ。先祖代々の資産を持ち、いまその力が衰退しつつあるところでは、ブリッジやラミーといったカードゲームが幅をきかせている。

そういうことだ。テキサスは生計《たつき》のためにどうしてもはずせない。ダウニングを敵にまわしたら、生計の途が断たれることになる。

「わかった」と、ミッチは言った。「わかったよ、フランク。でも、それじゃ困るんだ」

「わしの流儀はわかっているはずだ」ダウニングは冷ややかな声で言った。

「おれはチンピラじゃないんだ。あんたとはこれまでずっとうまくやってきたじゃないか。なのに、いまはカエル扱いで、おれはピョンピョン飛び跳ねなきゃならない。いったいどうしてなんだ。どうしておれをここから叩きだしたいんだ」

「いいからもう一杯飲み、メシを食い、踊ってこい」

ミッチは眉を吊りあげた。「ふざけないでくれ。おれには知る権利がある」それから一呼吸おき、ダウニングの顔をじっと見つめた。「あんたがこれからやろうとしているゲームに首を突っこませたくないということなら――」

「馬鹿なことを言うな。わしは自分の店の外では一セントも賭けない」

「じゃ、どうして？　おれもレッドもおかしな人間じゃない。なのに、どうしておれたちをゴミのように扱うんだ」

ダウニングは聞いていないみたいだった。新しい煙草にゆっくり火をつけ、吐きだした煙を思案顔で見つめていた。ミッチが黙って待っていると、しばらくして煙草の火を揉み消し、一瞬のためらいのあと、ようやく口を開いた。いつもはなんの感情もこもっていない冷ややかな声に、このときは変化が生じていた。

「昔のダラスの川底を見たことはあるか、ミッチ」

ミッチは困惑のていで首を振った。「いいや」

ダウニングはそこで生まれたと言った。とにかく、とんでもないところで、そこに勝手に住みついた者からは〝川底〟とか〝糞の河〟とか呼ばれていたらしい。文字どおり、それは糞が川面にぷかぷか浮かんでいて、場所によっては分厚く積もっているので、その上を歩くことができるような川だ。それでも、人々はそこで身体を洗っていた。それだけじゃない。そこの水を飲んでもいた。庶出の嬰児をそこで溺死させてもいた。そういう運命をたどった者は何人もいた。売春はその地の主要産業であり、望まれていない赤ん坊はその地の主要産品だった。私生児とネズミと疾病。だが、フランク・ダウニングは幸運だった。川底から拾いあげられ、それまでの境遇と比べたら天国といってもいいところへ連れていかれた。テキサス州でももっとも躾《しつけ》が厳しい感化院だ。そこでは毎日三度の食事にありつけ、ベッドで寝ることができ、着る服も与えられた。州が定める十一年間の学校教育を受けることもできた。そのあいだに、計りしれないほど貴重な技術の数々を身につけた。賄賂、汚職、暴力沙汰、そしてギャンブル。そこを出るときには、守衛長みずからがダラス警察の風俗課への推薦状を書いてくれた。

「これがわしの出自だ、ミッチ。そこからここまで来た。そこからゼアースデール・カントリークラブまで来たんだ」

ミッチはやはり困惑のていでうなずいた。「なるほど。大変だったんだな。話を聞かせてくれたことに感謝するよ。でも――」

「じつは、このクラブの会員になりたいと思ってる」

「このクラブの会員に？　でも……いや、結構なことだ、フランク。心から――」

「お笑い草さ。教会に連れていかれた娼婦のようなものだ。〝やれやれ。まいった。まいった。ハッハッハ。見ろよ、われらがクラブの新入会員を……〟とんだお笑い草さ。でも、気にすることはない。なんとしてもこのクラブの会員になってみせる。おまえにも誰にも邪魔させせん」

それはどういうことなのかとミッチは尋ね、ダウニングは答えた。

「わしらはどちらもプロだ。おまえがここで法外な金を巻きあげたら、わしも同族と見なされる。

とばっちりを食いたくない」

心配することはない、願いはかならずかなう、とミッチは請けあった。ダウニングは言った。

ダラスの川底にいたときからそこまでの距離はとんでもなく長い。たしかにミッチはプロのギャンブラーとして名前を知られているわけではない。だが、知られる可能性はある。同様に、ミッチが賭場を荒らすようなことをするとは思えない。だが、やはり可能性はある。

「わしが言いたいのは、ミッチ、可能性はつねにあるってことだ。それを無視するわけにはいかん。だから、おまえはすぐにここから出ていくべきだったんだ。わしに失せろと言われるまえに、消えてなくなるべきだったんだ」

ダウニングは皮肉っぽい笑みを浮かべて会釈をし、立ちあがりかけた。ミッチはまた引きとめた。

「いま懐がちょっと寂しくてね、フランク。レッドはそれを知らない。だから、なんとか一稼ぎしなきゃならないんだ」

ダウニングは取りあわなかった。「やれやれ。まだここにいるつもりか。おまえはわしのシャツの襟が正面に向いていると思っているのか」

「本当なんだ、フランク。なんとかしなきゃならないんだ」

「おや?」ダウニングは指さした。「どうやらお帰りのようだ」

「えっ?」

「牧師だ。正面玄関から走って出ていった。おそらく、泣きごとを言っている男を見たくなかったんだろう。もちろん、わしもそんなものは見たくない」

ミッチは判断を誤ったことを知り、笑いながら、すぐに軌道修正をした。「わかった。でも、せっかく来たんだから何もしないで帰るわけにはいかない。サイコロには手を触れない。投げ手にはならずにただ賭けるだけにする。それならなんの害もない。ちがうかい」

ダウニングはためらった。ミッチに対して好感を抱いているとはいえ、他人に便宜をはかるのはあくまで自分が損をしないかぎりにおいてだ。

「紹介の労をとれと言うのか」

「いいや、そうじゃない。あんたは隣でおれの手並みを見ていればいい」

結果的に同じことになる、とダウニングは言った。

ミッチはそれを否定した。「だったら、みんなで行こう。あんたとレッドとおれとで。おれはひとりでゲームをする。そのあいだ、あんたはレッドと話をしていればいい。そうしたら、おれをそこへ連れていったことにはならない。そこにはあんたの知人が大勢いるはずだ。おれたちは単にそのなかのふたりにすぎない」

ダウニングは首を小さく縦に振った。「よかろう。でも、おかしな真似はするんじゃないぞ。いま、ここでは」

「どこでだってしないさ」

「いいな。賭けるだけだぞ。サイコロには手を触れるな」

ミッチは同意した。そして、ふたりで椅子から立ちあがったときには、ほくそ笑んでいた。今夜はただ賭場に足を運び、金に糸目をつけないギャンブラーたちと顔見知りになるだけでいい。そして後日、ダウニングが街にいないことを確認してから、あらためてここに来ればいい。

ドアの前まで来たとき、ダウニングはとつぜん振り向いて、苦々しげに言った。「食えない野郎だ。どうやらいっぱい食わされたようだな」

「えっ？」ミッチはすっとぼけた。「なんのことだい、フランク」

「わしに会うまではプレイする気などなかったんだな。おまえは賭場が開かれる場所さえ知らなかった」

「取引はすんでるよ、フランク」

「わかってる。でも、あんまり調子に乗るんじゃないぞ、ミッチ。悪ふざけは一回かぎりにしておけ」

レッドはバーでふたりを見ていた。先ほどの出会いのせいで、ダウニングに愛想よく振るまう気にはなれなかったみたいだった。

ミッチが紹介すると、微笑むかわりに歯をむきだした。そして、スツールからおりようとしたときにダウニングがさしだした手を振り払った。けれども、ダウニングは眉をかすかに吊りあげただけで、その目の奥にはいたずらっぽいユーモアの光があった。伊達に年をとっているわけではない。生れ育ったところからここまで長い長い道のりを歩いてきたのだ。こういう状況は嫌いではない。むしろ望むところだろう。

賭場は三階にあった。ダウニングはふたりを専用エレベーターに案内した。エレベーター係はさりげなく三人を観察し、頭のなかで写真におさめたみたいだった。エレベーターをおりたところには、エレベーター係よりも物越しは柔らかいが、がっしりとした体型の男がいて、やはり写真を撮るような視線を投げてよこした。

それから、廊下のはずれのドアをあけ、一歩後ろにさがって一礼し、三人が部屋に入ったあと、ドアを閉めた。

部屋はいびつな八角形で、戸口から幅の広い三段の階段をおりたところに床がある。窓はない。部屋の半周分の壁際にビュッフェ・テーブルがあり、その前に黒人の給仕係が立っている。四台の細長いソファーからほどよい距離をとったところに、長方形のクラップス用のテーブルが設置されている。

テーブルのまわりには、半ダースほどの人々がいる。そのうちのひとりは、でっぷりと太った中年の女性だ。ミッチは連れのふたりにうなずきかけて、テーブルのほうに歩いていった。ダウニングとレッドはソファーに腰をおろした。

ダウニングは心のなかで笑いながら、レッドになれなれしげなウィンクをした。「一杯いかが、お嬢さん。いける口なんだろ」

レッドは首を振った。「いいえ、けっこうよ」

「金はかからない。どんなに酔っぱらっても、一セントも払わなくてもいいんだよ」

「けっこうです!」

レッドは無視することにして、ミッチがテーブルのまわりにいる者たちのなかに入っていく様子をじっと見ていた。だが、ダウニングは無視させてくれなかった。くだらない話をしつこく続け、あげく肘で突ついたりしはじめたので、レッドは振り向かないわけにはいかなくなった。

「……これはどうしても言っておかなきゃならないことだが、きみみたいに美しい女性はいない」

レッドは冷ややかに微笑んだ。「あらあら。お上手ね」

「今日は本当に暑かった。汗だくになっちまったよ。せめて足くらいは洗いたいね」

「かわいそうに。それで頭がどうかしちゃったのね」

「そうかもしれない。これはわしがいつも言ってることなんだが、問題は温度じゃなくて、湿度なんだ」

「本当に? 問題は温度じゃなくて湿度だと、あなたはいつも言ってるの?」

「ああ。いつもそう言っている」

「どこかに書きとめておいたほうがいいかもね。忘れると大変なことになるから」

ダウニングは苦々しげな顔をして、からかっているのかと訊いた。「そうにちがいない。きみはわしをからかっている」

「あなたのような知的な紳士を? 考えすぎよ」

「無理をしなくていい。きみに嫌われていることくらいわかってるよ」

レッドは軽蔑の色をあらわにしてダウニングを睨みつけた。「そのとおり。わたしはあなたが嫌いなの、ミスター・フランク・ダウニング。正直《フランク》に言うと、虫唾が走るくらい」

「ああ。正直であるに越したことはない。少々あからさますぎるきらいはあるがね」

レッドは一本とられたことに気づいて、顔を赤らめ、怒ったふりをし、それからくすくす笑いだした。「まいったわ。あなたにはかなわない」

「何か問題でも、お嬢さん?」ダウニングは素知らぬ顔で訊いた。

「大ありよ。あなたはさっきと同じひとなの?」

「わしが? もちろん同じだよ。湿気の隣にずっとすわっていた」

「としたら、ずいぶん長くいたわけね。早く立ちあがって、お酒を持ってきてちょうだい」

ダウニングは笑いながら立ちあがった。そして、二人分の酒とオードブルの皿を持って戻ってきた。それ以降は話がはずみ、同時に好感も募っていった。出だしが悪かったときには、こんなふうにとんとん拍子で仲よくなることが往々にしてある。

一方、ミッチがいるところでは、そのすぐ横の男がサイコロを手に持っていた。どうやら今夜の稼ぎ頭らしく、ディナー・ジャケットのポケットが紙幣で膨らんでいる。そんなに年をとっているわけではないが、髪に白いものがまじっている。ポケットから一握りの紙幣を取りだして、テーブルの上に置いた。

そして、一本の指で札を数えはじめた。「四千、五千、六千、七千……七千五百。これを全部賭ける」

緑のフェルトの上に金が置かれていく。男はサイコロを手のなかで鳴らし、自分の賭け金は七千五百ドルで、千ドルの空きがあることを伝えた。

「たったの千ドルですよ、みなさん。何をためらっているんです」男は一同を見まわし、ミッチのところで視線をとめ、招待状を出した。「千ドルの場があいています。全額でもいいし、一部でもかまいません」

「金ですむことなら」ミッチは微笑んで、財布を取りだした。

サイコロが転がる。4のゾロ目の8《ハード・エイト》。その次は2のゾロ目の4《ハード・フォー》。それから6。さらにまたハード・フォー。そして、ハード・エイト。またしても同じ出目だ。

男は賭けつづけた。一万五千ドル。このときは二千ドルの場があいていた。ミッチはそこに賭けた。

サイコロが転がり、2のゾロ目を上にしてとまった。またハード・フォー。三分もしないうちに三回も！　これは危険信号と考えなければならない。

もちろん、ありえないことではない。賭場では何が起きるかわからない。それにしても……

ミッチはサイコロの出目の続き具合と組みあわせの観察を続けた。4と2の6。次はまた4と2の6。そして、ふたたびハード・エイト！　さらにハード・フォー！　なんと四回目のハード・フォー。投げ手の勝ちだ。

ミッチは困惑のていで立ちつくしていた。事実は明白だ。だが、それを状況と結びつけることができない。この男は詐欺師ではない。ここにいるのは顔見知りの者たちばかりのはずだ。おそらく旧知の間柄なのだろう。そうでなくても、ここまで露骨なことをする詐欺師はいない。そんなことをする必要はまったくない。あまりにも危険すぎる。サイコロ賭博師が頼るべきものは手先の技であり、捕まる可能性があるいかさまではない。

若白髪の男は笑いながら、三万ドル全部を賭けることを手振りで伝えた。ミッチの顔を見て、にやりと笑うと、すぐに動いた。サイコロを持った手でテーブルの上の札束をつかみ、すでに大きく膨らんでいる上着のポケットに突っこむ。すぐにポケットから手を出し、二個のサイコロをテーブルの上に投げて転がす。

「サイコロを取ってもらえますか」男はミッチに愛想よく微笑みかけた。「わたしのツキをお裾分けできればいいんですが」

「それはツキじゃない」ミッチは言った。「あんたは細工したサイコロを使っている」

「えっ?・」笑みに困惑の色が混ざった。「それはあまりいいジョークじゃありませんな」

ミッチはうなずいて同意した。それから、さっきまで使っていたサイコロを見せてくれと言った。

「いまはポケットのなかに入っている。金をつかんだときに、あんたはサイコロをすりかえた」

ミッチの視野の片隅に、ダウニングが立ちあがり、レッドを無理やりドアのほうに連れていくのが見えた。レッドは振り向き、心配そうな顔で見ている。もちろん間違ったことはしていない。

だが、裏づけるものは何もない。つまり、それは大きな失敗だったかもしれないということだ。

「これはジョークでもなんでもない。あんたはいかさまで金を稼いでいる」

「わたしが？　ほかにも同じように思っているひとはいますか」

誰もいない。みなそれを態度で示した。男をかばうように身を寄せ、ミッチに冷たい視線を投げてよこす。共通の敵に立ち向かう一族郎党といったところだ。

「わたしを調べたいなら、どうぞご自由に」男は笑いながら一同を見まわした。「友人の要望にはいつだって喜んで応じることにしています」

「馬鹿なことを言うなよ、ジョニー」小さな戸惑いの声。「やれやれ、ジョニー。われわれは仲間じゃないか」

男はミッチのほうを向いて、愉快そうな目で見つめた。「あなたは何か勘違いをしたようですね。もしかしたら飲みすぎかもしれない」

「間違いない。サイコロを見せてくれ」

「ご自由に。サイコロはテーブルの上にあります」

「見たいのはポケットのなかにあるサイコロだ。さあ、見せてくれ。いやなら、三千ドルをかえしてもらおう」

「いいえ」男は不敵な笑みを浮かべた。「そんなことはできませんよ」

ミッチは一歩前に足を踏みだした。男は一歩あとずさりして身構えた。次の瞬間、ミッチは後ろから腕をつかまれ、振り向かされていた。

そこにいたのは、玄関のドアを抜けたところに立っていた逞しい身体つきの男だった。おそらく接客主任か給仕長だろう。

歌うような柔らかい口調で言った。「お客さま。どうなさいました」

ミッチはいらだたしげに説明した。男は首を振った。

「そんなはずはありません。そのようなことをおっしゃるなんて、あなたはどちらさまなんでしょう」

「知っているはずだ。さっきゲストカードを見たじゃないか」

「もう一度見せていただけますか」

ミッチはゲストカードを手渡した。男はそれをちらっと見て、ふたつに引き裂き、床に投げ捨てた。

「あなたは歓迎されていません、ミスター・コーリー。いますぐお帰りになったほうがいい」

「ちょっと待ってくれ！　いったいここはどういう場所なんだ。おれは三千ドルもだましとられたんだぞ。どうしてこんな――こんな理不尽な扱いを受けなきゃならないんだ」

「理不尽な扱いではありません、ミスター・コーリー。騒ぎを起こしたのはあなたなんですよ」

「このクラブの責任者がなんと言うか。あんたの名前を教えてもらおうじゃないか」

男はうなずいた。「かまいませんよ。わたしの名前はジェイク・ゼアースデールです」

8

レッドはようやく眠ったようだ。

ミッチは静かに身体を離し、毛布を引っぱりあげてレッドにかけてやり、隣の部屋に行った。そこで酒をつくると、それを持って窓辺に歩み寄り、街を見おろした。困ったことになってしまった。眠りについた大都市の夜景は目に入っていない。頭のなかはこの夜に起きたことでいっぱいになっている。

当然のことながら、黙ってクラブをあとにするしかなかった。三千ドルをまんまとだましとられたのは、いまこの状況では大きな痛手だったが、これ以上やっかいなことにならないようにと祈りながら立ち去るしかなかった。だが、それで終わりになるとはかぎらない。フランク・ダウニングの話だと、若白髪の男はゼアースデールの部下で、長年の友人らしい。そして、ゼアースデールは友人を大事にし、敵をこてんぱんに叩く男らしい。

先刻ミッチがクラブから出たとき、レッドとダウニングは建物の前で待っていた。ダウニングはそこでの出来事を笑いのめした。

「おまえと手を組んだら、ミッチ、どれだけの赤字をかかえこまなきゃならないかわからんだろうな」

「やめてちょうだい、フランク」レッドは言った。「ミッチは正しいことをしたのよ」

「本当に？　だったら、どうしてあんな赤っ恥をかかなきゃならなかったんだ。こっちまでとんだあおりを食うところだった」

「すまない」ミッチは言った。「あんたに迷惑がかからなきゃいいんだが、フランク」

ダウニングは言った。待つしかない。いずれにせよ、いかさまをするメンバーがいるようなクラブなら、かならずしも会員になりたいとは思わない。

ミッチはあの男がいかさまをしたのは間違いないと断言した。

ダウニングは肩をすくめて、うなずいた。「そうかもしれん。でも、おまえがいいカモだと思われていたのもたしかだ」

レッドはダウニングの腕をどやしつけた。

ミッチは言った。「わかった、フランク。だったら、どうすりゃよかったんだい。あんたたったらどうしていた」

「わしだったら、サイコロを一睨みし、静かに部屋から出ていっただろうな。あんなところで金を賭けるような間抜けだったとしたらの話だが」

「あそこにいかさまをする者がいると最初から思ってなきゃいけなかったってことかい」

「そうは言ってない。でも、だまされたあと、おまえは黙っているべきだった。ジョニー・バードウェルが何をすると期待していたんだね。おれはいかさま賭博師だと告白すると？　それとも、あそこにいた連中が友人に背を向け、おまえの味方になってくれると思っていたのか」

ミッチは反論しなかった。結果的に、騒ぎを起こしたのはあきらかに間違いだった。三千ドルを失っただけでなく、クラブに戻って一儲けする機会を失い、おそらくは強力な敵をつくってしまったのだ。

ミッチはため息をついた。「たしかに、おれは馬鹿だったよ。それで、どうしたらいいと思う?」

「自殺しろ。ほかに方法があるか」ダウニングは笑い、それから手をさしだした。「気にするな。ダラスに来たら、いつでも会いにきてくれ」

口先だけで言っているのではない。友人と思っていないのに友人面をするような男ではない。そんなふうに言ってもらえたら、少なくとも気慰みにはなる。ここでダウニングの不興を買えば、それこそ泣き面に蜂だ。それでなくても、金欠で、今後の見通しもまったく立っていないのだ。いや、ひとつだけあてがある。ウィンフィールド・ロード・ジュニアだ。不渡りの小切手でも金を回収する手だてはある。

ミッチは気をとりなおしてベッドに戻ったが、一抹の不安を拭い去ることはできなかった。もしかしたら、今夜の失敗があとを引くことになるかもしれない。ゼアースデール……いや、あのゼアースデールに何ができるというのか。後ろ指をさされるようなことは何もしていない。おかしなことは人並み以上にしていない。自分には、みんな普通にやっていることとして、肩をすくめておしまいにする悪さや不始末さえ許されていない。たとえば、ホテルのタオルを盗むとか、約束を破るとか、友人の妻と割りなき仲になるとか。

そういった厄介ごとにはつねに危険が伴っている。プロのギャンブラーはただでさえ危険と隣りあわせなのだ。ゼアースデールが何をしようとしているにせよ、突つかれたくないところはない。ただ、いまは状況が悪すぎる。レッドとの暮らしを支えているものが崩壊の危機に瀕している。としたら……

ベッドの上で、レッドが寝がえりを打ち、腕を巻きつけてきた。「心配することはないわ。何もかもうまくいく」

「わかってるよ」ミッチはレッドの滑らかな尻を軽く叩いた。「起こしてしまって悪かったね、ハニー」

「だいじょうぶよ。ゆっくり眠れるようなことをしてほしい？」

ミッチはそれを求め、レッドは応じた。だが、睡眠を誘引した行為同様、睡眠の時間はごく短く感じられた。眠ったと思ったら、次の瞬間にはレッドに身体を揺すられ、朝食がすぐに運ばれてくるので起きろと言われていた。

急いで起きあがり、バスルームに向かった。どうしてこんなに早く起こされたのかわからず、あまりいい気分ではなかったが、何か理由があるのは間違いない。レッドの事実上の夫として、ひとつ学んだことがある。自分が知っていなければならないことや、覚えていなければならないことがあるときには、知っているふりをするか、覚えているふりをしたほうがいいということだ。

レッドにも段取りというものがあり、それを台無しにするのは犯罪行為に等しい。レッドにとって大事なことは、自分にとっても同様に大事なことであるのに、それを無視していいわけがない。

髭を剃って、シャワーを浴びていると、レッドがバスルームのドアの向こうから顔を出した。

朝食が来たわ。急いでちょうだい。ミッチはすぐに行くと答えて、レッドが記憶を呼び起こす手がかりをくれるのを待った。だが、くれなかったので、ドアが閉まりかけたとき、ミッチは呼びとめた。

「ええっと、時間の余裕はどれくらいあるのかな、ハニー」

「そうね……お昼までにはそこに着いたほうがいいんじゃないかしら」

そこに着いたほうがいい？　どこに着くのだ。

「そうだったね」ミッチはシャワーをとめ、バスタオルで身体を拭きはじめた。「お昼はどこで食べよう」

「さあ、どうしようかしら……そうだ。持っていきましょ。ここのレストランでランチをバスケットに詰めてもらえばいい」

ミッチは必死に記憶をたぐりよせようとしながら言った。「ああ、それがいい」

「向こうに電話を入れておくわ。びっくりさせるといけないから」

「そうだね。そうしたほうがいい」

ドアが閉まった。シャワーから出て、バスローブに手をのばしたときに、思いだした。そうだ。

そうだった。今日はふたりで息子の学校に行くことになっていたのだ。そこで、息子のサムに会うことになっていたのだ。すっかり忘れていた。忸怩たる思いに駆られながら、ミッチは急いでバスルームを出た。なんてひどい男なんだ。自分の息子に会いにいく日を忘れるなんて。

朝食をとって、服を着替える。ミッチはツィードのジャケットに黒のスポーツシャツ、レッドは黄褐色のトラベルスーツ、淡いアイボリーのシルクのヘッドスカーフ。エレベーターで下におりると、ミッチはレッドに言った。所得税の四半期分の支払いが迫っているので、忘れていたら指摘してくれ。レッドはわかったと言い、この日はこれ以上いやなことを言わないでくれと付け加えた。

ターケルソンが保温材つきのバスケットを車に積みこんでくれていた。ミッチは彼のことをボーイと呼んで、十セントのチップを渡した。ターケルソンは金を受けとり、太った身体を精一杯のところまで曲げてお辞儀をした。そして、車が走り去ると、堰を切ったように笑いはじめた。

道路は混雑していて、ヒューストンから出るのに一時間ほどかかった。ハイウェイに乗ると、ジャガーは時速七十マイル前後で走ることができた。暖かい日だったが、高速で走る車のなかは涼しかった。レッドはミッチに身体を近づけ、小さな肩を押しつけた。ミッチは車のミラーにちらっと目をやった。レッドの顔は愛と慈しみに満ちている。それを知って驚き、胸に何かがこみあげてくるのがわかった。

「あなたほど愛しいひとはどこにもいない。あなたはこの世でいちばん素敵なひとよ、ミッチ」

ミッチは微笑んだ。「そのことがわかるまで、どうしてこんなに長くかかったんだい」

「最初からわかってた。でも、ときどき忘れることがあるの。誰だって、忘れることはある。今朝みたいに。あなたはサムに会いにいくことを忘れてたでしょ」

ミッチは気まずげにうなずいた。「自分で自分の尻を蹴飛ばしたいよ」

「あなたほど優しいひとはいない。あなたが覚えているふりをしていたのは、わたしのためだったんでしょ。わたしを傷つけたり、がっかりさせたくなかったからなんでしょ」

ミッチはそうするのがベストだと思ったからだと答えた。以前から考えていたことではなく、このときふと思いあたったことだが、女というのはどんなにちがっているように見えても、じつはそんなに変わらないのかもしれない。たとえば、テディと母とレッド。予測したことと正反対のことを何回したかわからない。テディは殴りかかってくると思ったときに微笑んだ。母は微笑んでしかるべきときにひっぱたいた。レッドは——レッドは咎めだてるはずのところを優しさで応じてくれた。愛の証しとして。だからといって、女がいつも男の予想と反対のことをするとはかぎらない。そう。女はそんなに簡単に理解できるものではない。それはセックスと少し似たところがあり、甘く神秘的であると同時に、まったく甘くもなければ神秘的でもなかったりする。無邪気で、間抜けで、ときには激怒し、あえてたとえるなら、色とりどりの鶏の卵を持ってくる復活祭のウサギのようなもの……

とりとめもない夢想から覚めたのは、車が息子の学校の数マイル手前のガソリンスタンドでとまったときのことだった。そこの給油ポンプには、ゼアースデールのZのマークがついていた。当然ながら、このマークは何度も見たことがあるが、これまではなんの意味も持たなかった。いまはちがう。

石油業界で精油業者や販売業者として成功するのは容易なことではない。百万回のうち九十九万九千九百九十九回は、彼らの前に立ちふさがる全能の巨人によって叩きつぶされる。精油や販売の地境には立入禁止の高札が掲げられている。一線を超えた者は、野にさらされて骨になる。それよりもっとひどいことになる者もいる。

たとえば、ギドセン。才知に富んだ魅力的な男で、東部のもっとも裕福な一族の支援を受けていた。だが、駄目だった。たとえば、ハーランド。ギドセンに負けず劣らずのやり手で、かてて加えて政治力も持っていた。だが、やはり駄目だった。ほかにも大勢いる。数えきれないくらいいる。

全能の巨人と戦うには、しかるべき術策が必要になる。それは学んで習得できるものではない。持って生まれた才能だ。必要なのは敵の急所を本能的に察知する能力。攻撃が排便と同様に必要なものであるという信念。道徳を超越し、他人を顧みないこと。隣人はとって食うべきものであり、ナイフは心臓より背中に突き刺すべきであると考えていること。

もちろん、全能の巨人と対峙することができた者が全部そうだというわけではない。つねに例外はある。けれども、ゼアースデールがそのひとりであるとは思わない。

だから、どうだというのだ。ミッチはみずからに問いかけた。自分はどこの誰さまでもない。あの男の神経を逆撫でするようなことは何もしていない。

息子のサムは校門前で待っていた。ミッチの胸は高鳴った。サムが近づいてくる。黒い髪、灰色の瞳、すらりとした身体。士官候補生風の制服。腕ききのサイコロ賭博師ミッチェル・コーリーの昔日を偲ばせる立ち姿。

サムはミッチと握手し、レッドにキスをして、着ている服を褒めた。それから、車のハンドルまわりを羨望のまなざしでひとしきり見つめ、それから父親に向かって片方の眉を吊りあげてみせた。

ミッチは笑った。「そうだな。レッド叔母さんがかまわないと言えば」

レッドは微笑んだ。「もちろん、いいわよ。わたしはあなたの膝の上にすわるわ、ミッチ」

ミッチは座席を詰め、サムに運転席を譲った。息子はいくつになったんだろう。十三歳？十四歳？

サムはシフトノブのチェックをしたあと、スムースに車を出し、校門を抜けて近くの広場まで行った。ピクニック用のバスケットをおろしながら、ミッチは息子の運転を褒め、すぐに自分自身の車を運転できるようになると言った。

サムは軽く肩をすくめた。「ここにいたんじゃ、車を持っていても意味はないよ、パパ」

「そうかもしれない。でも、選挙権のある年になるころには、もうここにはいないはずだ」

「そりゃそうだろうけど」

まるで自分自身の声を聞いているようだとミッチは思った。サムがいま言ったのと同じことを自分もかつて言ったことを覚えている。ちらっとレッドに目をやると、意味ありげな視線がかえってきた。

「寄宿学校暮らしはそんなに長く続かないはずだ、サム」気がつくと、ミッチは言っていた。「レッド――レッド叔母さんも父さんも、あと一年か二年以内に、あちこち渡り歩かなくてもいい仕事を見つけたいと思っている。そうしたら、ひとつところで落ち着いた暮らしができるようになる」

「べつに落ち着かなくてもいい。どちらかというと、ぼくは旅がしたい」

ミッチはローストビーフが盛られた紙皿を手渡し、旅に出るのは教育を受けてからだと言った。サムは父に自分はどうだったのかと訊いた。

「父さんは教育を受けていない。うちにそんな余裕はなかった。あれば、寄宿学校に行っていたはずだ」

「レッド叔母さんは?」

「えっ? そうだな。子供のころは家族といっしょに各地を転々としていた。でも、学校には行っている。その年になるまでに、ひとつところに住まうようになっていたんだ」

サムは父親からレッドへ視線を移し、じっと見つめた。それから、自分に言い聞かせるようにうなずくと、ロールパンにバターを塗りはじめた。

「おいしそうだね。これはレッド――いや、レッド叔母さんがつくったの？」

「いいえ、わたしがつくったんじゃない。いま住んでいるアパートじゃ、料理しちゃいけないことになってるの」

「だけど、料理しようと思えばできるよね。普通の主婦より、なんだってうまくできるよね」

「えっ？　わたしは、ええっと――どうしてそんなことを訊くの？」

「だって、父さんは結婚してないから。再婚って意味だけど。レッド叔母さんが面倒をみてくれてるのなら、結婚する必要はない」

レッドは顔を真っ赤にして、唇を噛み、震える手で果物を取ろうとした。重苦しい沈黙のなかで、サムは無邪気な（無邪気すぎる？）顔で父親のほうを向いた。

「午後は休みをとってある。校内を案内しようか、父さん」

「レッド叔母さんといっしょに行ってくれ。父さんはあとから合流する。まずは校長のところに挨拶にいかなきゃ」

「校長先生は一週間ほどまえから病気で休んでる。挨拶にいくんだったら、教頭先生のところに行ったほうがいい。いまは教頭先生が校長の代行をしてるから」

「わかった。じゃ、そこへ行ってくる」

その場に車を置いて、ミッチは徒歩で蔦に覆われた管理棟へ向かった。太陽が照りつける練兵場を横切ったとき、赤ら顔の軍曹に率いられた訓練中の生徒の一団を見かけた。出来が悪くて絞られているのかもしれない。あるいは、何かの罰を受けているのかもしれない。こわばった顔から汗が滴り落ち、グレーの制服に黒い染みをつくっている。まるでロボットだ。全体がひとつの機械のように動いている。それでも、軍曹は満足していない。意味不明の耳ざわりな号令をかけて一同を停止させ、十数人の汗だくの若者たちを不動の彫像に変えた。それから、その前を行ったり来たりし、どこかに落ち度のある者を見つけだしては、鼻先に顔を突きだし、ミッチでさえぎょっとするような脅しと嘲りの言葉を浴びせている。

それでも、ここはいい学校だ。指折りの名門校なのだ。ミッチは自分にそう言い聞かせながら、管理棟の玄関前の階段をあがった。この学校には南西部の良家の子弟が集まっている。サムをここに入れることができたのは、ホテル業界で出世した友人たちが力を貸してくれたからだ。そんな学校なのに、どうして悪く言えるのか。ベルボーイのロッカールームで少年時代を過ごした者が、どうして指折りの名門校の訓練に文句を言えるのか。

もちろん、サムも文句を言ったりしない。その点に関して言うなら、サムは何に対しても文句を言わない。

教頭のディリンガム少佐は、酔っぱらったクルックシャンクやホガースが練兵場の軍曹をモデルにして描いた男のようだった。福々しい赤ら顔。風船のように膨らんだ腹。そのせいか、机の向こうで浮かんでいるように思える。さしだした手はぶよぶよで、ミッチの手のなかで際限なく縮んでいくような気がした。それから、よたよたと部屋を横切り、ドアを閉める。細い脚はいまにも折れそうで、ゲートルは何もないところに巻かれているように見える。

椅子に腰をおろしたとき、腫れぼったいまぶたの内側のくぼみに隠れた目には、ミッチを射抜くような鋭さがあった。

「ミスター・コーリー」絞りだすような声だ。「ミスター・コーリー、ミスター・ミッチェル・コーリー」

ミッチは黙って見つめかえし、そして待った。何かが臭う。タルカムパウダーの微香や、炎症を起こした腎臓から染みだしてくる臭いだけではない。

「ちょっとやっかいなことがありましてね、ミスター・コーリー。どうしてもお伝えしなければならないことなんですが、うまく説明できるかどうか……本当なら、校長に報告するつもりでした。それは教頭の義務です。選択の余地はありません。でも、今日あなたがこちらに来られるとお聞きしたので——サミュエルはとても立派な若者です、ミスター・コーリー。優等生です」

「わかっています。わからないのは、少佐、何をおっしゃりたいのかということです。いつそこに行きつくのか。あるいは行きつかないのか」

その言葉にディリンガムはたじろいだ。攻撃は最大の防御なり、それはミッチのいついかなるときでも変わることのない信条だ。ミッチは鷹揚に椅子の背にもたれかかり、ディリンガムは気を引き締めた。

「ええっと、つまりですね。今日、郵便物が届いたんです、ミスター・コーリー。当然ながら、校長宛てです。ですが、いまはわたしがその代行をしておりますので……理解するのは容易ではありませんでした。不可能といっていい」

「続けてください」ミッチは冷たく言った。だが、何が問題になっているのかは、すでに察しがついていた。「おたがいそんなに暇ではないと思いますので。ちがいますか」

その言葉にディリンガムはまたたじろいだ。それから、落ちくぼんだ目にかすかな敵意を浮かべて、鍵のかかった引出しから一通の封筒を取りだし、机ごしに投げてよこした。ミッチはそれを開いた。

なかには写真が入っていた。それは逮捕された女性の正面と側面からの写真を引きのばしたものので、裏側には前科が列挙されていた。十六回の逮捕、十六回の有罪判決。すべて同じ罪状。

偽名は使っていない。その犯罪者はつねに本名で通している。

ミセス・ミッチエル・コーリー。

9

フォートワース。

牛の町。西部が始まるところ。

ここでは気楽に過ごせる。みんな良くしてくれる。どんな格好でもいい。服装で判断されることはない。リーバイスとブーツ姿の野暮天が四千万ドル持っていたりする。逆に、どんなに大物ぶってもかまわない。ただし、そのためには本当に大物でなければならない。

お隣のダラスからは悪評をばらまかれている。フォートワースはとんでもないド田舎で、真っ昼間の通りを豹がうろついているとか。それに対して、フォートワースは即座にみずからの街をパンサー・シティと名づけ、噂は百パーセントの事実だと宣言した。

たしかに通りには豹がいる。子供たちには遊び相手が必要だ。それ以外にも、豹は重要な役割を担っている。毎朝、東に流れるトリニティ川に集まり、ダラスの水源に膀胱の中身をぶちまけている。

ダラスの住民が馬鹿げたことを考えるのはそのせいだ。豹の小便を数滴でも口に入れると、みな自分がほかの者と同様に善人だと思うようになる。

――ミッチが妻のテディといっしょにフォートワースにやってきたのは、息子が生まれる一カ月ほどまえのことだった。テディの主張どおり、ミッチはそこで主夫となった。状況が状況なので、しばらくのあいだはそうせざるをえないと自分でも思っていた。稼ぎはテディのほうがずっといい。家族三人が食べていくためにはその金がどうしても必要になる。さらには、身重の妻と言い争いをしたくはなかったし、見栄を捨てて出費を切り詰めようと言いだすこともできなかった。

それまで家具つきの一間の部屋で暮らしていた独身男性として、妻をめとり所帯を持つために必要な費用のことなどほとんど何も考えていなかった。テディのような妻と、テディのきまぐれに支配されている所帯。実際のところ、ミッチは何もわかっていなかった。テディはひとりで買い物と支払いをし、ミッチがときおり家に入れるいくばくかの金を〝とても助かる〟と言って受けとり、一括管理していたからだ。けれども、だんだんわかってきた。テディはとんでもない浪費家だった。

なんでも最高のものを手に入れないと気がすまないのだ。家具、食品、酒、衣服、居住地。だが、それは始まりにすぎなかった。百ドルのドレスを買って、一回着ただけで捨てたこともあった。新しい家具調度を買い揃え、なのにどうも気にいらないと言って、二束三文で処分したこともある。ミッチのためにも金に糸目をつけなかった。たとえば、一ダースもの波紋柄のシルクのパジャマとか。そして、ミッチが嬉しそうな顔をしないと、機嫌を悪くした。

テディは金を憎んでいるのではないかと思うことがときどきあった。金を持っていることに罪悪感を抱き、そのせいで、できるだけ早く使ってしまわなければという強迫観念に駆られるのだ。でも、ものごとは変化する。いまは妊娠によって精神に変調をきたしているのであり、赤ん坊が生まれたら何もかもうまくいくようになる。

ミッチはそう考えていた。だが、そうはならなかった。

ミッチは生まれてきた子（名前はミッチの父と同じサム）を溺愛したが、テディはちがった。赤ん坊を邪魔者扱いし、それまではほぼ完璧だった日々の暮らしへの侵入者と見なした。

「あなたがわたしのベビーよ」と、テディはミッチに言った。「あなただけで充分なの」

「だけど、母親だ。母親なんだから、赤ん坊を可愛がらなきゃ」

「いいの。わたしはあなたを可愛がるから」

「まいったな。いいかい、ハニー、そんなことを言うんだったら、どうして赤ん坊を産んだんだい」

「あなたがほしがったから。だから、わたしが産んであげたのよ」

「そ、そんな――」

「だから、サムのおもりはあなたの仕事。あなたはあなたのベビーを可愛がり、わたしはわたしのベビーを可愛がる」

このやりとりがあったのはサムが生まれて十日ほどたったころのことで、そのときテディはすでに職場に復帰していた。あるとき、真夜中に目を覚ますと、テディがベッドからいなくなっていたことがあった。枕もとにメモ書きが一枚残っていただけだった。ミッチは怪訝に思って、受話器をとり、彼女の職場に電話をかけようとしたが、あとで面倒なことになるといけないので途中で思いとどまった。

勤務先にテディが結婚していることは知らせていなかった。妊娠したことも、ミッチでさえ長いこと気がつかなかったくらいなので、やはり知らせていなかった。お産のときは、近親者を看取るという理由をつけて必要な休みを取った。既婚の女性は雇わないというのが会社の方針だったのだ。それで、ミッチは会社に電話したり訪ねてきたりしないようにと厳しく言い渡されていた。

仕方がないので、しばらくのあいだ放っておくことにした。赤ん坊といっしょにいるのは楽しかったし、いずれにせよ誰かが稼がないといけない。自分には定職がない。

そんなわけで、ミッチはアパートで家事にいそしみ、フルタイムで赤ん坊の世話をしつづけた。多くの本を読み、サイコロの練習をした。天気のいい日には、サムを乳母車に乗せて散歩に出かけた。そのうちに、散歩のついでに、ホテルのロッカールームとかビリヤード場やタバコ屋の奥の部屋とかの賭場へも足を向けるようになった。

サイコロさばきの腕はどんどんあがっていった。究めたというところまではいかないが、かなりの腕になったのはたしかだ。儲けた金の一部は銀行に預け、残りは家計の足しにした。少なくとも、自分の食いぶちくらいは稼ぐことができるようになり、それで多少は自立できたような気持ちになった。けれども、満足するには程遠かった。

赤ん坊の世話をするのは楽しかったが、それを職業にすることはできない。サイコロさばきの腕はあがったが、だからどうだというのか。賭場に通うのはいいが、そこにいると、いつもなんとなく浮かない気分になる。場所も面子《メンツ》も、情けないほどケチくさく、むさくるしい。たとえそこに十年いたとしても、なんの変わりばえもしないだろう。

どこの馬の骨とも知れない、しみったれた連中ばかりだ。長居をしたら、永遠に抜けだせなくなる。大物になりたければ、大物がいるところに行かないといけない。

でも、テディになんと言えばいいのか。テディへの愛は変わらない。彼女を幸せにしたいとも思っている。もちろん、恐れをなしているわけではない。そんなには。ただ困らせたくないだけだ。

結果的には、何もする必要はなかった。テディ自身も現状に満足できなくなったからだ。

ある日の朝、テディは唐突に宣言した。一軒家を借りて、家政婦か子守りを雇い、あなたは仕事についてちょうだい。

「わたしは本気で言ってるのよ、ミッチ。どんな仕事でもかまわない。できるだけ早く仕事を見つけて、働きにでてちょうだい」

「それって、最初からおれが言ってたことじゃないか。家にいろと言ったのはきみなんだぜ。それに――」

「そんなこと言ってないわ！　とにかく、わたしがいないときに、あなたが家にいても仕方がないでしょ。わたしが働いているとき、あなたは眠っていて、わたしがベッドに入るとき、あなたはお掃除をしたり、赤ん坊を外へ連れていったり……冗談じゃないわ！」

「わかってる。でも——」

「議論の余地はゼロよ、ミッチ・コーリー。わたしと同じ夜の仕事を見つけて。そうしたら、擦れちがいにならないわ」

それで、言われたとおりにした。選んだ仕事はホテルのドアマンで、客の車の出し入れの担当だった。むずかしい仕事ではなく、稼ぎはしれている。だが、目下のところ、稼ぎの多寡はそんなに大きな問題ではない。多少は生活費の足しになってくれたらそれでいい。

職場ではもちろんホテルの制服を着ていたが、実際の雇用主はホテルと提携しているタクシー会社で、一部署に一名しかいない従業員のために直属の上司はつかない。なので、そこではお山の大将状態だった。そして、これはそれまで思っていた以上に大事なことだが、もう誰からも〝ボーイ〟とは呼ばれなかった。高級車を預かり管理するという責任重大な業務を担うことにより、名なしの権兵衛から格上げされ、名前があるひとりの人間になり、それなりの敬意をもって接してもらえるようになったのだ。

午前二時から六時のあいだはほとんどすることがなかったので、控え室にすわって、本を読んだり、不眠症の宿泊客の話し相手になってやったりして過ごした。そのなかでもっとも頻繁に話をしにくる者が、分厚い眼鏡のレンズの向こうで巨大に見える目と、針金のような灰色の蓬髪が特徴的な、年齢不詳の小柄な男だった。

ミッチがそこで勤務しはじめたころ、かすかに訛りのある英語でいきなり訊いてきた。「きみは車の出し入れをする駐車係なのに、どうしてドアマンと呼ばれているんだね」

「調べておきます」と、ミッチは答えて、口もとをほころばせた。「明日の夜、答えを聞きにきてください」

「そうしよう」男は真顔でうなずき、それから控え室に身を乗りだした。「どうしてきみはモダンアートの本を読んでいるんだね。誰かに何か訊かれたのか」

ミッチは答えた。いいや。誰のためでもない。一見してどこかのお偉方とわかる男がモダンアートの話をしているのを聞いて、自分もそのことを知っておくべきだと思ったのだ。

「だったら、誰かのためじゃないか。誰かに取りいるためってことじゃないか」

「かもしれません。でも、それがすべてじゃない。知りもしないことに、どうして興味がないとわかるんです」

男はもじゃもじゃの頭を揺すりながら、しげしげとミッチを見つめた。そして言った。「また話相手になってくれ」

それがフリッツ・シュタインホフ医学士／医学博士（精神科）、王立精神医学会会員、ハイデルベルク、ソルボンヌ、ユニバーシティ・カレッジ・ロンドン卒、との最初の出会いだった。ホテルのほかのスタッフとも初対面の際はみな似たようなやりとりがあったらしい。支配人も、横柄な客室係長（ホテル業界では重要ポスト）も、接客係長も、料理長（同じく重要ポスト）も、そして大勢のベルボーイや清掃係も、誰彼かまわず、なんの前置きもなく、同じような質問をぶつけられた。

普通の客なら、もっといいホテルがございますよという冷ややかな応対をされただろう。しかし、フリッツ・シュタインホフは普通の客ではなかった。居住のための部屋に加えて、中二階に仕事用の続き部屋も借りていた。かかえている患者は南西部でもっとも著名で裕福な者たちで、このホテルの大株主ふたりも含まれていた。

不思議に思ったのは、シュタインホフのような一方ならぬ人物がどうして患者だけでなく、自分のような者に興味を示すのかということだった。その答えが少しずつわかってきたとき、それはミッチの処世術に大きな影響を与えることになった。要するに、人間も状況も理解しようと思っても、そう簡単に理解できるものではないということだ。主観を無理なく通すには、骨太の客観性が必要になる。興味や好奇心は恣意的に取捨できるものではない。どんなものでも簡単に消え去ることはない。ひとたび得た知識は別の機会に使うことができる。

暇な時間がたっぷりあったせいもあり、ミッチはいつ眠っているのかわからないシュタインホフの飽くなき好奇心の格好のターゲットとなった。博士の好奇心は満たされれば満たされるほど、膨らむばかりだった。そこに遠慮というものは毛ほどもなかったが、それでも追い払うことはできなかった。ある夜、ミッチは少々いらだちの色をあらわにし、食事に行かなければならないと言った。シュタインホフはいっしょに行くと言い、夜どおし開いている従業員用の食堂へ小走りでついてきた。

それからというもの、ふたりは夜ごとにいっしょに食事をとり、シュタインホフは目の前に置かれたものをなんでも喜んで食べ、私的にすぎると思える質問をさらりと持ちだし、ときおり自分の意見をさしはさんでは、ミッチを諭したり、怯えさせたり、怒らせたりした。

「ギャンブルというのは代用品だ。何かの埋めあわせをするためのものだ。きみの場合は、お父さんがインポテンツだったことだ。きみのお父さんは埋めあわせによって満足するということを知らなかった。だから、きみはいまそれを自分でしようとしているんだよ」

ミッチは笑った。「よしてください、ドクター。ベッドでいま以上の快楽を得ようとしたら、ハーレムが必要になる」

「そうかもしれない。でも、恐れは依然として残っている。男としての能力に自信がある者は、妻に支配されるようなことはない。でも、きみは支配されている、ミッチ」

「まさか。ぜんぜんちがう。ぼくは物事を合理的に進めようとしているだけです。妻は稼ぎの大半を家に入れています。家計のやりくりに口をはさむのは当然のことです。もちろん――」

「もちろん、奥さんはきみよりずっと多くの金を稼いでいる。いままでずっとそうだった。奥さんにとって、金はどれほどの意味も持っていないように見える。ドブに捨ててもいいもののように思っている。それがきみを男として扱わない理由になるというのかね」

「まいったな。そんなのじゃないって言ってるでしょ。ぼくは妻を愛しているんです。妻を喜ばせ幸せにするためなら、なんでもするつもりです」

「当然だろうな。彼女がきみを喜ばせ幸せにするためなら、なんでもするつもりだと思っているなら」

「そんな――」

「わかっている。でも、信じたほうがいい。受けいれがたいことかもしれないが、受けいれたほうがいい。きみは誰よりも奥さんのことをよく知っている。きみたちのあいだには、分ちあった苦労や、秘密の言葉や、深い情愛がある。結婚というのは、たとえそれがどんなにひどいものだったとしても、温かく、歓びに満ちていて、何にもかえがたい宝物といっていい。巷間言われるように、夫は真実を知る最後の人物だ。それは間違いない。でも、どうしてなのか。夫はほかの誰よりも妻に近いのに。わかるか、ミッチ。真実が見えないのは、近すぎるからなんだ。近すぎて、客観的に見ることができないんだ。あるとき、黒人の患者から、あなたは黒人であるというのがどういう意味を持つのかわかっていないと、きわめて辛辣な口調で言われたことがある。それに対して、わたしはこう答えた。きみも白人であるというのがどういう意味を持つのかわかっていないはずだ」

最後の言葉に引っかかりを覚えて、ミッチは眉を寄せた。

シュタインホフは淀みなく話を続けた。「きみの極端に主観的な見解はとりあえず置いておこう。それより、きみの幼少期ときみの両親の結婚生活についてだ。きみはとても普通とはいえない家庭環境のなかで育った。だから、いまの家庭生活は、事実とちがって、そんなに驚くべきもののようには見えないかもしれない。同様に、きみの妻も母親と比べたら比較的ましに見えるかもしれない。きみの母親は母性本能というものをほとんど持っていなかった。その一方で、女としての本能は過剰と思えるくらい――」

ミッチは立ちあがり、食堂からつかつかと出ていった。シュタインホフは追いかけてきて、ミッチと並んで歩いた。そして、さりげなく言った。あらためて話そう。実際のところ、これから何度も話をする必要がある。話しあわなければならないことは山ほどある。

そのとき、ミッチはそんなふうには考えていなかった。もうたくさんだと思っていた。けれども、また話をした。何度も、長い時間、話をした。ミッチが望んだから。自分自身、テディのことがだんだん心配になってきたから。

もちろん、まだテディを愛している。少なくとも、愛していると思っている。けれども、ふたりの関係は少しずつぎくしゃくしはじめていた。テディを見ていると、日を追うごとに不安は募るばかりだった。

目の前にはつねにテディの姿があった。文字どおり、つねに。ミッチが家に帰ってくると、テディはすぐさまベッドに向かった。その快楽に対する貪欲さは、度を越していて、忌まわしく、嫌悪感を抱かせるものになった。会話らしい会話はひとつもなかった。腹を割って話すということがないのだ。どうしてそのことにいままで気がつかなかったのか。これまでウイットと思っていたものは、無知のなせるわざであり（面白いことを言っても、本人にその自覚はなかった）、他人の言葉の単なる受け売りにすぎなかった。

実際にはユーモアのかけらもなかった。ちょっとからかって笑おうものなら、テディは血相を変えて怒った。

テディの前では笑わないほうがいい。ママさんを物笑いの種にしたら、ただではすまない。赤ん坊にはまったく関心を示さず、ミッチが可愛がると、嫉妬し、目を尖らせた。テディがミッチに求めるのはひとつだけだった。何度も、何度もねだった。それに応じられないときには、不機嫌になって唇を尖らせた……気どって、勝ち誇ったように。

それでシュタインホフとの会話を再開した。ミッチは自分とテディのことをなれそめから詳細に話した。

「ぼくは二番目の男だったようなんです」と、ミッチは冗談めかして言った。「テディには、ぼくのまえに付きあっていた男がいたんです。結婚した日の夜、ベッドのなかで泣いていたのを覚えています。将軍から手紙をもらったとか、その男が死んだという噂があるとか言っていました」

シュタインホフは言った。ミッチの話を聞いたかぎりでは、その男も将軍も実在の人物とは考えにくい。その男は性的な妄想であり、将軍はその妄想を打ち砕こうとする権威を意味していると思われる。

ミッチは眉を寄せた。「つまり、イカレてるってことですか」

「親愛なるミッチ、わたしの前でその言葉は使わないでくれ。もう少し当たり障りのない言葉で言ったほうがいい。つまり、正常じゃないってことだ」

「本当でしょうか」ミッチは戸惑い顔で言った。「信じられません」

シュタインホフは肩をすくめた。「アメリカの女性のあいだでは、そんなに珍しくない症例だ。そこまで極端でも複雑でもない例は、あちこちで見たり聞いたりすることができる。その原因はどこにあるのか。もちろん、抑圧的な母親、あるいは出来の悪い、だが愛する父親だ。そこにペニス羨望という要因が加わる。近所の小さな男の子とのままごと遊びなどで、ペニスを持ちたいという願望を持つようになるんだ。さらには、多額の金。それによって、男に対する一応の優位性を確保することができる。あとは、女性として当然の本能。大まかに言うと、こういうことになる……おそらく。しかるべき結論を出し、有益な助言を与えるためには、テディ本人に会って、じっくりと話を聞かなきゃならない。でも、それは無理な注文というものだ」

「あの、お金のことなら……」

「どんなときにでも費用は発生する。見返りなしに与えられるものは、それだけの価値しかないのが普通だ。でも、その点に関しては心配するな。通常なら百ドルはいただくところだが、今回にかぎっては五ドルでいい。問題は、テディがわたしに会うのを拒むだろうということだ。問題があると言ったら、それだけで向かっ腹を立てるだろう。それ以上に踏みこんだことを言えるとも思えない」シュタインホフは少し間をおき、それから続けた。「性的放逸は彼女の生活の一部になっている。当然だろう。もちろん、それを変えるつもりはないはずだ」また少し間をおいて、

「その傾向は以前からずっとあり、だんだん強くなってきていると思われる」

博士の言葉が胸にしみこむにつれて、ミッチは自分の顔が赤くなってくるのがわかった。

シュタインホフ博士は弁解がましく手を広げた。「思いあたる節はいくらでもあるはずだ、ミッチ。精神を病んだ女性が法外な金を稼いでいることとか。夜間勤務とか。貪欲にきみを求めることとか。のべつ幕なしに——」

「もういい、博士。充分だ」

「いいかね、ミッチ。わたしはきみのためを思って……」

ミッチは博士に背を向けた。振りかえりはしなかった。

けれども、言われたことを忘れることはできなかった。疑いは頭のなかでくすぶりつづけた。博士が指摘したとおり、たしかに思いあたる節はある。もちろん、そんな疑念を抱くのがよくないことはわかっている。自分の息子の母親についてそんなひどいことを考えるのはもってのほかであり、とうてい許されることではない。逆に言えば、テディのためにも本当のことをたしかめる必要がある。

そう思いたった週のうちに、職場に欠勤届けを出した。テディは月のうち五日間は生理で仕事へ行けないので、そのときにまとめて休みをとるようにしていた。だから、尾行の日取りを決めるのは、むずかしいことではなかった。実際に尾行するのも、テディが尾《つ》けられているとは思っていなかったから、拍子抜けするくらい簡単だった。

テディが行ったのは、ミッチが知っている場所だった。知っていたのは、まえに来たことがあるからではない。話に聞いていたからだ。もう間違いはないが、それでも信じたくなかった。もしかしたら、なんでもないかもしれない。ちょっとした用があって来ただけで、二度と戻ってくるようなことはないにちがいない。

ミッチは外で待った。何時間も待った。だが、テディは出てこなかった。それで、次の夜、なおも懸命に事実に抗いながら、ふたたびあとを尾けた。そして、このときはなかに入った。

配慮の行き届いた店だった。ドアの内側に数フィートの通路があり、その奥にサルのような身体つきの男が、短く切った野球のバットを小脇にかかえて立っていた。

「飲酒と暴力沙汰は禁止です」男は言いながら、すばやくボディチェックをした。「けっこうです。お入りください」

男は脇に身体をよせて、ミッチをなかに通した。通路の先の部屋には、二階への階段をふさがないように机が置かれていて（これも配慮のひとつか？）、品のいいサージのスーツを着たずんぐりむっくりの男がすわっていた。

「飲酒と暴力沙汰は禁止です」口もとには愛想のいい笑みが浮かんでいる。「どんな娘《こ》がよろしいでしょう」

ミッチは話した。

男は少し考えてから答えた。「ネディだと思いますが……きっとそうです」ミッチが財布を取りだそうとすると、気むずかしげに手を振った。「どうかお気づかいなく。お心づけは女の子にあげてください」

その部屋の椅子には、三人の先客がすわっていた。ときおりおたがいをちらっちらっと見ては、すぐに目をそらしている。しばらくして三人が階段をあがっていったとき、別の客が入ってきて、ボディチェックを受け、注意事項を申しわたされていた。「飲酒と暴力沙汰は……」

しばらくして机の後ろにいた男が微笑み、ミッチにうなずきかけて、ネディは右側のいちばん手前の部屋にいると言った。ミッチは階段をあがりはじめた。

「特別室です。とっても素敵なお嬢さんですよ」

「ありがとう」

ほかの客より丁寧な応対だった。上客と見なし、常連になってもらいたいと思っているのだろう。ミッチは階段の上で立ちどまり、身震いをしながら深く息を吸った。それから、右側の綿モスリンを張った網戸をあけて、なかに入った。

喉がつまり、息がほとんどできない。気を使い、音を立てないように網戸を閉める。ベッドに目をやり、娘を見たとき、安堵のあまり叫びそうになった。娘はうつぶせになり、自分の腕に頭をのせて横たわっていた。薄明りのなかに、象牙の彫刻のような裸体が浮きあがっている。美しいが、影に隠れている部分のほうが多い。顔よりほんの少しよく見えるという程度だ。

だが、髪ははっきりと見える。間違ってもテディの髪ではない。肩の下で内巻きになっていて、黒い。墨のように黒い。

額に玉の汗が噴きでる。ああ、神よ。よかった。やれやれだ。でも、ここでこれから何をすればいいのか。

このまま何もせずに帰るというわけにもいかない。だったら、どうすればいいのか。このまま引きかえしたら、この娘はどう思い、何をするか。野球のバットを持った下の男はどうするか。

どこまでが許される範囲なのか見当がつかない。記憶がほとんどないくらい遠い昔、このような場所の詳しい話を聞いたことはある。だが、実際に行ったことはない。客でない客はこういうとき何をどうすればいいのか。

何かいい手はないかと思って室内を見まわす。

鏡が付いていない化粧台。その上に、白い陶製の水差しと同色同素材の洗面器。そのそばに、殺菌剤の小さな紙箱。安物のウィスキー。紫色の過マンガン酸カリウムの結晶。洗面器の内側はうっすらと紫色に染まっている。化粧台の横には籠があり、その半分くらいのところまでタオルが積みあげられている。そのタオルにも紫色の染みがついている。

椅子に、当然ながらベッド。そしてもうひとつ。白い大きなポット——室内用の便器だ。タオルの籠と同様に半分くらいまで黄色い液体が入っている。そしてその黄色い液体にも、過マンガン酸カリウムの紫色の筋がついている。

配慮の行き届いた店。衛生観念の高い店。

唇がねじれ、ぎこちない微笑になる。その微笑が大きく広がりはじめる。とそのとき、娘がベッドの上で寝返りを打った。そして、上体を起こし、ミッチを見つめた。

それはとても健康そうに見える娘だった。鼻のあたりにそばかすが散らばっている。黒い髪のウィッグのせいで、見た目の変化は信じられないくらいに大きい。

ミッチは息をのんだ。その感情は喜劇と悲劇、おぞましさと滑稽さの微妙なせめぎあいのなかで固着した。そしてそのあと、心のなかで突きあげが来た。それはただ圧力を強めるだけで、操縦のできない装置の撥ねかえりのようなものだった。

ミッチは笑いはじめた。うまく笑えるかどうかに自分の命がかかっているような笑いだった。ある意味、それは事実だった。笑って、笑って、泣いていたとき、テディは立ちあがって、便器でミッチを殴った。

10

ディリンガム少佐はミッチの様子をうかがいながら待っていた。そこにあるのは悪意、そして――そして何か。ねたみ？　願望？　ミッチは教頭の心と頭に探りを入れながら思案をめぐらせていた。

そのうちに、ディリンガムは話さざるをえなくなった。「サミュエルはとても立派な若者です。本学に在籍できなくなるのははなはだもって残念なことであります」

「どうして在籍できなくなるんです」

「そりゃそうでしょう、ミスター・コーリー。ご存じのとおり、本学は名門校として知られています。母親があのような、ええっと――そのあたりの事情はご理解いただけると思います」

「どうしてなんです。今学期はあと三カ月足らずで終わります。その期間だけでも在籍させていただけないでしょうか」

ディリンガムは言葉を発することなく口を動かした。自明のことを説明しようとしたときには、こんなふうになることがしばしばある。それから、どうにもならないといったジェスチャーをまじえて、手続き上の問題に移ろうとした。けれども、ミッチは納得しなかった。

「いいですか、少佐。あなたがこの郵便物を受けとったことは誰も知りません。ちがいますか。万一問いただされるようなことになったとしても、あなたがそれを受け取ったことを証明する手だてはありません。これからもありません」

「でも——でも、わたしは知っています、ミスター・コーリー。知っている以上、わたしの義務は明白です」

ミッチは言った。そうは思わない。少し考えたら、そんなことはないとわかるはずだ。あなたの第一の義務は生徒に寄り添うことではないか。親の不行跡のせいで生徒を罰するのが、どうして義務といえるのか。

「あなたは世故にたけた方だとお見受けしました、少佐。酸いも甘いも嚙みわけておられるはずです」ミッチは笑いながら言った。「あなたはいま人生の絶頂期にいます。いまも浮いた話のひとつやふたつあってもおかしくありません。それがひとの世の常というものです。もちろん、守らなければならない規範はあります。でも、あなたと同じような世故にたけた者が、小さな間違いをおかしたというだけで咎められなければならない理由はありません」

ディリンガムは咳払いをした。黄褐色の制服のなかで、でっぷりと太った体軀が変化しはじめたように見える。贅肉をのばしたり、こねたりして、自分の身体を机の向こうにすわっている細身の男のようにつくりかえようとしているのかもしれない。

「おっしゃるとおりです、ミスター・コーリー。そうなんです。たしかによくあることです。ええ、そうなんです。わたしもフィリピン娘と——」とつぜん警戒心を強めたようで、言葉がプツンと途切れた。「そんなことより、ミスター・コーリー、あなたが何をおっしゃりたいのか、わたしには理解することが――」

「このことは誰も知りません。われわれふたり以外は誰も。ほかの誰かが知らなければならない理由はまったくありません」

「つまり……つまり何をおっしゃりたいんです」

「いまからだと、息子を別の学校に入れることはできません。ここを出ていかなければならなくなると、今学期これまで受けた授業がすべて無駄になってしまいます。先日たまたまですが、子供の教育費についての記事を読みました。総額がどれくらいになるかは覚えていませんが、一学期分としては、そうですね……二千ドルといったところでしょうか」

ディリンガムはぽかんとした顔をしていた。そして、ミッチが手をさしだし、そろそろ行かなければならないと言うと、握手に応じ、それから手を引っこめた。これほどてきぱきとことを進められるとは、自分でも思っていなかったにちがいない。

話はまとまった。じつに簡単に、じつに円滑に。ディリンガムはゆっくりと立ちあがった。ぶしつけにならざるをえないことが、ぶしつけにならなかった。施された者というより施した者として、決まりの悪い思いをすることもほとんどなかった。あとは、もうひとりの世知にたけた男にかけるべき適切な言葉を見つけるだけでいい。

「協力しあいましょう、ミスター・コーリー。おたがいさまです。あらためて申しあげますが、サミュエルが本学の生徒であるのはひじょうに喜ばしいことです。来年も引きつづき勉学に励んでもらいたいと思っています」

ミッチは微笑んだ。「ありがたいお言葉です」

だが、心のなかでは別のことを考えていた。何が悲しくてこんなところにもう一年もいなきゃならないのか。おまえみたいなやつがいるところに！　それでも、オフィスを出て、管理棟の玄関前の階段をおりはじめたときには、もう少し相手の身になって考えることができるようになっていた。

こちらは袖の下を使うのに慣れている。向こうは袖の下を受けとるのにあきらかに慣れていない。間抜けな素人《トーシロー》は、玄人《くろうと》の口車に乗せられ、丸めこまれ、取引に応じたのはあくまで善意からだと思いこんでいる。それ以上の事情はわからない。ことによると、普通なら決してしないことをしなければならない理由があったのかもしれない。借金取りにしつこく付きまとわれているとか、命にかかわる重病を患っているとか、遊びのつもりで付きあっていた女に結婚を迫られているとか……

いまにして思えば、テディがふたたび自分の人生のなかに立ち現われたとき、レッドに本当のことを打ちあけるべきだったかもしれない。だが、そうしていたら、おそらくレッドを失うことになっただろう。あれは知りあってそんなにたっていないときだった。たとえ、レッドが本当のことを知って、それを受けいれたとしても、自分には守ってやらなければならない息子がいた。母親は娼婦で、自分の子供を憎んでいることを、どうやって息子に話せばいいのか。どうやって聞かせたらいいのか。彼はそれをどんなふうに受けとめるか。どんなに大きなダメージを与えるかわからないのに、それでもかまわないというのか。

もちろん、テディに離婚を求めることはできるが、それで事態が好転するとは思えない。かりに離婚したとしても、テディはいまやっていることをやめないだろう。離婚によって、醜悪な事実が表沙汰になり、これまでなんとか持ちこたえてきたものがすべて瓦解する恐れさえある。

ミッチはため息をついて、問題を心の隅に押しやり、明るい表情を取り繕ってレッドとサムのところへ向かった。それから、三人で近くにある湖まで歩いていき、午後遅くまでおしゃべりしたり、湖面に石を撥ねかえらせて遊んだりした。そのあと車に戻り、サムに別れを告げ、レッドといっしょにヒューストンへの帰路についた。

サムと会ったあとのつねとして、レッドは少し不機嫌で、むずかしい顔をしていた。ミッチがどこかで夕食をとっていこうと言うと、お腹がすいていないと答えた。レッドを片手で軽く抱き寄せたとき、どんな反応がかえってくるかはわかっていたが、それをどこに向かわせるかはわかっていなかった。レッドはこれまでになかった方向に進路をとり、サムは自分たちの本当の関係を知っているのではないかと言った。

ミッチは強く首を振った。「きみのことを叔母じゃないと思っているというのかい」

「ええ、そうよ。でも——」

「だとしても、それ以上のことは考えていないはずだ。というより、そうであってほしいという単なる願望かもしれない。サムはきみを好いている。きみが母親だったらいいのにと思っている。だから、きみが叔母でないことを願っているということかもしれない」

短い沈黙があった。それから小さな声で、だがきっぱりと言った。サムの母親になりたい。

「だから、ミッチ、いますぐ結婚しましょ。いますぐに。お金は十万ドル以上ある。そうでしょ。それだけあれば――」

「それだけあれば、なんだい。いまやっている以外に何ができるというんだい」

「心配しなくてもなんとかなるわ。みんなそうしてる。ほかのひとは十万ドルも持っていない」

「おれたちはほかのひとと同じじゃない。おれたちはこれまでずっと贅沢に暮らしてきた。でも、いまの仕事をやめたら、百八十度方向転換をしなきゃならなくなる。きみもわかってると思うが、この稼業から足を洗うためには、それまでに充分な額の金を貯めておかなきゃならない。そのあとも遊んで暮らせるように。もちろん、まわりを見まわして、実入りのいい稼ぎ口が見つかったら、そっちに鞍替えしてもかまわないんだが」

「でも、二十五万ドルよ。そんなに必要なの?」

「その話はすんでるはずだ。それだけの金を貯めようと決めたはずだ」

レッドは膨れっ面で言った。そんなことを決めた覚えはない。いますぐ結婚できない理由はどこにもないはずだ。ミッチが結婚を望んでいないかぎりは。

「なんてことを言うんだ。やれやれ。言うにことかいて」

「そうね……悪かったわ、ミッチ。本気で言ったんじゃないのよ」

「そりゃそうだろうな」

「でも――でも、どうして結婚できないの。どうしてなの」

「もちろん結婚する。でも、もう少し待ってほしいんだ。もう少しだけ。もちろん、いま結婚してもいい。でも、そのあとどうするんだ。サムは？　学校から連れもどす？」

「どうして？　どうしてそんなことをしなきゃいけないの」

「少なくともサムが訪ねてきたときのために、おれたちは家を持たなきゃならない。その家を維持するためには、それなりの稼ぎが必要になる。つまり、かたぎの仕事につく必要があるってことだ。それとも、なにかい、結婚したあともサイコロ賭博で食っていけばいいときみは思っているのかい」

「そうは思っていない。でも……」

「それで？　学校へ行って、サムに結婚の報告をしたら、それでおしまいだというのかい。いいや、そんなことはない。でも、きみが望むのなら……」

もういい、とレッドはぴしゃりと言った。ミッチは利口すぎる。勲章を授けたいくらいだ。それから少しの間をおいて、レッドは笑い、ミッチの頰を軽く叩いた。

「ごめんね、ダーリン。あなたの言うとおりよ、もちろん。誰だってそうだと思うけど、高望みは――」

「ふたりともそれを望んでいるし、それはかならず実現する」ミッチは優しく言った。「だいじょうぶ。ヒューストンはいい街だ。望みはかならずかなえられる」

「望みは途中まででもかなえられたら、それで充分よ」

車を駆りながら、ミッチはもう一押しした。「サムにおめでたいニュースを聞かせるために、前もってしておいたほうがいいことがある。きみは本当の叔母じゃないとほのめかすとか。養子縁組で親戚になっただけだとかなんとか言って」

そうしよう、とレッドは言った。とつぜん結婚したという話を聞かされると、サムはショックを受けるかもしれない。

そして、ミッチのほうを向いたとき、その目はきらきら輝いていた。「そうだわ、ミッチ！サムを結婚式に呼んで、介添人になってもらいましょ」

「名案だ。待ちきれないよ、レッド」と、ミッチは言った。レッドのはしゃぎようには心が浮きたち、自分の偽りには心が沈んだ。

ふたりは宵の口にホテルに着いた。疲れていたにもかかわらず、ミッチはこの夜も熟睡できなかった。翌日の昼前には、税理士と会う約束をしていると言って、ビジネス街へ車で出かけた。

銀行の貸し金庫には、思っていたとおりの額の金が入っていた。三千ドル。そこにあることになっている十二万五千ドルではなく、たったの三千ドル。そこから五百ドル札六枚を取りだして、同額の小切手を買い、テディに郵送した。

前回の送金から一ヵ月以上たっていたが、それは問題ないはずだった。前回の送金の際、いつもより多めに送るので、少なくとも六週間はそれで我慢してもらいたいと伝えてあった。そうしておけば、しばらくのあいだテディのことを考えなくてもいいし、仕送りが遅れたときに起きることの恐怖と危険から逃れることができると思ったからだ。けれども、結果的にそれは大きな失敗だった。

テディは容赦なかつた。それだけの額を払えるのだったら、今後も同じようにすべきだと言って、送金額のアップを一方的に通告してきたのだ。

ホテルに戻る途中、ミッチは絶望的な思いに駆られていた。二週間以内にまたテディに小切手を送らなければならない。なんでも、それは〝義務〟であり、送金が滞ったら黙っちゃいないとのことだった。だが、奇跡でも起きないかぎり、おいそれと応じるわけにはいかない。

前方にドライブイン・レストランがあったので、そこに入り、コーヒーを注文した。コーヒーをゆっくり飲みながら、心のなかですばやく計算をした。

五千ドル。それが宿泊先のホテルに現金で支払ったおおよその金額だ。それから、ゼアースデール・カントリークラブでだましとられた三千ドル。加えて、サムの学校でディリンガム少佐に渡した二千ドル。そして、今朝テディにさらに三千ドル。

合計すると、信じられないことに、一万三千ドルにもなる。わずか三日間のうちに、一万三千ドル！

懐具合はもともと厳しく、プロのギャンブラーの軍資金としては心もとないかぎりだった。それでも、五千ドルのホテル代を支払いながら、かつかつでなんとかやっていけると思っていた。本当にやばいことになったのは、八千ドルの予想外の出費のせいだ。クラブでの負け、袖の下、そしてテディへの仕送り。そういったものは計算に入っていなかった。愚かだった。こういう稼業をしているからには、理屈では起きることのない惨事をつねに予想していなければならないというのに。

それで……いま手元に現金はいくらあるのか。

財布を取りだしかけたが、すぐまたポケットに戻した。正確な金額を知っても意味はない。いくらであったとしても、それでなんとかしなければならない。なんとかなるはずだ。

これまでもそうだったし、いまもそうだ。

ホテルに着いたときには、なぜか愉快な気分になっていた。襲いかかってきた魔の手を逃れた男のような心持ちだ。ロビーに入ると、ターケルソンが待っていて、挨拶をしたあと、ウィンフィールド・ロード・ジュニアがチェックインしたことを伝えた。ロードは翌日も連泊することになっている。ゲームに誘えば乗ってくるのは間違いない。ミッチは願ってもないと言い、一働きしてもらいたいと頼んだ。ターケルソンは二つ返事で応じた。

それで、またいっそう気分があがった。エレベーターに乗ったときには、振り子がこれまでとは逆方向に揺れはじめているのがわかった。これで一儲けできる。これからは良いことづくめになる。

はじめ悪くて、終わり良し。出ることになっていた悪いことは、すべて出つくしてしまったということだ。

言うまでもなくホテルのしつらえは完璧だった。エアコンの効きをよくするために部屋と廊下は完全に遮断されている。防音効果も高い。騒音が入ることも出ることもない。

だから、警戒していなかった。何も気にしていなかった。それで、ミッチは何も考えずに部屋に入っていき、そこで自分を待っているジェイク・ゼアースデールを見つけた。

レッドが部屋にいることはわかっているが、見ることはできない。レッドが何か言っていることはわかっているが、聞くことはできない。何も頭に入ってこない。すべての感覚がゼアースデールに集中している。

途轍もなく長い数秒間、ミッチは戸口に立ちつくしていた。身がこわばり、話すことも、動くこともできなかった。こういうとき、ものを言うのが胆力と経験だ。どんなときでも主導権をとり、どんなときでも危険に正面から立ち向かえ。それで、眉間に皺を寄せながらも、礼を失さないよう前に進みでて、手をさしだした。

「また会えるとは思わなかったよ、ミスター・ゼアースデール。レッド、お客さんに飲み物をお出ししてくれ」

「もういただいていますよ、ミスター・コーリー」ゼアースデールは言って、サイドテーブルのほうに手を向けた。分厚い唇には、微笑が浮かんでいる。「あなたの妹さんはとてもよくしてくれている。あなたも同じようにしていただけると幸いです。昨日のことを考えると、そうしたくないという気持ちはよくわかりますがね」

「おれも妹も客にはつねに礼儀正しくしているつもりだ。子供のころ、そう教えられたのでね。あんたのクラブでは、そのような教えは浸透していないようだが」

ゼアースデールのいかつい顔が険しくなる。鋭い目が冷たく光る。その視線はミッチの目を削っているようだ。と、いきなり笑い声。氷がクリスタルグラスに当たって音を立てる。

「今日ここに来たのは、ミスター・コーリー、電話じゃ話を聞いてもらえないかもしれないと思ったからです。これはとても重要な話なんです。すわってもいいでしょうか。それとも立ったまま話しますか」

ミッチはいくらか機嫌をなおして微笑んだ。「すわりたきゃどうぞ。酒のおかわりは?」

グラスをカウンターに持っていくと、レッドは二人分の酒をつくり、それぞれに渡した。

ゼアースデールは柄にもなくちびちびと酒を飲んだ。それを見ながら、ミッチは思案をめぐらせた。裏があるとは思えない。クラブで見たとおり、気の向くままに振るまい、世間の決まりごとなど屁とも思っていない男だ。あのときはけんもほろろだった。いまは腰を低くしている。ということは……

「今日は謝罪のために来ました。あなたから三千ドルをせしめたのはジョン・バードウェルという男なんですが、いかさまを働いていたことがわかりました」

ミッチはうなずいた。「なるほど」

「どうやっていかさまを見破ったか教えてもらえませんか、ミスター・コーリー」

ミッチは軽く肩をすくめた。「簡単だ。あの男は4と6と8の目ばかり出していた。いつもその三つの数字ばかりだ。何かあるに決まっている」

「それだけの理由でいかさまだと？　それはちょっと無理があるんじゃありませんか」

「いいや、間違いない。サイコロを持った手をポケットに入れたときに確信が持てた」ミッチはそこで言葉を切って、煙草に火をつけた。「でも、どうしてそんなことを訊くんだい」

「それはですね、ええっと……先にバードウェルのことを話したほうがわかりやすいでしょう。彼はわたしの会社で働いていました。部長補佐として」

「そう聞いている」

「わが社の給料はそんなに高くありません。少なくとも世間並みではない。どんな高給をもらっても、税金にごっそり持っていかれたのじゃ、意味がありませんからね。それによって愛社精神が育まれるわけでもない。だったら、自社株の購入権を随時受けとったほうがずっといい。言いかえれば……いや、あなたにこんな話をしても仕方がないかもしれませんね」

ミッチは言った。知っておいたほうがいいことなら、ぜひお聞きしたい。「おれも妹も金を使うのは得意だけど、稼ぐのは苦手なんでね」

「だったら、お話ししましょう。バードウェルはうちに十七年間在籍していて、その間、多額の自社株購入権を受けとってきました。おわかりいただけると思いますが、そのほうが現金よりずっといい。一ドル分の自社株購入権には二ドル以上の価値があるんです。なので、バードウェルは相当額の資産を有している。少なくとも金には不自由していないはずです。しかしながら、昨日の一件のせいでちょっと気になったので、調べてみると、文なしに近いことがわかったんです。

何やかやで散財していたようでして……」

部下の放漫財政ぶりになかばあきれ顔、なかば立腹のていで、眉間に大きな皺が寄る。

「ええ。すっからかんというわけです。でも、数日後には十万ドルの自社株購入権を取得できることになっていて、本人は購入の意志をすでに表明している。そう……」両手を広げて、「そういうわけなんです。昨夜、わたしはバードウェルをクラブの私室に連れていき、ポケットのなかを調べました。あなたが言ったとおり、そこにはいかさまのサイコロが入っていました」

ミッチはちらっとレッドに目をやり、それから無意識のうちに顔をしかめた。「そのことであんたに迷惑をかけたとしたら謝るよ」

「迷惑をかけたのはバードウェルです。あなたは被害者です。それで、埋めあわせをしなければと思いまして……」

どうやって埋めあわせをするかを説明すると、ミッチが笑ってむせたので、ゼアースデールは怪訝そうな顔をした。

「何かおかしなことを言ったでしょうか。妹さんはこの提案をとても喜んでいたようでしたが」

「これは失礼。お申し出には感謝するが、お受けすることはできない」

「えっ。どうしてです」

「できないからできないんだよ。そんなこと、できるわけがない。十五万ドルもの贈り物をするなんて、裏に何かあるにちがいない」

ゼアースデールは言った。滅相もない。クラブでふたりに恥をかかせたことや、バードウェルのいかさまのことで、大きな借りをつくってしまった。だから、その借りをかえすために、自社株購入権を市場価格の半値以下でお譲りしたい。

「誰も損をすることにはなりません、ミスター・コーリー。自社株購入権は発行ずみです。あなたがそれを買わなければ、失効するだけです」

ミッチは首を振った。「申しわけない。申しわけないが、お受けすることはできない」

そして、煙草に火をつける。ゆっくり時間をかけて。そっとマッチを振って、火を消す。それから、さっきより小さな声でふたたび謝る。レッドの目を避けて。レッドの目には、失意と怒りに満ちた、なぜなのかという問いかけがある。

ゼアースデールは執拗だった。「さっきあなたは言いましたね。あなたも妹さんも稼ぐのは苦手だと。念のために取引銀行に相談したいというのなら……」

ミッチは苦々しげに笑った。「いや、そういうことじゃないんだ」

「それでも受けいれられないと言うんですか、ミスター・コーリー。わたしにはあなたのプライドが理解できません。でも、どうしてもということであれば……」

ゼアースデールはグラスを置き、とつぜん立ちあがった。冷ややかに一礼し、ドアのほうに向かいはじめる。すると、部屋の奥から急にレッドが飛びだしてきて、ゼアースデールの腕をすまなそうに握った。

「すみません、ミスター・ゼアースデール。兄は片意地を張っているわけじゃないんです。ただ、その、いまは現金の持ちあわせがないんです。ですから、いますぐにというわけには――」

ミッチは心のなかでレッドを呪ったが、それでゼアースデールは明るい顔になり、ふたたび友好的になった。

「なるほど。それなら理解できます。としたら、資金調達のめどが立つのはいつごろになるとお考えですか、ミスター・コーリー」

「はっきりとはわからない。そもそもそんなことをすべきかどうかもわからない」

ゼアースデールは大笑いをした。「十五万ドルが手に入るのに？　馬鹿馬鹿しい。あなたがしなければならないのは、銀行に連絡をとることだけです。たとえあなたが気乗り薄だったとしても、あとのことはすべて銀行がやってくれます」

ミッチは検討してみると言った。レッドがあんなことを言った以上、それ以外に答えようがない。

「いいでしょう」ゼアースデールは言った。「二、三日のうちに電話をください。よろしいですね」

「わかった。ありがとう」

ふたりはいっしょに戸口まで歩いていった。握手をしたとき、ゼアースデールの顔に一瞬奇妙な表情がよぎった。それはとつぜん信じがたい考えが頭に浮かんだときの表情だった。だが、次の瞬間には消えていて、ゼアースデールは立ち去り、ミッチはゆっくりとドアを閉めた。

レッドは自分のために酒をつくっていた。その酒を一飲みすると、首をまわしてミッチのほうを向いた。

「それで？　それでどうするつもり、ミッチ」

「どうだろう。見かけどおりのうまい話であればいいんだが」

「そうじゃないって言うの？　ゼアースデールは時間つぶしのためにここに来たっていうの？」

ミッチはくすっと笑った。「いくらきみでも、赤の他人にただで十五万ドルくれる者がいるわけはないってことくらいわかるはずだ」

「どういう意味、いくらきみでもって」目が鋭く光る。「ひとを馬鹿扱いしないで！」

「よそう。この話はもうよそう」

レッドは憤懣やるかたなげに首を振った。「わたしは訊いてるのよ、ミッチ。答えてちょうだい。どうしてあなたはゼアースデールの申し出を断わったの。したくないことをしなきゃならなくなるから？　わたしたちの結婚に必要だと言っていたお金が手に入るから？」

「なんだって？　どういう意味なんだ、それは」

「わかってるはずよ。昨日、話したでしょ。いまの仕事を辞めるためには二十五万ドルいるって。手持ち金プラス十五万ドル。だから、今日そのお金が転がりこんできそうになると、あなたは二の足を踏んだ。理由も言わず。わたしの考えも聞かず。ただ単に——」

「きみにおうかがいを立てなきゃいけないとは思ってなかった。きみはいつもおれがボスだと言ってただろ」

「ええ……」ここで少しトーンが落ちた。「そうよ。あなたはボスよ、ミッチ。でも……」

レッドがひるんだのを見て、ミッチはさらに一押しした。「いまはちがうって言うのかい。どっちなんだ、レッド」

レッドはためらいがちにミッチに目をやり、それからグラスを置いて、すっと前に進みでた。爪先立って唇に軽くキスをし、だが、素っ気ない反応しかかえってこないことに顔をしかめて後ずさりした。

「無理をしなくてもいいのよ、ミッチ。わたしを愛していないのなら」

「きみを愛していないと言うのかい」

「いま問題になってるのは、わたしが言ってることじゃない。あなたが言ってないことよ。わたしが説明を求めてないからといって、あなたは説明しなくてもいいってことにはならない」

レッドの理屈にいらだちながら、ミッチは何度も同じことを言わせるなと声を荒らげた。「ゼアースデールがかならずしも本当のことを言っているとはかぎらない。何をたくらんでいるかもわからないし、それがなぜなのかもわからない。そんな男におれたちの金をさしだすつもりはない」

「だけど、心配なら銀行に相談すればいいと言ったでしょ。だますつもりなら、そんなことは言わないはずよ」

「どうして断言できるんだ。きみにビジネスの何がわかるっていうんだ」

ミッチはレッドを押しのけて、カウンターに歩み寄り、グラスにウィスキーを注いだ。やれやれ。

もうたくさんだ。金欠で顎があがりかけているときに、余分な物入りがかさみ、いまはレッドになじられ、説明できないことの説明を求められている。こっちだって、ゼアースデールがくれた千載一遇のチャンスを逃したくないのはやまやまなのだ。

カウンターに背を向けると、ふたたびレッドと目があった。「それで？　まだくだらない質問があるのか」

「嫌味はやめて、ミッチ」

「だったらきみも馬鹿みたいなことを言うな。いくら馬鹿だからといって——イテっ！」ミッチは叫んだ。いきなり平手打ちだ。「なんでひっぱたくんだ」

「わたしを馬鹿扱いしたら、またひっぱたくからね。ママは何を言われても耐えてたけど、わたしはちがう」

「はあ？　これときみのママとなんの関係があるというんだ。糞食らえさ」

「汚い言葉を使うのもやめて」

「糞食らえ。おれは——」

レッドはまたひっぱたいた。ミッチはレッドの身体をつかんで居間に連れていくと、手足をばたつかせて暴れる身体を引っくりかえして、自分の膝の上に乗せた。そして、ガウンの裾を引っぱりあげ、むきだしになった尻をぴしゃりと叩いた。

「この話はこれで終わりだ」ミッチは言って、レッドを起きあがらせた。「ゼアースデールのことは忘れるんだ。わかったな。この話はこれで終わりだ」

「終わりじゃない。勝手なことばかり言わないで、ミスター・ミッチ・コーリー!」

赤毛が顔にかかっている。首を振って髪を払ってから、レッドはみずからを御するために大きく息を吸った。

「終わったら、そのときにわたしがそう言う。それより、わたしの質問にひとつだけ答えて。わたしたちの手元には、十万ドルのお金が本当にあるのかどうか」

「なんだ、いきなり」ミッチは身体を揺すって笑った。「どうしてそんな愚にもつかないことを訊くんだ」

「答えてちょうだい、ミッチ」

「さっぱりわけがわからない。おれたちはもう何年もいっしょにいるんだぜ。どうしておれがひとりで十万ドルも使えるというんだ」

一瞬の戸惑いがあった。「もちろん、そんなふうには思ってないわ。でも——」

「当然じゃないか。金はきみのために使っているほうがずっと多いんだ。おれはいつだってきみを最優先にしてきた。なのに、どうして——」

レッドは手をあげて遮った。「ちょっと待って。わたしは本当のことを言ってくれと頼んでいるだけなのよ、ミッチ。ただそれだけ。本当のことを知りたいだけ。お金が本当にあるのかどうか」

「あるよ。あたりまえじゃないか」ミッチは言って、ポケットから貸し金庫の鍵を取りだした。

「貸し金庫はこの街にある。なんなら、そこへ行って、金を見せてやってもいい」

レッドは鍵に目をやった。それから、顔をあげて、ミッチの目を覗きこんだ。「じゃ、見せてちょうだい」

「いいけど……本当に見たいのか」

レッドはこくりとうなずいた。「あなたが本当のことを言ってるかどうか確信が持てないの。だから、そこへ連れていってちょうだい。そして、お金を見せてちょうだい」

ミッチは首を振った。「きみは自分が何を言ってるかわかっているのか、レッド。おれたちはおたがいを信じあわなきゃならない。そうでなきゃ、こういう仕事をいっしょにすることはできない」

「それはよくわかってる。わからないのは、あなたがわたしを信じているかどうかってことよ」

ミッチは肩をすくめた。そして言った。仕方がない。どうしてもというなら。

「どうしてもよ」

「わかった」ミッチは腕時計に目をやった。「途中どこかでお昼にしよう。それとも、ここで食べていくかい」

「あとでいいわ。お金を見たあとで。あなたが何かたくらんでいるといけないから」

ヒューストンには、ある種の銀行員の一群がいる。ヒューストンだけでなく、どの大都市にもいる。行内での地位はそこそこ高く、出納課長補佐かそれ以上。表向き法に触れるようなことは何もしていないが、発覚すると職を失うはめになる。そのかわり、便宜をはかってやった者たちからの見返りは大きい。

便宜をはかってもらうのは、詐欺師、ヤマ師、ペテン師、プロのギャンブラーといった手合いだ。もしかしたら、彼らがそのような銀行員をつくりだしたのかもしれない。あるいは、そのような銀行員を見つけだしたのかもしれない。それは鶏が先か卵が先かという設問に似ている。いずれにせよ、そのような銀行員と顧客（顧客というのは語弊があるかもしれないが）が結びつくことにより、一方が求めるものともう一方が用意するチャンスが持ちつ持たれつの関係をつくりだしているのは間違いない。

銀行員の見返りが大きいのは、負っているリスクのせいばかりでなく、よからぬことをたくらんでいる者は銀行員をどうしても必要としているのに対して、銀行員のほうはかならずしもそのような者を必要としていないからだ。銀行員の言い値に応じなければ、話はそれまでになる。応じたら……

一覧払いの手形を一時間後に振りだしてもらいたい？　銀行員は二つ返事で応じてくれるだろう。

カモに好印象を抱かせたい？　銀行員はあんたのことを久しぶりに会った兄のように扱ってくれるだろう。

見せ金を用立ててほしい？　銀行員は喜んで金を数えてくれるだろう（ただし持ち逃げは厳禁）。

そんなにまえのことではないが、フォートワースで小悪党どもが大金持ちの牧場主になりすまして七万五千ドルの金をだましとったことがある。それは、あからさまな犯罪であり、実行犯はドジな詐欺師が行きつくところに行った。けれども、その裏にいた者はなんのお咎めもなし。そもそも問われるべき罪がない。

――ミッチは車を外に出して、レッドが来るのを待っていた。レッドに横目でちらちらと見られていることに気づいたのは、市内に車を駆っているときのことだった。ミッチが意外なほど落ち着いていることを訝っているのかもしれない。だが、ミッチは何も言わず、レッドも頑なに沈黙を守っている。

銀行の駐車場に着くと、レッドに手をさしだして車から降りるのを助け、ふたりで建物のなかへ入っていった。ここにきて、レッドの足取りは急に重くなったみたいだった。彼女は銀行のことを何も知らない。銀行とのつながりといえば、債務の取立て人による家族への絶えまない嫌がらせだけだ。

巨大なアーチ天井の下で、レッドは少し震えていた。「ミッチ……もういい」

だが、ミッチはここまで来たのだからと言って譲らなかった。たしかにここまで来て引きかえす手はない。彼女の腕をつかんで、手すりで仕切られた管理部に入り、部長補佐の机の前で立ちどまった。

そこにいる男の名前はリー・エーガット。平凡な中年男だ。色のない唇。縁なし眼鏡。毛の薄い頭皮は赤ん坊の尻のようなピンク色をしている。

「かしこまりました」エーガットは言って、貸し金庫の鍵を受けとった。「ただいまお持ちいたします。どうぞおかけになってください」

ふたりが椅子に腰をおろすと、エーガットは立ち去った。ミッチは煙草を取りだし、一本をレッドにすすめた。レッドはいらだたしげに首を振って断わり、ミッチは自分の煙草に火をつけた。

エーガットが戻ってきた。机の上に長方形の箱を置くと、そこから離れ、中身が見えないところへ行った。ミッチは箱を持ちあげて引っくりかえした。

机の上に、高額紙幣の束が滝のようにこぼれ落ちる。ミッチは椅子の背にもたれかかって、レッドに金を数えるようにと言った。

レッドはまた首を振った。「もういいって、ミッチ……もういいから帰ろうよ」

「数えろ」

レッドの目に嘆願するような表情が浮かぶ。そこには怒りが少し含まれている。札束のひとつを手に取って、机の上に置く。無造作にもうひとつの札束を手に取り、また机の上に置く。そして、思いつめたような顔で立ちあがる。

蚊の鳴くような声で言う。「ミッチ……お願い」

「どうしたんだい。ようやく納得したってことかい」

「ええ、そうよ。納得したわ。意地悪ね」

「でも、せっかくだから……」

「もういいってば。お願い」

金をしまって鍵をかえしてもらうまで待たなければならないと告げると、レッドは車で待っていると言って、振りかえりもせずにそそくさと立ち去った。

数分後、ミッチはそのあとを追った。レッドが惨めな思いをし、自分を恥じているのはあきらかだが、してやったりという思いはなかった。こうするために払った代償は大きい。それもこれもレッドを心から愛しているからだ。

ホテルの前まで来ると、先に部屋に行っていてくれと言い、レッドの怯えたような目を見て、優しく微笑んだ。

「おたがいに少し冷静になる必要がある。冷静になったら、それで今日のことは全部忘れてしまおう」

レッドは唇を噛み、まばたきをして涙をこらえた。そして、そんなに優しくしないでと言った。

「あなたが悪いのよ。あなたのせいよ。だって、あなたが――」

「おれを信用してくれと頼むべきじゃなかったってことだね。もう二度と頼まないよ」

「やめて！」レッドは口を尖らせた。「そんな言い方しないで」

「だって、きみが――」

「黙って。いいからもう黙って！」

レッドは小走りにホテルに入っていった。ストッキングをつけた脚がまぶしい。

ミッチはふたたび街へ戻った。


小じゃれたレストランの人目につかないボックス席で、ミッチはエーガットと会って昼食をとりながら、ゼアースデールの申し出を説明し、自社株購入権を買うための資金を用立ててもらえないかと頼んだ。エーガットはチェリー・トルテを食べながら思案をめぐらしていた。それから、コーヒーを一飲みし、首を振った。

「無理だね、ミッチ。その種の取引は銀行を通さないといけない。種々の手続きが必要になる。担保もいる」

「株式自体が担保になるはずだ」

「おいおい、何を言ってるんだい。株が手に入るのは、金を払ってからだ」

「でも、株は第三者預託にできるはずだ。金を払った時点で、株は手に入る。どこにリスクがあるっていうんだ」

エーガットはリスクがないことを認めた。だが、それでも首を縦に振らなかった。「それはきみが金を持っているというのが前提の取引なんだよ、ミッチ。きみが見かけどおりの裕福な市民であれば、なんの問題もない。でも、そうでなければ、きみは要注意人物ということになり、その旨ゼアースデールに伝えられる。当然ながら、きみは身元を調べられる。それはあまり嬉しい話じゃないはずだ」

ミッチは渋面をつくった。「こんなうまい話はない。そう思わないのか、リー。あんたをだまそうと思えば、いくらでもだませる。でも、これは本当の話なんだ。こんなうまい儲け話に乗らない手はない」

エーガットはまたトルテを頬張った。「うんうん。この店のランチはなかなかいけるね、ミッチ」

「リー……一日ですべて終わる。朝あんたから金を受けとって、株を購入し、銀行の閉店時間までに金をあんたにかえす」

「よせ」口からトルテの食べさしがこぼれ落ちる。目には怯えの色が満ちている。「めったなことを言うもんじゃない、ミッチ」

「儲けは折半にする、リー。ひとり七万五千ドルだ」

「駄目だ。それ以上は何も言うな!」身体がぶるぶる震えだす。「冗談じゃない。銀行から十万ドルの金を持ちだすだなんて、よく言えたもんだ」

無駄な試みとはわかっていたが、それでももう一押しせずにはいられなかった。「あんたはおれをよく知っているはずだ。あんたをだましたりするようなことは絶対に……」

「駄目だ、ミッチ。駄目なものは駄目なんだ」

「どうして？　おれたちが手を組むのは当然のことじゃないか。これほど理にかなったことはない。ちょこっと手を貸すだけで、七万五千ドルになるんだぜ」

「お断わりする。銀行の金を持ちだすようなことができるわけがない」

「だったら、自分の金を使えばいい。あんたなら工面できるはずだ。ちがうか。これは一生に二度とないチャンスなんだ。何もしないでも七万五千ドルの金が転がりこんでくるんだぜ」

エーガットは半分笑い、半分怒っている。「何もしない？　十万ドルの金を用立てるっていうのに？」

「そうだ。あんたのような立場にいる者にとっては。受けとれる金額の大きさを考えたら、実際に何もしないに等しい」

「まあな」

迷っている。いいぞ。エーガットはあきらかに迷っている。ミッチは慎重に狙いを定めて、クセ球を投げることにした。

「わかった、リー。もういい。あてはほかにもいくつかある」

「ちょ、ちょっと待ってくれ。どうしてもというなら。でも、八万五千ドルだ。そうだろ。十万ドルじゃなくて、八万五千ドルだ」

「八万五千ドル？　どういう意味かわから——なるほど。今朝の一件で約束した一万五千ドルをさしひいてってことだな」

　そのとおり、とエーガットは言った。「いいかい。わたしは決めたんだよ。他人の遊びに付きあうのは一年に一度にしようって。よほど条件がよくなければ応じられない」

「遊びなんかじゃない、リー。一万五千ドルというのは大きな痛手だ」

　エーガットは肩をすくめた。「それはそうかもしれない。が、とにかく、きみはわたしを頼りすぎだ。いきなり電話をかけてきて、一時間以内に十二万五千ドルの現金を用意してくれと言うなんて。ほかの者なら、おととい来いと怒鳴りつけていたはずだ」

「急ぎだったんだよ、リー」

　エーガットはほんの少しいらだちの色をあらわにして笑った。「わかっている。わたしが掻き集める八万五千ドルと、いまきみからもらえる一万五千ドルで……」

　ミッチはうなずいた。「ああ、そういうことだ。それでうまくいく。金の準備はいつまでにできる？」

「問題はそれじゃないだろ、ミッチ。いまは別の問題があるはずだ」

「どういうことだい」

　縁なし眼鏡の奥で、エーガットの目が冷たく光る。「そうとも。きみから一万五千ドルの金を受けとれるかどうか心配しているかと訊かれたら、もちろんなんの心配もしていないと答える。

心配する必要はさらさらない。わたしはきみのことをよく知っている」

エーガットの変わりようは驚くべきものだった。落差のあまりの大きさに、レストランの心地よい静けさがとつぜん不吉に思えるようになったくらいだった。いまは色のない薄い唇を堅く引き結び、指でテーブルをこつこつと叩きながら、黙って待っている。もはや愛想のいいお節介やきの知人ではない。抜け目のない金の亡者の本性がむきだしになっている。

ミッチは明るく微笑んだ。「数日待ってもらえないかな。今回はちょっと金が足りてないんだ」

「それは約束とちがう、ミッチ」

「正直言って、どうにもならないんだ。頼む。おれを信用してくれ」

「きみみたいな男は約束を守らなきゃ信用しない」

立場が逆なら、ミッチ自身も同じことを言っていただろう。それでも、エーガットがこんなに強く出るとは思わなかった。「たしかに。数日かかると言っておくべきだった。実際のところ、二日か三日でいい。少しだけ待ってくれ。金はかならず渡す」

「選択の余地はないようだな」

エーガットはナプキンを小さく丸めてテーブルの上に置き、立ちあがった。ミッチも立ちあがり、勘定書を手に取ったが、次の瞬間にはそれをエーガットに奪いとられていた。

「金まわりがよくなったときでいい、ミッチ。つまり二日以内ってことだ」

ミッチは顔をしかめた。「わかってるよ、リー。そのときは、こんなふうにひったくらないでくれ」

「一万五千ドルだ、ミッチ。耳を揃えて持ってこい」

エーガットは振り向き、ピンクの頭皮の上にフェルトの帽子をかぶって立ち去った。その後ろ姿を苦々しげに見ながら、ミッチは思った。大至急一万五千ドルの金を用意しなければならない。これで自社株購入権を買う唯一のチャンスは潰えてしまった。

13

テキサスの富裕層には驚くほど古い歴史があり、その起源は十六世紀のスペイン人の征服者《コンキスタドール》たちや広大な公有地の払いさげの時代にまでさかのぼる。彼らは肉牛の放牧をなりわいとし、その子孫も同様で、それは今日まで続いている。石油の発見が幸運な出来事と見なされることはなかった。だが、石油は〝悪臭を放つもの〟であり、家畜のための水を汚し、牧草を枯らすものだった。だが、石油がそこにある以上、石油がもたらすもろもろの事象とともに受けいれるしかない。それでも、彼らの石油への向きあい方は〝礼儀正しい軽蔑〟といったものだった。石油は成り金のものだ。何世紀ものあいだ品よく暮らしてきた門閥の文化を蹂躙するものなのだ。

だが、よほどのことがないかぎり、まわりの者を見下したりはしない。いや、そんなふうに言うのは正確でないかもしれない。存在することさえ知らない者を見下すことはできない。カボット一族やロッジ一族といった名前を聞いてもピンとこない者が、感情を害しようはない。

ところで、そういった連中は何者なのか。東部人？

ちがう。

一方に裕福なテキサス人がいる。畜牛で財を築いた〝古い〟富裕層だ。概して、彼らはみずからの氏素性に恥じないように日々の暮らしを送っている。品行は方正。友人には誠実、敵には寛大。決してえらそうに振るまうことはない。女性には礼儀正しく、男性には紳士的。私的にも公的にも、非の打ちどころはない。

なんでこんな前置きをしたのかというと、ウィンフィールド・ロード・ジュニアがその種のテキサス人ではないと指摘するためだ。かといって、石油成金の一団に属しているわけでもない。じつのところ、ロード一族は支配層のどのグループにも属していない。ただ、どちらのグループにも少しずつかかわりを持ってはいる。

旧家でもある（初代はイギリスの刑務所からやってきた貧乏白人）。

祖先は開拓者《パイオニア》だった（文明化していると認定された五つの先住部族が、強制移住地へ向かう涙の道《トレイル・オブ・ティアーズ》を歩いていたとき、軍に帯同して略奪や窃盗を繰りかえしていた）。

このとき最初に得た財産が牛だった（殺人によって手に入れたもの）。

現在のオクラホマ州に到着すると、一族は自治権を有する先住部族から次々に追いたてを食らい、一八四五年ごろにはオセージ族の居留地に追いやられた。オセージ族は文明化されていると見なされず、自治権を与えられていなかった。そのため、居留地の外に出ることは許されていなかったが、それ以外は大幅な自由が認められていた。

ほどなく、そのオセージ族による事件が起きた。ロード家の四人が地面に手足を広げて仰向けに寝かされ、棒でこじあけた口に水を流しこまれて溺死させられたのだ。

この経験が一族の残りの者たちに与えた影響は大きかった。テキサスの西部に逃れると、彼らは一世代のあいだ鳴りをひそめていた。しかし、その後、南北戦争が勃発すると、すぐまた本性を現わした。

周辺の健常者がみな南部連盟の旗の下《もと》に馳せ参じているあいだに、ロード一族は無法者の力を借りて、無防備な隣人たちの土地を奪いとり、目的を達成すると、雇った荒くれたちを皆殺しにした。それで、戦争が終わったときには、いくつもの郡を丸ごと支配下に置くまでになっていた。訴えることができる法律はなかった。ロード一族が法だった。

怖いものは何もなかった。成功と昔の仲間とみずからの不摂生以外には。その後、一族の類縁は次々に早死にするという運命をたどることになった。だが、悪逆のかぎりを尽くした者のなかにも例外はあった。

ウィンフィールド・ロード・ジュニア——長身、黒髪、端整な顔立ち、そして第一級のろくでなし。さらに付け加えるなら、父方の血筋を引く最後の男だ。

ミッチにすれば、その一点が彼について言える唯一の良いことになる。

ふたりはいまホテルの最上階の部屋の小さいほうの寝室にいた。ベッドカバーは剝ぎとられ、ベッドの上には毛布がぴんと張られている。毛布の端には、二千ドルの金が置かれている。いまロードの手には二個のサイコロが握られている。

そのサイコロを振る。サイコロは壁にぶつかって、毛布の上でとまる。出目は3。投げ手の負けだ。と、ロードは間髪を入れずサイコロを拾いあげて、挑むような目をミッチに向けた。

「やりなおしだ。手から滑り落ちたんだ」

あまりに馬鹿馬鹿しくて笑うしかなかった。「よしてくれよ、ウィニー。あんたはそんなに金に困っているのかい」

「言っただろ、サイコロが手から滑り落ちたんだって。やりなおしだ」

「わかったよ。だったら、やりなおしでいい」

ロードは手のなかでサイコロを転がし、そこに息を吹きかけ、キスをし、それから振りだした。

ふたたび1と2。ミッチは金を取り、ロードにうなずきかけた。

これまでだ。ロードはすでにオケラになっている。ターケルソンはこれ以上の小切手の現金化に応じない。あとはレッドの手を借りてロードを部屋から追いだすだけだが、いましばらくは演技を続けなければならない。

「サイコロの投げ手は変わっていない、ウィニー。場の目《ポイント》はまだ出ていない」

ロードはサイコロを手に取り、今度は五千ドルを賭けると言った。ミッチは答えた。金を見せてくれたら、いくらでも賭けていい。

「小切手はもう駄目だぜ。受けいれられない」

「それって、どういうことだ」ロードはゲップをして、口からウィスキーの臭いを吐きだした。

「おれの小切手にイチャモンをつけるつもりか」

「何を言ってるんだ。最初から現金オンリーだと言ってあったはずだ。金がないなら……」

ロードは悪態をついて、受話器をつかむと、ターケルソンを呼びだし、五千ドル持ってこいと言った。断わられると、罵詈雑言の数々を浴びせかけ、今度会ったら金玉を蹴とばしてやるという脅し文句で最後を締めくくった。

受話器をフックに叩きつける。「最低のホテルだ。これなら便所で寝起きしたほうがまだましだ」

「次の機会はいつでもある」ミッチはさらりと言った。「酒をつくってやるよ、ウィニー」

そして、居間に向かった。すると、ロードはその前に進みでて、酒は自分でつくる、手伝う必要もないと言った。

「おれはエキスパートなんだ。どういう意味かわかるか」カウンターの上にあったスコッチのボトルを取って、ビール用のグラスに注ぐ。「酒はガキのころからつくっていた。まず第一にしなきゃならないのは――」

ドアのチャイムの音が話を中断させた。

ミッチは部屋を横切り、ドアをあけた。レッドが部屋に入ってくる。肩のストラップがない黒いドレス姿だ。身体に描かれているのではないかと思うくらいぴったりとフィットしている。グラスが床に落ちて大きな音を立てる。レッドはロードにまばゆい微笑を向け、ミッチに咎めるような視線を送った。

「どういうことなの、ミッチ。まだなんの支度もできてないじゃないの」

「しまった。今晩だったんだな」

「そうよ。ハーヴェイをここに呼ぶことになってたでしょ。アリスが下に車をとめて待ってるわ」

ミッチは謝った。そして、ロードに彼女をヘレン・ハーコートだと紹介し、いま揉めているわけを説明した。「今晩はダブルデートの予定だったんだよ。おれと友人、それにヘレンと妹のアリスとで。ころっと忘れていた」

「それってひどくない?」レッドは唇を尖らせた。「あなたなら忘れたりしないわね、ミスター・ロード」

「忘れるはずがないじゃないか。きみみたいな上玉――いや、きみみたいな美しい女性であれば、なおさらのことだ。きみの妹もきみに似てるのかい、ベイビー」

「いいえ、あんまり」口もとにまたまばゆい微笑が浮かぶ。「アリスは家族でいちばんの器量よしよ」

その返事にロードはぐらっときたみたいだった。「きみより美しいなんてありえないよ。きみはおれがいままで見たなかでいちばんの美人だ」

「お上手ね」微笑が冷たくなる。「紳士らしく振るまおうとしてるだけなんでしょ」

「本当だよ。いままで多くの女性を見てきたが、きみのような美しい女性にめぐりあえたことはない」

ここらで充分だ、とミッチは思った。充分すぎるくらいだ。いくらロードを追い払うためといっても、これ以上レッドにいやな思いをさせるわけにはいかない。

「今夜はこれで引きあげてくれ」と、レッドに言った。「デートはまた別の機会にしよう」

心配しないでもいい、とレッドの目は告げている。「そうね……うん、いま思いついたんだけど、ミスター・ロードをお連れしたらどうかしら。アリスのお相手をしてもらうのよ」

「いや、それはちょっと。逆に迷惑かもしれない。もう遅いし、おれたちはいまゲームをしていたところで——」

ロードはゲームも時間も糞食らえだと言い、それからレッドのほうを向いて、よろめきながら頭をさげた。「汚い言葉を使ったことを詫びるよ。一杯飲んだらすぐに支度する」

「そうしてちょうだい。できればディナー・ジャケットを着てきてね」

「もちろん。どんなのがいい？　格子縞、白、黒？」

「黒にして。わたしはアリスといっしょに車で待ってるわね、ミッチ」

レッドはロードにまたにこりと微笑みかけて、部屋から出ていった。ロードはすぐにカウンターに戻って、ボトルから酒を一飲みし、大きなしゃっくりをした。ボトルをカウンターに戻すと、ゆっくり振りかえり、妙に覚めた目でミッチをしげしげと見つめる。

それから言った。「まえにどこかで会ったことがあったかな」

「さあ、どうだろう」

「あの赤毛の娘もどこかで見たことがあるような気がする。あんたといっしょに」

「まえにもいっしょに出かけたことがあるからね。そういえば、おれもあんたを見たことがあるような気がする」

「だから、どうだってんだ。べつに珍しいことじゃない。おれを知ってる者はいくらでもいる」

「だろうね。それより、出かけるのなら、そろそろ支度をしたほうがいいんじゃないか」

「なんだ、その口のきき方は。おれが酒を飲んでいるのが見えないのか」

「なんなら、ボトルを持っていけばいい」

「今度は保護者面をするつもりか。おれが自分のウィスキーを持ってないと思ってるのか」

ミッチはため息をついた。もっと楽な生業《なりわい》はないものだろうか。このまま飲み続けると、ロードを部屋まで運んでやらなければならなくなる。見るかぎりでは、いまにも膝から崩れ落ちそうになっている。だが、本当のところはどうかわからない。ウィンフィールド・ロード・ジュニアという男に関するかぎり、たしかなことは何もない。いつ何をしでかすかわからない。どんな破廉恥な話をするか見当もつかない。つねに酒びたりなので、酔っぱらっているのが普通の状態といってもいい。いまも、酔っぱらっているように見えるが、じつは素面《しらふ》なのかもしれない。

「どこで見たか教えてやろう」と、ロードは言った。「動物園の檻のなかだ。あんたはそこで猿と交わろうとしていた」

「そいつは驚いた」ミッチは欠伸《あくび》をしながら言った。「見られていたとは思わなかったよ」

「試したのさ。おれはいつもそうしている。そうやって揺さぶりをかけるんだ。わかるか。おれが覚えていると言えば、それだけでおかしな真似をしようとは思わなくなる」

「利口だ。だったら、おれと会ったことはないんだな」

一度もない、会ったことがなくてよかったと思っている、とロードは言った。「でも、まだ試さなきゃならないことがある。わかるな。あんたやあの赤毛のような人間に出くわしたら、かならず試している。どうしてかわかるか」

「揺さぶりをかけるため？」

「教えてやるから黙っていろ。これはおれの尻だ。わかるな」自分の尻をぴしゃりと叩き、それから右手の人さし指を突き立てる。「そして、これが世界だ。ろくでもない世界だ。いまは哀れなウィニー・ロードのカマを掘る機会をうかがっていて……」

声が途切れ、すすり泣きになる。こみあげてくる感情をなんとか抑えると、ロードは突き立てた指を憎々しげに睨みつけた。

「としたら、どうすればいい。この指が世界だとしたら、どうすればいい。どうだ、わかるか。教えてやろう。嚙みちぎるんだ」

ミッチはロードに飛びかかり、その口をこじあけて自分の指をそこから引き抜こうとした。だが、ロードは意外に身が軽く、力も強かった。ふたりは取っ組みあい、家具にぶつかったり、窓を突き破りそうになったりしながら、部屋のなかを行ったり来たりした。しばらくして、ロードはようやく口を開き、あざけるように笑いだした。

そして言った。「惜しいな。もうちょっとだったのに」

ロードの口のなかで、ミッチは自分の指をふたつに折り曲げていた。嚙みあともついていない。

奇妙なことに、いや、そんなに奇妙ではないかもしれないが、これはむしろありがたく思わなければならないことかもしれない。

三万三千ドルの金を巻きあげたことに対する後ろめたさが、これでなくなったからだ。それは正当に手に入れた金であり、いまはもっと巻きあげてもいいと思うようになっている。

その思いは、ロードがとつぜん〝ヘレンとアリス〟のことを思いだしたとき、さらに強くなった。ミッチはロードに部屋に戻って着替えてきたらどうかと言った。けれども、ロードは応じなかった。いいや、そうはしない。まずミッチがここで先に着替えをし、そのあといっしょに自分の部屋に行って、そこで着替える。

「あんたから目を離したくないんだ。わかるな。一分たりとも、おれの目の届かないところにいてもらいたくないんだ」

ミッチは肩をすくめた。「好きにすればいい。おれが着替えているあいだに、もう一杯やっていてくれ」

「おれに指図をするな。いったい何さまのつもりだ」

ようやく部屋を出て、エレベーターで下に降りたとき、ロードは映画の二枚目俳優のように背中をまっすぐにのばしていた。そして、自分の部屋に入り、そこのソファーにすわると、ミッチはキャスターつきのワゴンを押してきて、みずからもその向かいの椅子に腰をおろした。ロードはまた酒を飲み、わけのわからない戯言《たわごと》をたらたらと並べたてはじめた。そんな男に同情の念は起きない。すべてを持っているのに、それで何かをすることを拒否する者に、どうして同情しなければならないのか。それでも、心のなかには割りきれなさがかすかにあった。ロードが説く人の世についての謎めいた話には、戸惑いを覚えずにはいられなかった。

ロードはみずから進んでろくでなしになったのかもしれない。たぶんそうだろう。自分が受け継いだもののゆえに、ほかの何者にもなれなかったのかもしれない。たぶんそうだろう。けれども、それだけではないはずだ。人生の歩みにあわせてつねに鳴り響いているマーチのなかで、ロードだけに聞こえるおぞましい音がきっとあるにちがいない。

なぜロードはこのような生き方を選んだのか。なぜロードの先祖たちはあのような生き方を選んだのか。なぜひとは途方もない夢を叶えられる幸運に恵まれながら、そのすべてを無駄に使って、みずからのたったひとつの人生を台無しにしてしまうのか。

答えはどこにあるのか。その答えは血脈のなかにあるのか、それとも個人のなかにあるのか。

あるとき、たまたま広大な大学のキャンパスを歩いていて、工学部の建物のなかにふらりと入ったことがある。そこには百ヤードの長さの廊下があり、その入口の壁には円周率の〝3・14159……〟という数字が彫られていた。もちろん、それは便宜上の数値であり、真の円周率ではない。日常で使用される円周率の最後の数字の後ろには、無数の数字が並んでいる。実際、その数字は廊下のはずれまで延々と続いていた。だが、それでもまだ終わりではなく、廊下のはずれの最後の数字にはプラスの記号が付されていた。

もしかしたら、永遠と思える長い数字の列には、どこかでピリオドが打たれるのかもしれない。あるいは、永遠に打たれることはないのかもしれない。見つからないものは、公式自体に備わっているのではなく、それを見る目のなかにあるのかもしれない。これまでとはまったくちがう物の見方をしなければ、人間の頭のもっとも暗い片隅や、ロードのような人間の邪悪な心を理解することはできないということだ。

ロードが酔いつぶれるのを待ちながら、ミッチは断を下した。本当の円周率や人間の下劣さといった難儀な問題は、とうてい自分の手に負えるものではない。

それでも、自分がミッチ・コーリーのすべての問題をかかえる者であって、ウィンフィールド・ロード・ジュニアでないのは幸いとすべきだろう。

ロードはとうとう動かなくなった。ミッチは酔いつぶれているだけであることをたしかめるために脈をとった。それから、煙草の火をチェックし、ロードの身体に毛布をかけて、自分の部屋に戻った。

レッドはタークルソンといっしょにソファーにすわり、トールグラスを手に持って、大きなトレーに並んだ調理ずみのオードブルをつまんでいた。レッドがほろ酔い機嫌でいるのを見て、ミッチは渋面をつくってみせた。

「なんて一日なんだ!」額に手をやって、「おれが汗だくになってサイコロを振っているあいだに、ふたりでよろしくやってるなんて」

「タークが悪いのよ。飲め飲めといってきかないんだから」

「まいったな。きみにネグリジェとバスローブを着せたのもタークだな」

「そう。全部タークのせいよ。あなたが帰ってこなかったら、どうなっていたか」

タークルソンは腹を揺すって笑った。ミッチは腰をおろして、三千三百ドルの金を数え、それをさしだした。

「三万三千ドルの十パーセントだ。これでいいな、ターク」

「よくないわけがない。よすぎるくらいだよ、ミッチ。こんなにもらえるようなことは何もしてないのに」

「充分にしてもらったよ。それより小切手はどうだった? サインとかに不備はなかったか」

「自分で見てみろよ」タークルソンは言って、先刻ロードが書いた小切手を渡した。それは個人ではなく、ホテル宛てに振りだされたもので、現金の払い戻しは保障されている。もちろん、ホテル側が請求する宿泊費の額はそこまで多くないが、それは問題にならない。たとえ常連でなくても、大きなホテルは客との信頼関係を築くために小切手を受けいれる。

ミッチは小切手をかえして、ここ数日ではじめて一息ついた。これでエーガットに金を渡し、ほかのもろもろの支払いをすませても、まだ多少は残る。あとは……

いや、あとのことはあとのことだ。いまは何も考えずにのんびりくつろいでいればいい。

レッドが酒とオードブルを持ってきてくれた。それから自分用に酒をつくりはじめたので、ミッチは眉を寄せかけたが、すぐに笑ってウィンクをした。銀行から帰ったあと、レッドはどことなく決まり悪そうにしていたが、いまは屈託なく陽気に振るまっている。

レッドは酔っぱらわない。素面《しらふ》で人生を心から楽しんでいる。自分にどこまでも正直で、罪の意識とは縁遠い。

グラスの縁の上で、目がいたずらっぽく笑っている。「だいじょうぶ、ハニー？　ちょっとお疲れ気味のようだけど」

ミッチは笑って首を振った。「きみは？　ロードの相手をするのは大変だっただろ」

「ロード？　そうね。あまりにもゲスすぎて、かわいそうになったくらい」

「それはちょっとまずいかも。あの男に同情した最後の女は、鼻を嚙み切られかけた。嘘じゃない」

ターケルソンのほうを向いて、「あんたも知ってるだろ、ターク。ガルヴェストンの居酒屋の馬鹿なウェイトレスのことを」

ターケルソンはうなずいた。「知ってるとも。裁判は最高裁まで行った。娘は治療費さえもらえなかった」

レッドは言った。それはそうかもしれないけど、ロードはとても褒めてくれた。「あなたも聞いてたでしょ、ミッチ。わたしのことをいままで見たなかでいちばんの美人だと言ってくれたわ」

「お世辞に決まってるだろ。ああいったテキサス人のことは、きみもよく知っているはずだ」

「じゃ、あなた自身はどう思ってるの」

ミッチは困惑のていで手を広げた。「わかるはずがないよ。おれはきみしか知らないから」

「あら。あらあら。ふたりきりになったら、キスしてあげるね」それからターケルソンのほうを向き、思案顔で見つめた。「あなたはどう？　あなたは知ってるの？」

「何を？　教えてくれ、レッド」

首が横に傾ぐ。「わかったわ。でも、本当のことを言わなきゃ駄目よ。いいわね、おデブちゃん。約束してちょうだい」

「約束する」ターケルソンは笑いながら片手をあげた。

レッドはラウンジのソファーの上に膝を立てて身体をまわし、ターケルソンの耳もとに何かささやきかけた。耳と顔と首が赤く染まる。

「それで？　どうなの」

「ええっと、その、わたしはそろそろ行かなきゃ」ターケルソンはしどろもどろになり、肉づきのいい指で襟を撫でまわしている。「あの、その——」

そして立ちあがりかけると、レッドは上着の裾をつかんでソファーに引き戻した。

「さあ、本当のことを言いなさい。言わなかったら、お仕置きよ。どういうお仕置きかわかる?」

レッドはまた耳打ちし、それから身体を引いて、こくりとうなずいてみせた。ターケルソンは窒息しそうな顔をしている。

「そういうことよ。いますぐ本当のことを言わないと、こうやってお仕置きを——ミッチ! 何すんのよ、ミッチ。放して!」

ミッチは片方の腕でレッドをズタ袋のように抱えた。そして、レッドが足をばたつかせ、金切り声をあげているあいだに、ターケルソンと握手をした。

「行ってくれ。明日また会おう」

「わかった。そうしよう、ミッチ」ターケルソンはいそいそとドアのほうに歩いていった。

「ロードが何か言ってきたら、おれたちはチェックアウトしたことにしてくれ。部屋への電話の取りつぎも断わるんだ。ここに来るエレベーターも使わせないように」

ターケルソンはうなずいた。「了解した。まかせておいてくれ。それじゃ、わたしはこれで失礼するよ」

ターケルソンが出ていくと同時に、レッドはミッチから身体を離し、くるりと振り向いて、芝居がかった仕草で片腕をあげた。「ピアノを弾いて、ミッチ」

「いいけど、ハニー、もう時間が……」

「いいの。ピアノを！」

「わかったよ。じゃ、少しだけ」

音楽のレッスンを受けたことは一度もないが、ミッチは物覚えが早く、指先も器用だった。ピアノの前にすわると、ソフトペダルを踏み、ちらっと鍵盤に視線を落とし、それからその上に手を持っていって静かに弾きはじめた――〝それはジェリーにちがいない、ジャムはそんなに揺れないから〟のダンスホール・バージョン。

レッドは腰をくねらせながら一回転した。足を後ろに振って、片方のスリッパを宙に舞わせる。また腰をくねらせながら一回転。もう一方のスリッパも宙に舞う。

ミッチの両手がピアノの低音部に移動する。トムトムの太鼓を叩いているような音になり、レッドの顔にうっとりした表情が浮かぶ。頭を後ろにそらせ、身体をのけぞらせて、バスローブを脱ぐ。

それからレースのネグリジェ。一分か二分でそれも脱ぐ。

ミッチの指が鍵盤の高音部に駆けあがる。強く、何かを求めているように。レッドの手がブラにかかる。その手の動きをとめようと悶えているように見える。ピアノの音がすすり泣き、哀願をはじめる。ブラがはぎとられる。

次はパンティ。そして……

そして、もう何も残っていなかった。あとはレッドだけ。

熟れた、豊満な、脈打つ揚げ菓子《パステル》のような夢の肉体。

ふたりは黙っておたがいを見つめあった。それから、レッドは少し身体の向きを変えて、尻にかすかについている痣を指さした。「見える？　あなたが叩いたのよ」

「どんな人生にでも、雨が降ることはあるさ」

「これをなんとかしてくれないかしら」

「してやってもいい。きみが偽の赤毛じゃないってことがわかったら」

偽物じゃないことは見たらすぐにわかるという返事に対して、ミッチは肉眼ではたしかめることができないと言った。

「いいかい。おれの知りあいに、本当はブロンドだけど、ずっとブルネットで通していた女がいた。彼女の恋人は炭鉱夫で、石鹼と水にアレルギーがあってね」

レッドはきょとんとした顔をしている。「えっ、それ、どういうことなの。意味がわからない。だから、本物か偽物かを知る方法はないっていうの？」

「いや、ある。おれはその方法を何年もかけて研究開発してきたんだ。楽しみながらね。今夜のきみの予定は？」

「べつにないけど……」

「よかった。でも、一晩だけじゃ足りないかもしれない。今後四十年とか五十年とかかかるかもしれない」

レッドはそれでもかまわないと言った。科学の進歩のためなら、四十年や五十年の歳月などどうってことはない。

ミッチは立ちあがって、寝室を指さした。「では、小生の研究室にどうぞ、マダム。検査はすぐに始まる。のんびりしている暇はない」

ウィンフィールド・ロード・ジュニアは到着日を入れて三日間ホテルの予約をとり、だがどういうわけか、特段これといった理由もなく、そこに六日間とどまっていた。その間ミッチに連絡をとってこようとはしなかった。もしかしたら、記憶を消し去る訓練ができていて、ミッチといっしょにいたことを思いださなかったのかもしれない。もちろん、それは単なる推測で、たしかなことではない。これまでいろいろな騒ぎを起こして、警察や新聞沙汰になり、名をあげてきた、というより名をさげてきた男なのだ。今回も、そのような騒ぎを起こすために機会をうかがっているのかもしれない。

ミッチとしては、当然ながらそんなリスクを負うわけにはいかない。もちろん、もう一勝負しようという求めに応じるわけにもいかない。あのような男から巻きあげた金が三万三千ドルでは充分といえなかったとしても。ターケルソンももうこれ以上の小切手を受けいれることはできないだろう。いつだって調子に乗りすぎると、痛い思いをすることになる。

ロードは部屋に閉じこもり、浴びるように酒を呑み、たまに食事をとり、ときどきコールガールとホテルの専属医師を呼んでいた（この順番で）。だから、ミッチとレッドも部屋にこもりつづけなければならなかった。ロードはそのうちふたりのことを忘れるだろう。もしかしたら、すでに忘れているかもしれない。だが、いずれにせよ、いまロードと出くわす危険をおかすわけにはいかない。

プロのギャンブラーが負け犬の気を静めるためにこんなふうに冷却期間を置くのはよくあることだ。普通は街を離れる。それができないとすれば、身を潜めているしかない。そうするのはむずかしいことではない。美女と札束といっしょにホテルの最上階のスイートに閉じこもるのに、なんの不満があるというのか。レッドはこの間ずっと上機嫌で、四六時中ミッチと顔を突きあわせていても少しも不満げな表情を見せることはない。ミッチも思いは同じだった。頭からエーガットのことを追い払うことができたとしたら。

ひとつの約束はすでに破ってしまっている。すでに二日以上過ぎているため、もうひとつの約束も破ったことになる。エーガットは何もかも承知している。ばらされたら、ひじょうにまずいことになる。

現金を持っていく以外に納得してもらう手だてはない。それでも、三日目の午後、レッドがシャワーを浴びているあいだに、とりあえず電話をかけることにした。

ミッチが大急ぎで説明しはじめると、エーガットはぴしゃりと言った。「わかった。待ってくれというんだな。いつならいいんだ」

「ええっと——明日ならなんとかなると思うんだが、はっきりしたことは言えない」

「だったら、明日でなくてもいい。明後日はどうだ」

「ええっと、そうだな。ええっと——」

「だったら、その次の日は?」

「いいかい、リー。たしかなことは言えないんだ。ただ――」

「わかってるよ。これから大きなヤマにとりかかるので、それがすむまで黙ってろというんだな」

「いや、そうじゃなくて、リー。おれはただ――」

そこでエーガットはいきなり電話を切った。ミッチはあえてかけなおさなかった。かけなおしても、それで何かが変わるとは思えない。

ただ、気を揉みながら待つしかない。

ロードがホテルを出たのは週末だったので、ミッチがエーガットに電話をかけ、一万五千ドルを渡したいと告げたのは月曜日のことだった。

話を聞いて、エーガットはびっくりしたみたいだった。「いや、わたしはてっきり――」

「これでわかっただろ。自分が間違っていたって。このまえと同じ店、同じ時刻でいいな。そこでランチにしよう」

「そうだな。ええっと、困ったな。あまりのんびりとは――」

「メシを食ってる時間がないなら、一杯ひっかけるだけでもいい。それとも、現金を銀行に持っていこうか」

「いや、それは駄目だ」エーガットは言って、ため息をついた。「だったら、一杯だけ付きあうよ」

ふたりは前回と同じ小じゃれた静かなレストランで会った。ミッチが封筒をさしだすと、エーガットは一瞬戸惑ったような顔になった。それから封をあけ、中身に目を通し、ゆっくりと顔をあげた。

「耳を揃えて持ってきた。これでいいな」

「えつ？　ああ、もちろん。これでいい」それから、エーガットは思案顔になって、封筒でテーブルを叩きながら、苦々しげに口を尖らせ、なんでこんなに遅くなったんだと訊いた。「弁解の余地はない。本当のことをばらしたとしても、わたしを責めることはできなかったはずだ」

ミッチは肩をすくめた。「でも、あんたはばらさなかった」

エーガットはいらだたしげに首を振った。「こんなことが許されていいわけがない、ミッチ。それくらいのことがわからないのか。きみは約束を破った。ひとつだけでなく、ふたつも。都合がつかないと知らんぷりをし、さんざん待たせたあげく、都合がついたらやっと出てきて、涼しい顔をしている」

「それでいいんじゃないのか、リー。それで片はついたんじゃないのか。ちがうのなら、そう言ってくれ」

そのあとも、エーガットはぶつくさ言いつづけた。そうせざるをえなかった。頭のなかにある困惑と、不安と、恐れを覆い隠すために。それは自己正当化であり、ミッチを責めるのは自分の裏切りのせいなのだ。いずれにせよ、どうして本当のことを話すことができるというのか。一万五千ドルはどうしても必要な金だ。ミッチが本当のことを知ればどうなるか、考えるだに恐ろしい。

「もういい、リー。これで片はついた。問題は何もないはずだ」

「いや、そういう意味じゃない。わかっていると思うが――」

ミッチは手をあげて制した。「もういい。おれは一日中ここにすわって、あんたの小言を聞いてるわけにはいかないんだ。あとどれだけほしいんだ。二千五百？　五千？　一万五千ドルで充分だと思っていたが、なんなら上乗せしてもいい」

「そんなことは言ってない。金をせびっているわけじゃない」

「でも、本当はほしいんだろ」ミッチはエーガットを注意深く観察しながら言った。「でなきゃ、いったい何なんだ」そして、目をそらさずに、ベルモット・カシスを一口飲んだ。

エーガットはダブルのスコッチを飲みほし、いらだたしげにグラスをまわしはじめた。なぜ待てなかったのか。なぜあんなに急がなければならなかったのか。なぜ、どうして――

ふと名案を思いついた。少なくとも、このときは名案と思えた。実際は世迷いごとであり、愚の骨頂としかいえないものだったが、うろたえていたのとウィスキーを一気に飲んだのとで、判断を誤ってしまったのだ。それで、笑みを浮かべて、金の入った封筒をポケットにしまい、手をさしだした。

「一万五千ドルは大金だ。ややこしいことを言って悪かったな。今朝は煩わしい銀行業務が山ほどあって……」

ミッチは少し間を置き、思案をめぐらせた。エーガットの説明におかしなところはないし、ほかに思いあたる節もない。

「べつに珍しいことじゃない。憂鬱な月曜日《ブルー・マンデー》——休日あけの大忙しの午前。当然といえば当然だろう。だったら、これで後腐れなしだな。これからも友人でいられるな」

「もちろん。言うまでもないさ、ミッチ。わたしの力が必要なときには、いつでも言ってくれ。ゼアースデールの件は何もできないが、それ以外ならどんなことでも……」

ミッチはうなずいた。仕方がない。ゼアースデールの一件は最初からいくらも期待していなかった。駄目で元々と思っていた。今回はエーガットと折りあえただけで充分であり、これで満足しなければならない。

礼服姿のウェイターが注文をとりにきて、ふたりに交互に視線をやった。ミッチは食事を誘ったが、エーガットは首を振った。

「わたしはもう一杯もらう。次もまたダブルで」と、エーガットは言った。「悪いが、ミッチ、きみとはここまでにさせてくれ。ちょっと考えたいことがあるので、ひとりになりたいんだ」

ミッチは意をくみ、席を立った。店を出ようとしたときに、ウェイターが酒を運んできて、エーガットはグラスにたっぷり注がれたスコッチを満足げに飲んだ。それから、ため息をつき、布張りのボックス席の背にもたれかかった。少なくともいまは自分が度量の広い大物で、何ごとにも動じない切れ者の銀行員であるように思える。だが、それは酒の力を借りてのもの、あるいは単なる夢想にすぎない。

妻や子からは疎んじられている。頭取や重役からは好意も敬意も抱かれていない。現在の地位につけたのは、戦争のせいで上級職に空きが増え、その地位をめざす者が減ったからだった。そこに誰もいなかったとき、たまたまそこにいて、だからいまもここにいるというだけのことにすぎない。エーガットに大銀行の部長補佐の器量がないことは、本人がいちばんよく知っている。それはまったくの偶然の結果だ。偶然と、みずからの想像力の欠如の結果だ。進取の気性など皆無で、それゆえ通常は行きどまりになっている轍《わだち》の道を三十年以上にわたって歩みつづけられている。

銀行には高卒で入った。いまや五十に手が届きかけていて、みずからの能力不足をますます強く自覚するようになったが、それを修正することも隠すこともますます困難になってきている。うだつはあがらないままだが、職務上の責任はときとともに次第に大きくなっていく。何をどうしていいかわからず右往左往していて、上司に睨みつけられることもしばしばある。

勤続三十年の上級職の行員をお役ご免にするのは簡単なことではなく、実際には不可能といっていい。その外見を、ときおり明るみに出る失態と結びつけるのはむずかしい。いかにも有能な銀行員に見える風貌から、中身はからっぽだということを知るすべはない。表面にそれなりのものが見えているとすれば、その下にもっと大きなものがあると考えるのは理の当然だろう。そのほとんどが海面下にある氷山のように。

だが、理の当然にもかかわらず、雇い主がエーガットの本当の姿を知る機会は徐々に増えてきている。実態と本来そうあるべき姿には雲泥の差がある。それは強くなければならない鎖のひどく弱い輪だ。銀行の幹部連中はいまようやく知った。数多くの詐欺師の最初のひとりがかれこれ十五年前に見つけだしていたことを。

これがリー・ジャクソン・エーガットの真実だ。

であるにもかかわらず、アルコールによる漠とした高揚感のなか、エーガットは真実に目をふさぎ、誰よりも有能で偉大な人物になって、もうひとりの従順な自分に言って聞かせていた。自分は勝ち組だ。ちがうか。これまでのいきさつがどうであれ、とにかく自分は勝ち組なのだ。一軒の高級住宅と、二台の高級車と、相当量の株と債券を持っている。と同時に、相当額の借金もある。銀行の顧客に与えてきた資産運用のアドバイスに、自分自身が愚かにも耳を傾けてしまったためだ。だが、そんな些細なことにこだわる必要はない。資産の二倍以上の負債が認められる最高ランクの信用格づけを有する者にとって、その程度の借金などものの数ではない。いまいましいことに、自宅は妻名義になっている。優良株もそうだ。だが、この取り決めを無理強いした、気むずかしい、恐妻をもって鳴る女でも、テキサス州の法律を変えることはできない。実際のところテキサスでは、既婚女性は自分の財産を所有できず、その資産は夫の法的管理下に置かれることになっている。だから、何も気にすることはない。糞食らえだ！　自分が望むことは妻が望むことでもある。ゼアースデールの自社株購入権の話に乗り、十五万ドルをミッチと山分けしよう。そうしたら、女房のやつも……

もちろん、夫婦仲がよかった時期もあった。新婚当初はうまくいっていた。その後、自分の両親が住む家をなくして同居を余儀なくされたときから、妻との関係は急速に悪化しだした。妻は義理の両親をよく思っていなかった。夫が彼らのことを必要以上に気遣うのも気にいらないみたいだった。もちろん、両親に悪気があったわけではない。息子の嫁に悪意を持つ親がどこにいるというのか。だが、ふたりは同時に情けないほど無教養で、下手に嫁に取りいり、善き舅《しゅうと》姑《しゅうとめ》であろうとするあまり、義理の娘が生涯にわたって夫に冷たくあたる原因をつくってしまった。

母はよくこんな話をしていた。「ねえ、お父さん、覚えてるかしらね。リーが外の便所で用をたしているときのことよ。そこにそっと近づいていったら……」

父はよくこんな話をしていた。「覚えてるかい、母さん。リーが学校から帰されたときのことを。パンツにシラミがわいてると言われて。めんどりの巣に長くすわっていたら卵を産めると、誰かに言われたんだろう。それで……」

またあるときには、「そうなのよ。リーはほんとに困った子だったの。教会で大きな口をあけて寝入ってしまってね。その口にコガネムシが飛びこんだものだから、リーをおとなしくさせるには、祈禱書でぶんなぐらなきゃならず……」

いつもこんな調子だった。いつもこんな調子だが、リー・エーガットは両親をたしなめることもせず、いつも笑って聞いていた。そのあいだ、妻の目には軽蔑の色がありありと浮かんでいた。それで、あるとき、思い余って妻に意見をした。自分は両親にできるかぎり寛容にしている。きみもそうしてもらいたい。すると、冷ややかな笑いと、嫌悪の念に満ちた身ぶりがかえってきた。いまも外の便所で用を足しているんだろうと言わんばかりであり、愚かだとか、異常だとか、出来が悪いとか、けがらわしいとか、下劣だとか、その全部だとかで、要するに両親が話して聞かせたとおりのろくでもない男であると決めつけているのはあきらかだった。

当然ながら、妻の思いは子供に引き継がれる。それを正すこともできず、父として範を垂れようとしても冷笑を買うだけだった。そういったことを試みていたときからずいぶんな年月が過ぎていた。妻に頬への軽いキス以上の愛情を示した最後のときからも、それと同じくらいの年月がたっていた。妻はもちろんそれを恨んでいたし、子供たちも父親の家庭での役割放棄を恨んでいた。だが結局のところ、その責任は家人にではなく、エーガット自身にあった。

アメリカの家族のなかで古くからまことしやかに語り継がれている言説のひとつに、成人男性が妻子を守り養う責務を放棄したらバッファローと同じ運命をたどることになるというものがある。脳の手術はできても、家ではエンピツ一本削れない者もそう。腕のいいシェフとして知られていても、家では湯を沸かすこともできない者もそう。作家であっても、小学生の作文に手を貸したら落第点になる者もそう。

もしかしたら、アメリカ人男性の家庭での低評価と、インポテンツ、精神異常、アル中、同性愛、自殺、離婚、中絶、殺人、覗き見趣味、高等教育を受けているのに無教養といった事象の驚くべき増加とのあいだには、なんらかの相関関係があるのかもしれない。それでも、男たちはよく持ちこたえている。愛する家族は彼らを八つ裂きにして、しゃぶりつくすことしか望んでいないにもかかわらず。男たちはオフィスを家にし、仕事を新婦にしている。そして、みずからの価値を証明する試みを何度も何度も繰りかえしている。それによって道徳的な筋力が鍛えられ、子供たちもしかるべき敬意を払い、他人の前で父親のことを悪しざまに言うのをやめるようになる。そして、妻は妻として夫に与えなければならないものを夫に与えるようになる。夫は外斜視の木偶の棒ということを認める必要もなければ、妻は最高に純粋で、優しく、愛らしく、思いやりがあり、美しく、無欲で、完璧で、かつて天国の南に住まっていたような……と褒めたたえる必要もない。

不幸なことに、リー・エーガットには（家族にも）仕事がない。文字どおりの意味ではない。アヒルのように見え、アヒルのような声で鳴き、アヒルのように動く動物は、アヒルと見なしていい。けれども、エーガットはいかにも上級職の銀行員といった外見をしているが、実際は怪しげな複製品でしかない。みずからの地位に満足せず、つねに不安を抱いている。その律義さと厳めしさは、不安をまぎらわせ、職場で次第に募っていく劣等感を覆い隠すためのものだ。

それで……

そうだ。午後は休みにしよう。こんちくしょうめ。かまうことはない。そう。それがいい。

そうしよう。

三十年も勤めたんだ。これでも部長補佐なんだ。上級職なんだ。ひっく、ひっく。ひー、ひっく……

エーガットはとつぜん背筋をのばし、顔の表情を引き締めた。そして、唇を固く引き結び、眼鏡の奥で目を鋭く光らせながら、客がまばらになった店内を見まわした。だが、誰も自分を見ていなかった。あわてて目をそらしたのでないかぎり。もし見ていたとしたら、それはそれで納得がいく。あの男はどう見てもどこかの偉いさんだ。きっと名の知れたビジネスマンにちがいない。いろいろ気を張ることが多いので、ここで息抜きをしているのだろう。

ウェイターが四杯目の酒を運んできて、そっとテーブルの上に置いた。そして、エーガットが振り向くと、メニューをお持ちしましょうかと言った。

エーガットは断わり、電話をかけたいので電話器を持ってくるようにと命じた。「いますぐに。わかったな。この店のサービスがどれくらいなものか見ていてやる」

ウェイターが急いで立ち去ると、エーガットは目に勝ち誇ったような表情を浮かべた。そして、酒を二口ゆっくり飲み、席の近くに電話線のプラグがさしこまれるのを気むずかしげな表情で待った。

長年こういう仕事をしていると、著名人や有力者と知りあう機会は多い。ゼアースデールもそのなかのひとりだ。実際のところ、そこでの仕事は単なる使い走り以上のものではなかったが、いまはちがう。いまという時間はバラ色に彩られていて、自分はお偉方のご機嫌とりではなく、友人として動いていると感じている。彼らは自分の仲間であり、自分は彼らの仲間だ。当然のことなから、ジェイク・ゼアースデールは仲間であるリー・エーガットに市場価格の五分の二で自社株を買う権利を与えてくれるだろう。

問題は何もない。

うーん。どうだろう。ちがうか。どうだ? いまのところはまだなんともいえない。とにかく、ジェイク・ゼアースデールに電話しなきゃならない。ひっく、ひっく。古い仲間のミッチ・コーリーのことを話さなきゃならない。

エーガットはふたたび背筋をのばした。これからしようとしていることの重要性を考えると、頭から霧が消え、やる気がもりもりと湧いてくる。電話が外線につながると、ダイヤルをまわし、慎重に言葉を選んで話しかける。

受付係が話を聞き、電話を第二秘書にまわし、そこから今度は第一秘書に。結局、ゼアースデールにつながったのは、電話をかけて十分ほどたってからのことだった。

そのときには頭にふたたび霧がかかり、呆けたみたいにへらへらと笑っていた。なんとか口もとを引き締め、口のなかでもごもご言った。「あ、あの、すみません、ミスター・ゼアースデール」

しばしの沈黙があった。それから、歌うような口調の声がかえってきた。「はい、どなたでしょう」

「わたしです。先週、ひっく、電話した者です。ミッチ・コーリーのことで。忘れたんですか。先週ミッチ・コーリーのことで電話したでしょ。ひっく。わたしは――」

「電話が混線しているようです。もう少し大きな声で話してもらえませんか」

「わ、わかりました。わたしは、先週、ミ、ミ、ミッチ――」

「もう少し大きな声で。もう少しゆっくりと」

エーガットはできるだけはきはきと言った。「先週、ミッチ・コーリーのことで電話した者です。ちょっとお時間をちょうだいしたいと思いまして」

「なるほど。いいでしょう。何か新しい情報があるということですか」

エーガットは首を大きく横に振った。そして、その仕草が相手に見えないということに気づき、自嘲ぎみに笑った。「失礼、こっちの話です」そして、なんで笑ったのかを説明した。

ゼアースデールは儀礼的に笑った。「いまちょっと立てこんでいますので。用件をおっしゃってください」

「えっ？　ええ、もちろんです。ミッチのことですが、わたしが間違っていたってことをお伝えしたかったんです。あのあと調べてみたら、大きな間違いをしてたってことがわかったんです。電話するのはためらわれたんだけど、ひっく、誰だって間違いはおかすものです。どうせなら正直に認めたほうがいい」

「ほう。なるほど」

「嘘じゃありません。まったくの間違いだったんです。頼りにしていた情報が信用できないものだったんです。自分で調べてみると――」

「可能性はある。たしかに可能性はあります」ゼアースデールは冷ややかな口調で言った。「でも、わたしにはあなたが本当のことを言っていないように思えてなりません。声を聞けばわかる。あなたの声からは誠意が伝わってこない」

「な、なんですって」エーガットは受話器を憎々しげに睨みつけた。「いいですか、わたしが言いたいのは——」

「もういい」

「はあ？　どういう意味です、もういいって——」

「黙れということです。そうしたほうがいい。それから、これ以上酒を飲むのもやめたほうがいい。あなたは酒に呑まれている。素面《しらふ》のときでも充分に愚かなんです」

口がとつぜんからからになる。唇を動かしても、言葉は出てこない。

「あなたにひとつ忠告しておきます。わたしはあなたの言うことをまったく信じていません。ミッチ・コーリーのことはわたしが自分で調べる。だから、あなたがわたしに告げ口をしたことは内緒にしておいてもらいたい。つまり余計な口出しはするなということです。そんなことをしたら、あなたはテキサスでいちばん哀れな男になる。わかりましたね、ミスター・L・J・エーガット」

名前を言われて、下剤をのまされたような気になった。これまでの人生のなかでいちばんの恐怖を感じ、急に酔いが覚めた。

「な、なんですって。いったい何をするつもりなんです」

「何をする?」ゼアースデールの声はなかばはずんでいた。「決まっている。ミスター・コーリーをディナーに招待するんですよ」

それで電話は切れた。

エーガットも電話を切った。酒のグラスに目を向け、手をのばしかけたが、火に触れたかのようにあわてて引っこめた。

銀行に戻ったほうがいいかもしれない。それとも、家に帰ったほうがいいか。それとも、それとも——

ウェイターがやってきた。先ほどどやしつけられたので、いまもおどおどしている。エーガットは背筋をのばし、毛の薄い頭を軽く叩き、厳めしく眉を寄せた。そして、口をあけ、何か言おうとした途端、胃の中身をあたり一面に吐きだした。

その日はうだるような蒸し暑さで、かいた汗が沸騰するのではないかと思うくらいだった。もちろん、市の広報が言うような〝めったにない〟暑さではない。彼らはヒューストンの天候がさほどに望ましいものでないことを認めているが、昼間どんなに過ごしにくくても、夜になれば心地よい涼しさになるとかならず付け加える。それはたしかにそうかもしれない。だが、ここの気候に慣れていない者にとっては、心地よい涼しさというのは身を切るような寒さに近い。ゼアースデールといっしょに食前酒を飲んでいるミッチにとっても、石組みの暖炉でちろちろ燃える火は温かく、快適だった。

暖炉があるのは、ゼアースデールの自宅のキッチンだった。ゼアースデールはワイシャツにエプロン姿で、ミッチがやってくると、すぐにそこに案内した。ふたりはいまレストランの厨房にあるような無骨だが実用的な大きい木のテーブルにつき、ピューター製のマグに入った上物のエールを飲んでいる。

ゼアースデールは何やら楽しげにため息をつき、口についたエールの泡を拭いながら、太い梁が渡された部屋を見まわした。「ベッドを持ちこめるなら、ここで暮らしたいと思っているくらいなんですよ。なぜかわからないが、ここにいると、リラックスできて落ち着くんです」

ミッチは微笑んだ。「ずいぶん広い。大きなホテル以外のところで、こんなキッチンを見たことはこれまで一度もない」

「これからもないでしょうな」ゼアースデールは言って、部屋の一辺全体を占めるレンジに顎をしゃくった。「ここでは三人のコックが同時に働けるようになっています。必要とあらば、一日五千食をつくることができます」

「なるほど。なにかと楽しめるだろうね」

ゼアースデールは首を振った。「そういうわけじゃありません。設備の整った広いキッチンが好きなだけで。ここにいて、眺めているのが好きなんですよ。わたしは独身だし、お楽しみはクラブでと決めている。それでも……三つ子の魂なんとやらってわけです。あなたはどうです、ミスター・コーリー。あなたはどんな家庭で育ったんです？」

ミッチは世間でいう家庭はなかったと答えた。「いつもホテル住まいだったからね。親父は商売人で、おふくろはそれを手伝っていた」

「どこかで一山当てたってことですね」

「まぐれ当たりだと思うよ。小さな子供だったから、そのあたりのことはよく知らないんだ。でも、あちこちでさんざん無駄金を使っていたことは知っている」

ゼアースデールはエールを注ぎ足し、ふたりの生い立ちは似ていなくもないと言った。「うちは掘削作業員相手の食堂をやっていましてね。母とわたしとで切り盛りをしていたんです。父は試掘井で働いていました。もちろん、掘削装置は一日二十四時間稼動しているので、食事もそれにあわせなきゃならない。なので、母もわたしも二時間以上続けて寝たことはありませんでした」

ゼアースデールは使い勝手のよさそうな設《しつら》えを遠い目で見まわし、首を振った。「母とわたしは四つ口の石油コンロで料理をつくり、同じ部屋で寝起きしていました。一日中……いや、そんなことはどうでもいい。つまらない仕事の話をしても仕方がありません」

「いい話だ。もっと聞かせてもらいたい」

ゼアースデールは肩をすくめた。「わかりました。では、手短かに……」

その地で油井の試掘をしていた業者は、ゼアースデール家に対して多額の負債をかかえていた。負債の額は膨らむばかりで、ようやく油層を掘りあてたときには、その資産のほとんどがゼアースデール家のものになっていた。業者は友人から金を借りて、格安の値段で負債を帳消しにしようとし、断わられると、秘密裏にパイプライン会社と契約を結んだ。

パイプライン会社が原油を買いとるのは、法的になんの問題もない。だが、代金の支払いはパイプラインが油井につながれ、原油が引き渡されたときという条件がついていて、ゼアースデール家がその一部を受けとる権利を手放さないかぎり、そのようなときは来ないということがほどなくあきらかになった。その期日は延期に継ぐ延期になった。それがゼアースデール家を排除するための策略であることはあきらかだった。けれども、法廷に持ちこんで、そのことを証明するだけの金の持ちあわせはなかった。

「父はあまり強い人間じゃなかった。最後まで和解の途を探っていた」ゼアースデールの口調には、かすかに蔑みの色があった。「でも、母は別のことを考えていました。もちろん、父の同意が得られるとは思っていなかった。なので、わたしとふたりだけでそれを実行に移した。そうせざるをえなかったんです。わかっていただけますね、ミスター・コーリー。目の前で巨悪が行なわれているのに、法律は何もできない。だから、われわれがやるしかなかったのです。そのとき、わたしは十四歳だったんですがね。いい勉強になりましたよ。強い人間は世界への責任を負っている。それが強い者の存在理由なんです。一線を越えた者がいるのを見たら、断固たる処置を講じなければ……」

「なるほど。とても興味深い。それで、あんたたちは何をしたんだい」

ゼアースデールはくすっと笑った。「それはですね……われわれがやったということは誰にも証明できない。想像だにできなかったんじゃないかと思います。結局は事故ということになったんですが、上を下への大騒ぎでした。そこは見渡すかぎりの牧草地です。なだらかな丘で、牛が草を食《は》んでいるだけです。火災が発生したとき、もちろん母もわたしもそこから遠く離れたところにいました」

「火災?」ミッチはゼアースデールを見つめた。「ということは、つまり——なんというか——」

「そう、火災が発生したんです。油井のまわりにこぼれていた油から。パイプが正しくつながれていれば起きなかった。つまり、責任は掘削業者にあるということです。一千万ドルと、消火のためにかかった十万ドル。さらにその上に、燃えてしまった油の価格に応じた金。それらがすべてわたしたちの手に入ったのです」口もとに冷たい笑みが浮かぶ。「それ以降は順風満帆です。なんの横槍も入りませんでした。彼らからも、ほかの誰からも」

ふたりはウォークイン式の大きな冷蔵庫に入り、ディナー用のステーキ肉を選んだ。ゼアースデールはそれを料理し、手慣れた感じで給仕をした。幸いなことに、ミッチはひどく腹がへっていた。そうでなければ、肉の匂いが頭に呼び起こした光景を無視することはできなかっただろう。焼け焦げた草原。生きたまま焼かれ、煙がくすぶっている無数の牛の死骸。

食事がすむと、ゼアースデールは皿を洗って乾かした。手伝うというミッチの申し出は丁重に、だがきっぱりと断わった。「わたしはこの道のプロなんです、ミスター・コーリー。すべて自分でやりたいんです。でなかったら、何人もの使用人をここに来させています」

ミッチが今夜は使用人はいないのかと訊くと、ゼアースデールは夜はいつも誰もいないと答えた。

「彼らだって自分の時間は必要です。わたしと同じように。それに、使用人の多くはけっこうな年でしてね。母がいたころから、ここで働いているんです。夜遅くまで拘束するのはどうかと思います」

ゼアースデールはエプロンをはずし、それで手を拭きながら、使用人に寛大なんだなという

ミッチの言葉に首を振った。

「いいえ、そうじゃありません。わたしのように五億ドルの純資産を持つ者が寛大になるのは不可能です。みずからの善行に心を動かされることはできなくなっているからです。そんなところ

で自分を評価しようとは思っていない。百万ドルを失っても、百万ドルを手に入れても、もう何も感じることはない。ただ、いまは誰に対してもできるだけ公平でいるように努めていて、それはおおむねうまくいっていると思います。もちろん、許すことのできない者も大勢います。たとえば」ゼアースデールは苦々しげに顔をしかめた。「いかさま野郎のバードウェルとか」

若白髪に作り笑いの男と、そのまわりにいた仲間たちのことを思いだして、ミッチは不快感を隠せなかった。「哀れな男だ。一瞬、見て見ぬふりをしようかと思ったくらいだよ」

「哀れな男だとわたしも思っています。せっかくのキャリアをあれですべて棒に振ってしまった。家族全員が路頭に迷うことになる。でも、すべて本人のせいです。わたしのせいでも、あなたのせいでもない。不正に目をつむることはできません。不正をした者に褒賞を与えるわけにはいきません」

「でも、あんたのところで長く働いていたんだろ。それなりの実績を残してきたという話も聞いている」

ゼアースデールはうなずいた。「仕事ぶりは申し分ありませんでした。それに対しては充分な便益をはかってきたつもりです。善に対して褒賞を与えるのは当然のことです。わたしは常々そうしています。実際、会社と関係ないひとたちにも匿名でさまざまな支援をしてきました。とすれば、悪に対して罰を与えるのも当然のことです。そう思いませんか」

ミッチは一呼吸おき、ゼアースデールの顔を見つめた。唇は分厚く、目は冷たく鋭いが、斜には構えていない。

目をそらして、ミッチは言った。「とすれば、それはあまり愉快ではない義務ということになる。まるで神の仕事だ」

「そう。そうなんです」ゼアースデールは真顔で同意した。「それは神の仕事なんです」

ゼアースデールにじっと見つめられているうちに、ミッチは思わず笑いだしそうになった。それで、ふと思った。もしかしたら、笑ってもいいのかもしれない。この男は真面目な顔をして、自分をからかっているのかもしれない。

油井に火を放ったという話にしてもそうだ。それも本当の話じゃないのかもしれない。

ゼアースデールはとつぜんにやりと笑い、今夜のうちに世界の問題のすべてを解決する必要はないと言った。そして、付け加えた。「自社株購入権のことですが、あれから少し考えてもらえましたか。買う気になりましたか」

「いまのところ、まだ」ミッチは残念そうに首を振った。「いまも迷っているんだ。長期の資産運用のために投資している金をいま引きあげると大損をすることになるんでね」

「なるほど。おっしゃることはよくわかります。では、どうです、ちょっと遊んでいきませんか」

ゼアースデールは言って、サイコロを振る真似をした。「お嫌いじゃないと思いますが」

ミッチは微笑んだ。「もちろん嫌いじゃない」

床が一段低くなった娯楽室に入ると、ゼアースデールは長いバーカウンターからブランデーを持ってきて、それから〝実弾を用意してくる〟と言って部屋から出ていった。ミッチはテーブルの前に歩いていった。それは賭博場にある正規のクラップス用テーブルで、フィールド、パス、カム、クラップスなどという文字が記されている。おやっと思ったのは、その上の天井に、テーブルとほぼ同じ大きさの鏡が取りつけられていることだった。なぜクラップスのテーブルの上に鏡があるのか。緑のフェルトの上から二個の透明なサイコロを拾って振りだしていたとき、ゼアースデールが戻ってきて、百ドル札の分厚い束をふたつテーブルの上に置いた。銀行の帯封が巻かれたままのピン札だ。

「お手柔らかに願いますよ」ゼアースデールはいたずらっぽい笑みを浮かべた。「まあ、結果はどうなるかわかりませんがね。どっちが先に投げるか、サイコロで決めましょう」

ふたりはそれぞれサイコロを振った。ミッチの目は6。ゼアースデールも同じだった。あまり手慣れた感じに見えないよう気をつけながら、ミッチはまたサイコロを振った。5。ゼアースデールは6。それで、二個のサイコロを拾って、手のなかで転がした。

「いくらにしますか、ミスター・コーリー。百ドルそれとも二百ドル？」

「じゃ、二百ドルで」ミッチは言って、テーブルに二百ドルを置いた。

「では、わたしも二百ドルにしましょう」ゼアースデールも同じように金を置いた。

ゼアースデールはサイコロを振った。ピンぞろで、投げ手の負け。場の目《ポイント》は決まっておらず、サイコロの投げ手は変わらない。

「今度は四百ドルにします」

このときの出目は7。投げ手の勝ち。

ゼアースデールはふたたびサイコロを手に取り、それからミッチにちらりと目をやった。

「八百ドルにしますか。それとも少し抑えますか、ミスター・コーリー」

「八百ドルで」ミッチはうなずき、テーブルの上に金を置いた。

次の出目は6。投げ手が変わり、数回あとに7が出て、今度は投げ手の負け。ゼアースデールは上機嫌で笑いながら、紙幣の束を指先で叩いた。

「千六百ドルの儲けです。まだやりますか」

「もちろん。同じ額を賭ける」

このときも不自然に見えるといけないので、いきなり勝つのではなく、ポイントの目を出した。10。だが、次に出た目は7だった。投げ手の負けだ。

しばらく信じられなかった。いったいこれはどういうことだ。考えられる理由はひとつ。それはさほど突飛なものではない。

金持ちはさらに金持ちになる。どれほどの苦労もしないで。富める者は際限なく富んでいく。最初の成功に導いたものは、その後も効力を発揮しつづける。それをなんと呼べばいいのかわからないが、運という言葉だけで片づけることができないのはたしかだ。

もちろん、手元が狂った可能性はある。そのために、もっと多くの金を失ったこともある。だがそういったときには、いつもそのまえにコントロールがきかなくなる感覚がある。脳と指のあいだがショートしたような感じがする。でも、今回そんな感覚はまったくなかった。

10の目を出したときには、次に勝つ予定になっていた。だが、そこで悪魔に襲いかかられた。でも、まだ損はしていない。いま失ったのは、これまでここでゼアースデールからせしめた金だ。だから、一抹の不安はあったし、技は運に勝てないということを重々承知してもいたが、賭け金を二倍にすることに同意した。

「いいだろう」ミッチは言って、緑色のフェルトの上に紙幣を積み重ねた。「三千二百ドル賭ける」

「それじゃ」ゼアースデールは言って、サイコロを振った。

6と5、6と1、5と2、4と3、それから8、もう一度8、続いて11……

ここでミッチは自分の財布に目をやり、有り金全部はたいたというより、紙マッチをどこかに落としたかのような気楽な感じで微笑んだ。

「今日のゲームはこのくらいにしておこう。この次はもう少しちゃんと準備をしてくるよ」

「現金でなくてもかまいませんよ。必要なだけ小切手を書けばいい」

ミッチは首を振った。「いや。それはあんたにとってフェアじゃない。現金じゃなく紙切れに賭けるとツキが逃げるというからね」

「なるほど。だったら、わたしから現金を借りればいい。遠慮はいりません。さあ。ゲームは佳境にさしかかりつつあるところです」

ミッチは断わったが、小切手ほど強くは断わらなかった。結局、すすめられたとおり、一万ドルを借りることにした。それを手にすると、自信が急速に戻ってきた。

金を貸した者は運を失う、と世のギャンブラーの多くは固く信じている。自分の金を手放すということは、それがこれまでもたらしていた幸運をも手放すということだ。

ゼアースデールが手のなかでサイコロを転がしたとき、部屋の上のほうから物音が聞こえた。ちょっと意外だった。そんなにガタピシするような造作の家ではないはずなのに。ゼアースデールは渋い顔をして天井を見あげ、そんなに騒ぎたいなら徹夜で働かせてやるというようなことを口のなかでつぶやいた。

「では、いきましょう。賭け金は三千二百ドルでよろしいですか」

ミッチはうなずいた。「もちろん」

ゼアースデールはサイコロを振った。サイコロははずんで転がり、1と2の目が表を向いた。投げ手が変わり、ミッチは勝負のために気合をいれた。

自信はあったが、用心しなければならない。一年に一回あるかないかの失敗の痛手は心から消え、手には魔法がよみがえっている。だが、危険をおかすことはできない。サイコロを自在に操れるのは自信があるときだけで、その状態を永遠に保ちつづけることはできない。

最初にしたのは賭け金を五百ドルにさげることだった。その程度なら、負けても腹は痛まない。それでゼアースデールの運が尽きると、三千五百ドル勝ち、そのあとわざと負けた。

ゼアースデールはパスラインに賭け、ポイントを出し、それで投げ手が変わった。

ここでミッチは二度パスラインに賭け、二度とも勝ち、再度三千五百ドルを手に入れ、そのあと〝残念ながら〟少し負けた。

最後まで不自然に見えないようにしなければならない。それは勝つことよりずっとむずかしい。面倒だが、稼ぎにはなる。最初は泥沼に入りこんだかと思ったが、それから一時間半が過ぎ、いまは山の頂きにいる。借りた金はかえし、持ってきた金はポケットに戻り、ゼアースデールの一万八千ドルが自分のものになった。

ここでサイコロの投げ手が変わった。ゼアースデールは礼を失さないよう欠伸《あくび》をこらえながら、サイコロをテーブルの上に置いた。

「ちょっと疲れましたね、一杯やりませんか」

「できれば、このあたりで失礼したいんだが。あんたがゲームを続けたいと言うなら、話は別だが。今日は勝ち運に恵まれてるからね」

ゼアースデールは言った。仕方がない。次の機会がある。「またお会いしましょう。よろしいですね、ミスター・コーリー。できれば一杯やりたいところだが……」

ゼアースデールはミッチを玄関まで送っていった。そこで握手をし、お休みの挨拶をすると、静かにドアを閉めた。それから、重量級の身体にもかかわらずネコのように軽やかに階段をあがり、小さな部屋のドアをあけた。

そこは娯楽室の真上の部屋だった。部屋の中央部は、床材がはぎとられ、開口部にマジック・ミラーが取りつけられている。映画撮影用のカメラでその真下にあるクラップス用テーブルを撮影することができるようになっている。

ゼアースデールが部屋に入っていったときには、痩せた中年の黒人男が丸いフィルム缶の蓋を閉めているところだった。いきなり涙目になって、平謝りに謝りはじめる。

「す、すみません、ミスター・ゼアースデール。ほんとに、ほんとに申しわけありません。あとずさりしたときに、缶を蹴っちまいまして――」

「危ないところだった。ばれたらどうするんだ。そうなったら、赤っ恥もいいところだ。おまえはわたしに恥をかかせたかったのか、アルバート」

浅黒い肌から血の気が失せる。「ミ、ミスター・ゼアースデール。申しわけありません、ミスター・ゼアースデール」

「わたしがおまえを失望させたことはこれまで一度もないはずだ。ちがうか、アルバート」歌うような、だが辛辣な口調だった。「わたしはおまえを黒人じゃなく白人のように扱ってきた。白人並み以上の待遇で面倒をみてやってきた。おかげで、おまえは何不自由なく暮らせている。月に千ドルの給料をもらって。それで何をしてるかといえば、この家のなかをぶらついているだけだ。それ以上のことは何もしていない。ちがうか。おまえには十ドルの価値もない。それでも高い給料を払ってやっているのは、おまえの子供たちを学校に通わせるためだ」

黒人は細い首をうなだれ、わなわなと身体を震わせ、唇を嚙んでいた。怯えと申しわけなさで涙が出そうになるのを、まばたきをしてこらえている。

ここからゼアースデールは少し優しい口調になった。「まあいい。仕方がない。わたしは使用人をがっかりさせたくないし、使用人にがっかりさせられたくもない。フィルムはそれか？」

「は、はい。そうです」缶を持ちあげ、おずおずとさしだした。「ちゃんと写ってると思います、ミスター・ゼアースデール。見てみないとわかりませんが、たぶんだいじょうぶだと思います」

ゼアースデールは自分で確認すると言った。いつでもどんなことでも自分で確認しないと気がすまないのだ。「子供たちはどうしている、アルバート。もうすぐ卒業じゃなかったか」

「はい。ジェイコブはあと一年でロー・スクールを卒業します。アマンダは教員養成大学があと二年残っています」

「アマンダ……わたしの母の名前をつけてくれたんだな。母も喜ぶだろう」

「はい、ジェイコブは旦那さまのお名前をいただきました、ミスター・ゼアースデール。そのことを誇りに思ってます、ミスター・ゼアースデール。はい、心から誇りに思ってますよ」

ゼアースデールはうなずいた。「それはよかった。わたしの家に誇りを持たない者がいるなどとは考えたくない。ひとは誇りを持たないと駄目だ。わかるな、アルバート。誇りを持たなきゃ、何も手に入れることはできない。そこから何も築きあげることはできない。そんな人間は好きじゃない。我慢することはできるかもしれないが、好きじゃない。毅然とし、鼻息を荒げるのはいい。だが、鼻息をうかがう者は好きじゃないし、好きにもなれない。おまえは何年わたしの鼻息をうかがってきた、アルバート」

「ミ、ミスター――ミスター・ゼアースデール……」

「二十三年だ。ちがうか。充分に長い。おまえは馘だ」

17

寝室のブラインドがおりていて、部屋には夜の暗さがまだ残っている。ベッドの上でミッチは寝がえりをうった。まだ半分眠っていて目は開いていないが、手は無意識のうちにレッドの身体のほうにのびていく。きのうは最高の夜だった。いつも以上に昂り、いつも以上に激しく燃えた。眠ってからも昂りと激しさは身体にとどまっていた。いまそれがふたたび嵩を増し、肉が放つ芳しい微香を嗅ぎ、熱く荒い息づかいを聞き、重なった身体の残忍な甘さを感じられるようになってきた。

「レッド……」ミッチはつぶやき、手で毛布をまさぐった。「もう一度……もう一度……レッド?」

眉間に皺が寄り、手の動きが速く、あわただしくなる。「レッド?……レッド! どこに——」

ミッチは目をあけ、身体を起こして叫んだ。

「レッド!」

バスルームから物音が聞こえた。ドアが開き、レッドが走って出てきた。スリッパとストッキングとをはき、小さなパンティとやはり小さなブラを着けている。レッドは小柄だが、豊満な身体つきで、ブラとパンティはいやでも小さくならざるをえない。

レッドはすばやくミッチの身体に腕をまわし、頭を乳房に押しつけ、愛の言葉をささやき、どうかしたのかと尋ねた。ミッチは悪い夢を見たのだと決まり悪そうに答えた。レッドはキスをし、ベッドにいなかったことを詫びた。

そして立ちあがりかけると、ミッチはパンティに手をかけた。

「いまはここにいる。さっきより、いまここにいるほうがいい」

「でも、でも、わたしはこれから――」レッドは言葉を途中で切り、にこっと笑った。「わかったわ、ハニー。ヘアネットだけつけさせて。いいでしょ」

「駄目だ――いや、そういえば、今日は朝から出かける予定だったんだな」

「ええ、そうよ。でも、べつに急いでるわけじゃないから。どうせ――」

ミッチは遅らせる必要はないと思いきりよく言った。出かける支度をしていたのに、直前になって予定を変えさせるわけにはいかない。「ちょっとからかっただけだよ。いいから、きみは出かける準備を。おれはもう一眠りする」

レッドはそうしたが、ミッチはちがった。目を閉じて横になったものの、なんだか落ち着かなかった。けれども、こうしたことを悔やんではいなかった。なれそめのころ、レッドが話してくれたことがふと頭に浮かんだ。

レッドが言うには(あえて言うまでもないと思うが)、自分は女で、ミッチは男だ。男と女はほかからは得られない何かをおたがいに求めあう。そのことはずっとまえから――一部屋しかない狭い掘っ立て小屋に大家族で寝起きしていたころから知っていたという。もちろん、レッドが気分を害しているときもある。そんなときは、いくらか距離をとったほうがいい。けれども、それ以外は、求めるか、ほのめかすだけで、望むことはかならず叶えられる。

何もおかしいことはない。でも、そのときレッドにその気がなかったとしたら?　それでも、たいていは応じてくれる。なぜなら、身をまかすことができる男はほかに誰もいないから。応じることによって得られるものがまだいくらでもあるから。だが、そうでないとしても、なんの問題があるというのか。問題などあるわけがない。時間はほんの数分しかかからない——もちろん、それではまったく足りないことも多いけど。その数分さえ与えてくれないということは、愛していないのではないか。

ベッドがそっと沈んだ。驚いて身体の向きを変えたとき、身体にレッドの腕が絡みついてきた。

「ああ、ミッチ。ダーリン、ダーリン、ダーリン。あたしをほしがってるひとを残してはいけない」

「だからといって。服を着てるのに……」

「はぎとってちょうだい。全部はぎとって、わたしをめちゃめちゃにして。服はまた着たらいい。皺くちゃになっても、すぐまた元に戻る。だから……ね……お願い、ミッチ」


——一時間後、レッドは予定より少し遅れて買い物に出かけた。それは普通の買い物ではない。少なくとも、レッド以外の者にとっては、普通の買い物ではない。ときおり時間ができると、一日かけて、安売り店《ダイム・ストア》めぐりをするのだ。毎回、出費は合計で五ドル以内と決まっている。

そういった買い物は子供のころの夢だった。そしてミッチが知るかぎり、レッドは子供のころの夢を叶えて満足できる唯一の大人だった。ゆっくりとカウンターを見てまわり、ここで十セント、あそこで十五セント、また別の店で二十五セントといった具合に買い物をし、一休みするときはアイスキャンディを買って食べる。ランチも同じところでとる。ミッチなら考えただけで胃がねじれそうになるが、たとえば、しなびたレタスにクリームソースのかかったフランクフルト（運んでくるのは赤いマニキュアをしたニキビだらけの小娘）とか。それで腹を満たすと、また買い物に戻り、最後の十セントを使うころちょうど店が閉まる。

家に持ち帰ったひとかかえの〝特売品〟は、一日か二日のうちにいつのまにかどこかに消えてなくなってしまう。買い物のあと、レッドの精神状態はいつも不安定になっている。一度、店にはもう何も残ってないんじゃないかとからかったことがある。するとレッドは顔を真っ赤にして、さんざん悪態をついたあと、よよと泣きだした。ミッチはレッドを引き寄せ、その小さな身体を抱きしめ、優しく揺すった。大粒の涙がレッドの胸を伝い、そのうちにミッチの目にも涙があふれてきた。レッドの悲しみのわけがようやくわかったような気がした。それは自分自身の悲しみでもあり、おそらくすべての者の悲しみでもあるのだ。無垢な魂はいつか汚れる。田舎者は工業社会にとらえられ、実利にかなうもの以外はすべて容赦なく刮《こそ》げとられる。

レッドはもちろん極端な例であり、ミッチも同様だ。小作人の掘っ立て小屋やホテルの部屋は、世界の単なる上っつらにすぎないのに、否応なしにすべての者の行く末を決定づける。レッドが教科書に〈お姫さまと魔法のポニー〉の冒険譚が載っていたという話をしたとき、その気持ちを推し測るのは容易だった。自分が〈バニー・ラビットとミスター・ストーク〉の愉快な陰謀の話を読んだときと同じだと思えたからだ。

だから、レッドは泣き、ミッチはもらい泣きした。過去に理想としていた夢のせいではなく、いまの変えようのない現実のせいで。過去に喪われたもののせいではなく、決して存在しなかったもののせいで。ありえたかもしれないもののせいではなく、決してありえなかったもののせいで。

ひとしきり泣いたあと、レッドは鼻をすすり、背筋をのばして微笑んだ。そして、これからもダイム・ストアに行きつづけると宣言した。ほかのすべてがなくなっても、希望はなくならない。夢見ることができるものは実現できるという証拠はどこにでもある。

この日、レッドはいつものように朝早く出発する予定を立てていた。ミッチのせいで少し遅れたものの、九時過ぎには出ていくことができた。

それから三十分ほどして、ミッチはシャワーを浴び、髭をあたり、服を着替えて、テラスにすわり、朝刊を読みながらのんびり朝食を食べはじめた。

これほど満ち足りた気分になり、自分には世界を思いのままにできる権利があると確信できるようになったのは、いつ以来だろう。ヒューストンは最高の街だ。いつも言っているように。今回はいい旅になるだろうと思っていたが、それ以上だ。糞ったれのロードから三万三千ドル、ゼアースデールから一万八千ドル。合計五万一千ドル。それでもまだ序の口だ。

もちろん出費も多い。それでも——

ターケルソンがテラスにやってきた。

ノックもしなければ、ブザーを鳴らしもしなかった。合い鍵でドアをあけて入ってきたのだ。その顔を見て、ミッチはレッドが出かけたあとだったことを神に感謝した。ターケルソンは手に何か持っていた。ほかの何かではない何かだ。

ミッチは素早く立ちあがり、ターケルソンを部屋に戻した。そして、ラウンジのソファーにすわらせ、ウィスキーをグラスに注いだ。

「心配することはないさ、ターク」――心配することはないはずがない！――「とにかく一杯やって落ち着け」

ターケルソンは待ちかまえていたようにグラスをつかんだ。ミッチは彼のもう一方の手が握っているものをそっと放させた。

小切手。額面三万三千ドル。すべてに赤インクで〝支払拒否〟のスタンプが捺されている。

それが何かはわかってはいたが、それを実際に目にするのはまた別の問題だ。とつぜん自分が空っぽになったような気がした。胃のなかで冷たいものが塊りになって大きくなりはじめる。せっかくの成果を無に帰す運命のいたずらに愕然とし、怒鳴りちらしたくなる。

だがそのかわり、こともなげに笑い、気さくにウインクをした。

「やれやれ。まいったな。不渡りになったのはこれだけかい」

「これだけ？　どういうことだい。ほかにもあるってことかい」

「通常の出費——ホテル代だ。それも小切手で払ったんだろ」

「ああ、そうだ。それは問題なく換金できた。千二百ドルちょっとだ」

ミッチはうなずいた。「領収書も出したってことだな。つまり……」

そういうことだ。もしかしたら、ロード家は三万三千ドルをギャンブルですったことを確認できなかったのかもしれない。あるいは、ウィニー・ロードが現金を持っていなかったことを確認できなかったのかもしれない。だが、そんなことはこの際問題ではない。

小切手の金は支払われなければならない。支払われないなどということは考えられない。だが、実際に支払わなかったのだから——

ターケルソンはウィスキーをグラスに注ぎ足し、一気飲みして、真っ赤な顔で悪態をついた。

「あんちくしょう。タダじゃおかんからな！　逃げられると思ったら大きな間違いだ！」

「なんとかできればいいんだが。とにかく、あとのことはおれにまかせておいてくれ。あんたは何もしなくていい。ただ、いまこの時点で打つ手は何もない」

「で、でも、あれは違法行為なんだ。向こうの言い分は通用しない」

ミッチはわずかにいらだたしげに手を振った。「だったら、どうすればいいんだ。ホテルの顧問弁護士にご登場願う？　そうなると、裁判が長期化するのは必至だ。連中は一歩も引かないだろう。こんなときのために何人もの弁護士を雇って仕事をさせているんだ」

「でも、ミッチ、そうとわかっていたのなら……」

ミッチはぴしゃりと言った。そんなことはふたりとも最初からわかっていた。わかっていなかったのは、こんな結果になる可能性があったということだ。「仕方がない。こうなってしまったんだ。そんなことはないとか、あんなことはできっこないとか、自分たちに都合のいいように考えるのはよそう。それはおまわりがあんたを逮捕できないと言うようなものだ。そんなことをする権利がなくても、逮捕しようと思ったら、いつでも逮捕できる」

ターケルソンは打ちひしがれたような目をしている。ミッチはすぐに口調を和らげた。

「でも、心配することはない。請けあってもいい。今回の不祥事で、あんたは三万三千ドルの穴をあけたことになる。いつまでに穴埋めをしたらいい？」

「いますぐに。毎日、収支報告書を本社に送ることになっている。もう一度、小切手の現金化を求めてもいいし、債権扱いにしてくれと頼んでみてもいいが……」

ミッチはやめたほうがいいと言った。小切手が不渡りになっているのはあきらかだし、債権扱いするにしても、金額が金額だけに無審査というわけにはいかないだろう。

「負けを認めるしかない、ターク。清算しよう」

ミッチは財布を取りだし、紙幣を数え、三万三千ドルをテーブルの上に置いた。財布にはいくらの金も残っておらず、口もとが無意識のうちにこわばるのがわかった。

ターケルソンは困惑のていだった。「ミッチ、そんなことしてもらっても、かえすあては——」

「気にするな。小切手におれの名前を裏書きしておいてくれたら、それでいい」十パーセントの取り分をかえしてもらうことは期待していなかった。ターケルソンには愛してやまない母がいる。思いだせないくらいの昔から、病院のスペースと息子の金を浪費しまくっている心気症の意地悪ばあさんだ。

ターケルソンは申しわけなさそうに、だがあきらかにほっとした様子で小切手と現金を交換した。「本当にいいのか、ミッチ。あんたががっぽり稼いでいることはわかってるが、だからといって自腹を切るのは――」

「自腹を切るつもりはない」

「えっ？　だったら――」

「ダラス行きのいちばん早い飛行機のチケットをとってくれ。おれは荷物をまとめなきゃならない」

ターケルソンはそれ以上のことは何も訊かずに部屋から出ていった。一時間後、レッドに簡単なメモを残して、ミッチは旅立った。

18

ダラス。

ビッグD。

南西部のニューヨーク。

ここに来れば、かならず見つかりますよ、旦那。お探しのものはなんでもありますよ。ファッション？　はるばるパリから真似っこのためにやってくるくらいです。食べ物？　ここのレストランに入ってはじめて生きてることが実感できますよ。金儲け？　われわれは山っけの塊りです。

世界一美しく、ファッショナブルな女性――それがダラス。世界一聡明で、あざといビジネスマン――それがダラス。

ここに来れば、かならず見つかりますよ、旦那。お探しのものはなんでもありますよ。

百万ドルのジェット機が買いたい？　この先の通路にあります。そこの二十五セントの釣り竿の横です。一晩一千ドルの女の子をお望み？　どうぞ、どうぞ。それだけの価値は充分にありますよ。一ドルで女を買いたい？　まわりを見まわしてごらんなさい。旦那と同じぐらい飢えているアマっこがいくらでもいますよ。千人の労働者を雇いたい？　お安いご用です。ここには赤いファシストも、左がかった組合員もいません。銃を持ちたい？　なんの問題もありません。行きずりの情事を楽しみたい？　ええ、手配できますよ。簡単にできます。人種差別のグループをつくりたい？　大歓迎です。

ただ、トラブルを起こすようなことはしないでくださいよ。


——ミッチが飛行機を降りたのは正午ごろだった。空港で荷物の検査を受け、リムジンバスでダラスのダウンタウンに向かう。フランク・ダウニングのカジノを訪ねるのに適した時間とは思えなかったので、このまえ来たときに入りびたっていたバー&グリルに立ち寄ることにした。だが、そこにミッチのことを覚えている店員はいなかった。

「申しわけありません」バーテンダーは濡れた布巾でカウンターを拭きながら言った。「テキサスの州法で酒を出すことは禁じられているんです」

ミッチは笑った。「だから？　あんたは新入りみたいだな。ジグズ・マクドナルドはどこにいる」

「そういう名前の者はいません。コーヒーはいかがです」

ミッチは腹立たしげな口調で断わった。暑いわ、疲れているわ、鬱陶しいわで、とつぜん一杯飲みたくなったのだ。「いいからバーボンと水をくれ。これはいったいどういうことなんだ。おれはもう何年もここで酒を飲んでいるんだぞ」

「申しわけありません。ここでは酒を出せないんです」

「ふざけるな！」ミッチは言って、少し離れたカウンター席にすわっていた男に顎をしゃくった。

「あそこで飲んでいるのは酒じゃないのか」

男が振り向いて、ミッチを睨みつけた。幅の広い顔に、狭い額。グラスのなかの氷を揺らし、それから立ちあがって近づいてくる。

「何が望みなんだ。コーヒーか、それともトラブルか」

「外の空気を吸うほうがよさそうだ」ミッチは言って、大急ぎで店を出た。

自分の馬鹿さ加減をつくづく思い知らされた。不平不満をたれるのは、いつだってそんなに利口なことではない。なのに、わけも説明せずに文句ばかり言っていた。いまは自分のキャリアのなかでいちばんヤバいときなのだ。できるかぎり用心深く、賢明に立ちふるまわなければならない。これまでのどんなときよりも、用心深く、賢明に。それなのに、さっきは不用意に首を突きだし、頭を蹴とばしてくれと頼んでいたのだ。

この出来事がもたらした動揺は大きかった。それで、気持ちを静めるために、自分の内面を見つめなおす時間をとり、その結果、当初の計画のひとつを取りやめることにした。ダラスにいるあいだにテディに会いにいって、常識はずれの無茶な要求をとりさげるよう説得しようと思っていたのだ。だが、テディに常識を期待することはできない。いまなら言うことを聞いてくれるかもしれないと思うのは虫がよすぎる。

いずれにせよ、そんな悠長なことを言っている場合ではない。三万三千ドル、もしくはそれに近い金額をなんとかして取りもどさなければならない。その金がなければ、未来はない。レッドとも終わりになる。その金がなければ破産する。銀行の貸し金庫に金がぎっしり詰まっているのに破産するわけをレッドに説明することはできない。

ミッチはタクシーをとめた。行く先を告げると、運転手は首を後ろにまわした。

「早すぎますよ、お客さん。この時間じゃ、まだあいてません」

「いいから行ってくれ」

「本当ですよ。なんなら、あいている店にご案内しますがね」

「いいから、言ったところへ向かってくれ。でなきゃ、フランク・ダウニングに電話して、あんたの名前と車のプレートナンバーを教え、約束が守れなかった理由を――」

タクシーは急発進した。それ以降は運転手と話をすることもなく、車は速度をあげ、三十分後にはダウニングのカジノの錬鉄製のゲートの前に着いた。

ミッチは料金を支払って、車から降りた。カジノの開店準備をしている時間帯なので、ゲートに鍵はかかっていなかった。そこから屋敷まで湾曲した長い私道がのびている。

そこはかつて街の超高級住宅地として知られた場所だった。商工業地域の拡大により、その地域にも再開発の波が押し寄せるようになったが、それでもそこに居残った者は大勢いた。それは街ができたときからの居住者で、みな通りの一ブロック分を丸ごと占める敷地と、四階建ての母屋と二階建ての離れを所有していた。

街の様相が一変しはじめたとき、ダウニングはそういった邸宅のひとつを購入した。大がかりな修復修繕作業が行なわれ、敷地はしゃれた粗焼煉瓦の壁によって囲われた。その後も、内装には必要に応じてところどころに手が加えられたが、建物自体は当初からほとんど何も変わっていない。

玄関のドアは大きく開いていた。なかでは、モップや箒や電気掃除機を持った男女が、忙しそうに立ち働いている。ミッチには目で挨拶をしたり、会釈をしたりするだけで、とりたてて興味を示す者はいない。自分たちにはかかわりがないからだ。かかわりのある誰かが相手をすればいい。

ふいにその誰かと出会った。ダウニングのオフィスに向かって建物の片側の廊下を歩きはじめたとき、くたびれた顔つきの痩せた男が物陰から出てきた。

「セールスなら――」男は言いかけたが、すぐに気がついた。「元気でやってるかい、ミッチ」

「なんとかかんとか」ふたりは握手を交わした。ミッチは右手で、相手は右手をポケットに入れていたので左手で。「ボスはいるかい、エース」

「知ってるはずだ。いると聞いたから、来たんだろ」

「ああ。でも、会う約束はしてない。たまたまダラスに来たので――」

エースは咎めるように舌を鳴らした。「わかった、わかった。お行儀よくしていてくれよ」

そして、ミッチの肘を取り、オフィスへ向かった。そこまで行くと、独特のリズムをつけてドアをノックし、少し待ってからミッチを連れてなかに入った。

ダウニングは机に向かっていた。シャツの袖をまくりあげているが、いつものように小粋な身なりで、髪はポマードで撫でつけられ、髭は剃りたて。机の上には、帳簿や帳票が山積みになり、その横に小型の計算機が置かれている。ふたりが入っていったときは、何かの計算の最中で、それが終わるまで顔をあげなかった。

そのあと、一言の挨拶もなく、驚きの表情ひとつ浮かべずに、所得税についての意見を求めた。

「所得税について何を知っているかということかい」ミッチは言った。「それだったら、何も知らない。会計士を雇ってるからね」

「わしも三人雇っている。それだけいれば充分なはずだ」ダウニングは首を振った。「なのに、納税記録のチェックもできていない」

「たしかに会計士はどこまでも注意深くなきゃいけない。税務当局の査定に納得のいかないところがあれば——」

そんなことで怒っているんじゃない、とダウニングは言った。問題は会計士がややこしいことを言いすぎることだ。「余計なことはするなと言ってあるのに。当局の立場に立って考えろ。そうしたら、報酬を十パーセント上乗せしてやる。そう言ってあるんだ。なのに、聞かない。聞く耳を持っていない。さがっていいぞ、エース」

エースはミッチの背中を軽く叩いて出ていった。ダウニングはよかったら自分で酒をつくって飲んでくれとミッチに言い、自分は保温ポットからコーヒーを注いだ。そして、それを一飲みすると、レッドはどうしていると訊いた。

「あの娘はわしのお気にいりでな。すこぶるつきで気にいっている。どうしてここに連れてこなかったんだ」

「自分自身ここに来るとは思ってなかったんだよ。ふいに思いたって。じつは……」

ミッチは小切手のことを話した。ダウニングは無表情のまま聞いていた。

「それで、わしにその金を回収してくれと言うんだな」

「そう。あるいは、小切手を割り引いて買いとってもらってもいい」

「頼みたければ頼めばいい。知ったことかと笑ってやる」

ミッチはため息をついた。「あんたほどのお人よしはいないよ。五万ドルの儲けになると言ったら?」

ダウニングは肩をすくめた。「五万ドルを儲けるために六万ドルの費用がかかるかもしれん。わしには信条があってな。他人の金には手を出さないことにしている」

失望したが、驚きはしなかった。ミッチは急いでいるので失礼すると言った。西行きの飛行機を予約している。「今夜ビッグ・スプリングに行って、翌朝、車で牧場に向かう予定だ」

「わざわざそこまで行く必要はない。ズタボロにされたいのなら、わしがいまここでやってやる」いくらロードの一族でも、そこまではしないはずだ。「考えすぎだよ、フランク。ここはテキサスで、いまは二十世紀なんだ」

「冗談で言ってるんじゃない。やつらはおまえの扁桃腺を尻から出すようなことを平気でする。

パンツをさげなきゃ、歯を磨くこともできなくなるぞ」

「おれを元気づけるために言ってくれているんだな。感謝するよ、フランク。じゃ、これで――」

「すわれ」

「そうしたいのはやまやまだが、時間が――」

「すわれ。聞きたいことがある」

気はすすまなかったし、ダウニングの急な態度の変化に戸惑いを感じもしたが、とにかく言われたとおりにした。ダウニングは煙草に火をつけ、煙ごしに目をこらしている。

「正直に答えろ。ロード家は小切手の換金に応じられないと言ってきたんだな。それで、おまえはどうやってその金を取り戻すつもりだ。ロード家が個人で所有する王国に乗りこんで取り戻せると思ってるのか」

「わからない。ただ何もしないわけにはいかない」

「なぜだ」

「なぜって?」

「そうだな。おまえはプロのギャンブラーだ。下手に危ない橋は渡らない。そうやって、これまで何年も大金を稼いできたし、これから先もそうだろう。なのに、いまは端金《はしたがね》を回収するのにあえて危ない橋を渡ろうとしている」

「三万三千ドルが端金?」

「わしが何を言おうとしているかわかっているはずだ。おまえには可愛い子猫がいる。これぐらいの損失に目をつむることくらい簡単なはずだ。なのにどうしてそうしないで、狼の罠に飛びこもうとしているんだ」

「どういう風の吹きまわしなんだい、フランク」ミッチは明るい口調で言った。「あんたに心配してもらえるとは思わなかったよ」

「わしは質問をしただけだ。もちろん、おまえの身を案じているわけじゃない。でも、あの赤毛は気にいっている。あの娘はおまえにぞっこんだ。おまえの身に何か起きたら、心臓を破裂させかねない。なのに、おまえはどうしてそんなに自分の頭をかち割られたいのか。わしはそれを知りたいんだよ」

ミッチはためらい、口実を探したが、見つけることはできなかった。それで、静かに言った。

「おれはいま文なしなんだ。ギャンブルに使う金もない」

ダウニングはうなずいた。「だと思ったよ。でも、あの娘はそのことを知らない。だから、連れてこなかったんだな。彼女だって本当のことを知ったら、おまえにそんな真似はさせないはずだ」

「レッドが本当のことを知れば、おれは殺される」

ダウニングは首を振った。「そんなことはしようとしてもできない。わしがそうしようとしているんだから。それとも、わしがいままで出会ったなかでいちばんの娘をだまさなきゃならない理由があるということなのか」

「ええっと。それはつまり……」

「いいから話せ。いますぐに。でないと、永遠に話せなくなるぞ。おまえの話し相手はトリニティ川の底の亀だけになるぞ」

ダウニングの仏頂面は怒気を帯び、蒼ざめている。ミッチは堰を切ったように話しはじめた。洗いざらい——テディとの結婚、息子の誕生、テディが売春婦だとわかったこと、そしてレッドとの出会い。テディは死んだか、でなくても離婚は成立しているとばかり思っていたこと。テディがとつぜん姿を現わしたこと。それ以来ずっと金をせびりとられていること。

「というわけだ、フランク。これでわかったと思う。金はそこへ流れていった」

ダウニングの目には、怒りというより困惑の色のほうが濃い。「ひとつわからないことがある。そのクソ女にどうして無い袖を振ってまで金をくれてやらなきゃならないのか」

「言ったじゃないか。口どめのためだ」

「それしか方法はなかったのか。おまえを愛している娘のことはそっちのけで、おまえを憎んでいる女に金をくれてやるという以外の方法を思いつかなかったのか」

「でも、ほかにどんな方法が——」ミッチは言葉を途切らせ、ダウニングのなんの表情も宿さない瞳を覗きこんだ。「いいや、フランク、そんなことはできない」

「誰が自分でしろと言った。誰かにやらせればいい」

「同じことだよ。それはおれの流儀じゃない、フランク」

「どうして? なにも殺せと言ってるわけじゃない。ほんの少し痛めつけるだけでいいんだ」

そんなことはできないと、ミッチはあらためて言った。もちろん、テディはこれからもずっと自分を悩ませつづけるだろう。たとえ目下の難局を切り抜けることができても、それは問題を先送りにするだけでしかない。たしかにテディの身にどんなことが起きようと、それは自業自得というものだ。それでも……

面倒なことは何もない。簡単で、手っとり早く、そして確実に決着がつく。しかるべき筋の者と二言三言ことばを交わすだけで、テディに悩まされることはいっさいなくなる。そう。そういったしかるべき筋の者といざこざを起こす機会は誰にでもある。そして、たいていの場合、そんなふうにして問題を解決すると、それは癖になる。一種の中毒症状だ。知恵や機転といったもののかわりに、ついつい金で雇ったチンピラどもに頼ってしまい、あげくの果てには自分もそういった連中の仲間入りをすることになる。

「すまない、フランク」謝ったのは半分くらい本気だった。ダウニングの言うとおりにしていたら、問題は簡単に片づいたのだ。「馬鹿かと思うかもしれないが、これがおれという人間なんだよ」

ダウニングは顔をしかめた。それから、両手を広げて笑いだした。ミッチの強情さを受けいれたということだろう。「よかろう。好きにしろ。これはおまえの問題だ。なんとかなるだろう。旅費はあるのか」

「だいじょうぶ。そこまで困っちゃいないさ」

「ロード家の一件、幸運を祈ってる。必要なら、わしの名前を出してもいいぞ」

「ありがとう。感謝するよ、フランク」

ふたりは握手を交わした。ダウニングはふたたび帳簿の上に身を乗りだし、計算機がカチカチ音を立てはじめた。ミッチは部屋から出た。ダウニングの物わかりのよさに気をよくし、警戒心を解いていたので、その裏にあるものまでには思いが至らなかった。だからミッチには知るよしもなかったが、その裏にあるもの（複数）に出くわしたのは、建物の片側の廊下から中央の廊下へ出たときだった。

それは陽気で子供っぽいふたりの若者だった。髪は黒く、肌はオリーブ色、身体は細く引き締まっている。ぱりっとした白い麻のジャケット、鋭い折り目のついた黒っぽいズボン、黒と白のツートンカラーの靴。名前はフランキーとジョニー。それは本名で、思いだすことさえはばかれる両親からもらった唯一のものだろう。二卵性の双生児だ。

ミッチの姿を見ると、ふたりはくすくす笑い、ひそひそ話をはじめた。ミッチは無視しようとしたが、数フィート手前でいきなり駆け寄ってきた。

「やあ、ミッチ。元気かい、ベイビー？　あいかわらず素敵な美しい身体をしてるじゃないか」

ふたりは飛びついてきて、ミッチの腕を握り、背中をぽんぽん叩き、ミッチのあからさまな当惑ぶりを見て、またくすくすと笑った。ミッチは両肘を引いて、ふたりをいきなり突き飛ばし、壁に押しつけた。

「いいか、よく聞け。これ以上おれの身体にさわったら、その手をもぎ取ってやるぞ！」

「ずいぶんじゃないか、ベイビー。おれたちはあんたにキスをしたかっただけなんだぜ」

「どけ！」ミッチは怒鳴りつけ、フランキーとジョニーを押しのけて歩いていったが、ふたりの笑い声は廊下を出るまで後ろからついてきた。

ふたりのゲイっぽい言動がまったくの演技であることはわかっている。ただでさえいけすかないのに、そのせいで嫌悪感は余計に大きくなる。連中はそうやって嫌われ役になることを楽しんでいるのだ。それはサディズムの別の側面であり、そんなふうに考えれば、連中が自分たちの仕事を楽しんでいるのも納得がいく。

ふたりのことはよく知っている。いずれも不愉快なことばかりだ。知らないのは、どうやっていままで生きのびてこられたのかということだ。

ミッチはタクシーで市内を抜け、空港へ向かった。昼食をとったあと、レッドにこれからの予定を電報で知らせ、それからテキサス州西部のビッグ・スプリング行きの飛行機に乗った。

ビッグ・スプリングからロード家の牧場までは車で数時間かかるが、レンタカー会社のある街はそこしかない。それに、その街には友人がいる。力になってくれるかもしれない友人が。

19

四十の坂を過ぎて、テディは夜の仕事から足を洗いかけていた。金には困っていない。金づかいは荒いが、ミッチからの送金はいまも続いている。さらに言うなら、かつてその身体全体で感じていた興奮をこのところいくらも得ることができなくなっている。客がとびきり若く、とびきりハンサムでないかぎり、まったく感じないことも多い。残念なことに、悪所通いをする若くてハンサムな男は、間違いなく若く美しい女を選ぶ。つまり、どんなにひいき目に見ても、テディはその対象ではないということだ。

体形はまだ崩れていない。以前ほどではないが、男たちはいまでもそそられる。顔も美しい。それでも、四十は四十だ。娼婦の四十は堅気の女の四十よりずっと年で、若者から見れば大年増になる。同世代もしくはそれより上の男たちにとっては、いまでも大いに魅力的ではある。けれども、若者から拒まれているのと裏腹に、テディは年寄りを拒んでいる。さらには、自分とさほど年が変わらない男たちも年寄りと見なしている。そのような〝年寄り〟は昔から疎ましい存在だった。それがいまは疎ましいというより、恐怖を与えるものになっている。それは病的な悪感情、もっというなら近親相姦的な禁忌の念であり、近寄られただけで、おぞましさのあまり息がつまりそうになる。

一般的に女性の性欲のピークは四十代にさしかかるころと言われているが、たしかにそれはそのとおりかもしれず、テディはいまも男を欲し、男を必要としている。ただし、その男は若くなければばならない。条件はそれだけだ。金ではなく、若さ。相手が若くてハンサムなら、身体ばかりか、金をやってもいいと思っている。

そのために異常な経験をしたことが何度かある。

そのひとつは、通りで客を拾ったときのことだ。黒い靴に白いソックスをはいた端正な顔立ちの若者で、部屋に連れこむと、なんとこんなふうに懇願されたのだ。いっしょにひざまずき、あなたの魂の救済のために祈ってください。

もうひとつは、バーで声をかけ、いっしょに家に戻ったときのこと。最初はよかった。話には専門用語っぽい言葉が多く含まれていて、もうそれだけで興味しんしんだった。上等の酒を家から電話で注文して持ってこさせたことも、同様に好印象を与えた。もう何年もまえからのことだが、そういった洒落たことをする者にはめっぽう弱いのだ。が、数時間が過ぎ、気持ちが昂り、うずうずしはじめても、相手は何もしようとしない。それで自分のほうから手を出しかけたとき、男は五十ドルの金に名刺を添えてさしだした（そこにはテディでさえ知っている精神科のクリニックの名前が記されていた）。そして、こう言った。わたしのクリニックに毎週二回来て、話を聞かせてくれたら、そのたびに五十ドル渡す。

テディは激怒した。ひとをなんだと思ってんのよ。異常な性的症状の持ち主？　貴重な研究対象？　どうして？　いったいどうして——

「いい機会じゃないか、ミセス・コーリー。きみはいまも魅力的な女性だ。先は長い。ぜひ協力してくれ。きみの将来のためにもそうしたほうがいい」

「ふ、ふざけないで！　冗談じゃないわ、この糞ったれ！」

それ以降、通りで客引きするのはやめた。通りに立つと、どんな人間に出くわすかわかったものじゃない。それで、アパートにこもり、馴染みの客（以前と同じようにとはいかないが、それなりに若い男）がときおりやってくるのを待つことにした。客が来ないときには、使い走りや新聞配達やビラ貼りの仕事でたまたま家の近くにいた少年で間にあわせた。一度、新聞配達の十四歳の少年に声をかけたときには、大声をあげて逃げられてしまった。この出来事が表沙汰になれば、ただではすみそうもなかったが、幸いなことに黒人の訴えに耳を貸す者はひとりもいなかった。

この日、テディはバスルームから出たばかりだった。裸で居間の等身大の鏡の前に立って、バスタオルで身体を拭きながら、みずからの裸体に見とれていたとき、ドアをノックする音が聞こえた。お待ちかねの客が来てくれたのだ。その音を聞いただけで、興奮してきた。大急ぎでバスローブをつかむ。期待で身体がうずきはじめる。ドアを少しだけあけて覗き、それから大きく開く。嬉しくて、思わず笑いだしそうになる。

ふたり！　ひとりではなく、ふたり！　しかも、並みじゃない！

黒い髪、オリーブ色の肌。ハンサムで、素晴らしく若い。まだ二十歳にもなっていない。学生のように笑ったり、ふざけたりしている。真新しい白い麻のジャケット、ぴかぴかに磨かれた靴、鋭い折り目のついたきれいなズボン。爽やかで、陽気で、少年のような容貌。なのに、男っぽい。必要とされる男らしさは充分に備えている。

ここのことを誰に聞いたのかはわからないが、噂は噂を呼ぶ。どんな伝手《つて》をたどったのかなどはどうだっていい。大事なのは、ふたりがここにいるということであり、これから三人で甘美な時間を過ごせるということだ。

フランキーがドアのラッチを閉め、くすくす笑いながら、ジョニーにウィンクをした。ジョニーもくすくす笑いながらウィンクをかえした。そして、声を揃えて挨拶をした。

「ハーイ」

「ハーイ」と、テディ。

「ハーイ」ふたりはもう一度言った。それから三人いっしょに他愛もなく笑った。

テディはバスローブを肩から滑らせ、どちらが先に寝室に来るのかと挑発的な目つきで尋ねた。いつでも何でもいっしょにするという返事がかえってくると、テディは唇を尖らせた。順番を決めて、ひとりずつ素敵な旦那さまになって、素敵なママさんに優しくしてくれたら、そのほうがずっと嬉しいわ。

「いいとも。だったら、コインで決めようぜ」ジョニーはフランキーに言った。「どっちにする？　表か裏か」

「裏」

「おれも裏だ」

テディは楽しそうに笑った。「ちょっと待ってよ。どっちも裏ってわけにはいかないでしょ」

ふたりは言った。どちらも裏ってことでなんの問題もない。おれたちはそうするために来たんだ。

テディはまた笑った。

「だとしても、どっちかにしなきゃ。だって……」

軽口を叩きあっているあいだにも、ふたりは行動を開始しはじめていて、それぞれ前と横に動いて、両者のあいだに数フィートの距離をとった。それで、テディはあっちを向いたり、こっちを向いたりしなければならなくなった。

「おやまあ。おまえのケツの穴は鼻の下にあるのかい」と、フランキーがくすくす笑いながら言ったときには、ジョニーのほうを向いていた。

「えっ？ いったいなんのことを——」

ジョニーもくすくす笑っている。「フランキーはおまえがオッパイのあるオカマじゃないかって言ってるんだよ」

テディはくるりとフランキーのほうを向いた。「なんなの、あんたたち——」

フランキーがいきなり腹にパンチを見舞った。テディの顔が真っ青になる。肺から空気が音を立てて漏れ、身体がゆっくりふたつに折れ、顔から床に崩れ落ちる。全身が麻痺していて、うめき声さえ出ない。ジョニーに尻を思いっきり蹴られたときも、声は出なかった。

「わかるな。どっちも裏だ。おれたちはふたりとも勝ったってことだ」

「この女は全部が尻だ。前も後ろも見分けがつかねえ」

ジョニーが髪をつかんで、身体を引っぱりあげる。顔と顔を近づけ、本当のことを言えと迫る。

「おまえは本当に女なのか。どうなんだ。本当はとんでもない腐れオカマじゃないのか」

「もちろんこいつは女だよ」と、フランキー。「見ろよ。オッパイがついてるだろ」

ジョニーは言った。そんなものは関係ない。オカマは女のふりをするためにゴムのオッパイをつけている。「そうなんだ。どういう意味かわかるな」そして、手を大きく振って、乱暴にテディの乳房をひっぱたいた。テディはまだ息ができなかったので、叫ぶことはできず、うなり声をあげたが、ジョニーには聞こえなかったようだ。

「何も感じていない。本物じゃないからだ。やっぱりこいつは偽物の女だ」

「そう思うか。だったら……」

フランキーはとつぜん乳房をつかみ、ひねった。テディは悲鳴をあげようとしたが、また腹を殴られ、なんの声もあげられないまま気を失った。しばらくして意識が戻ってきたときには、キッチンのガス台のバーナーの上にすわらされていた。手は両方とも男たちに握られている。指が後ろに大きく反っている。声が聞こえる。とっておきの秘密を打ちあけるような、思わせぶりな口調だ。

「さてと。これからちょこっと料理をする。どういう意味かわかるな、ハニー。オカマじゃなかったら、泣き叫べ。そうしたら、おまえが本物の女だってことがわかる」

「いや、泣き叫ぶ必要はない。そんなことはしないほうがいい。わかるか。おれたちはこれから料理をする。痛かったら、あとでそう言え」

カチッと音がして、バーナーに火がついた。テディは自分の尻の下で火がついたような気がしたが、それは隣のバーナーだった。火が何度もついたり消えたりする。そのたびに、陰部を炎になめられているような気がした。炎が身体のなかに入ってきて、肉が焼ける臭いと音がする。だが、叫ぶことはできない。その間も、指は後ろに反り、腕は背中にまわされていて、いつ胸を殴られるかわからない。だが、耐えるしかない。沈黙のうちに涙が頬を伝い、脇腹の筋肉がひきつり、女のいちばん大事な部分を焼かれ、焼かれ、焼かれ……

「おまえはまともな女じゃない。ちがうか。まともな女なら夫を苦しめたりしない。自分の子供につらい思いをさせたりしない」

「そんなことはしないわ。しない。しない。し……」

「まともな女なら、夫を大事にする。すんなりと離婚に応じる。夫がいやがるようなことは一切しない」

「わかってる。わかってる。わかってる。わか……」

「おまえは女か、それともオカマか」

「女、女、女、女……」

最終的な答えが出るまえに、すべての真実と栄光を体現し、死と引きかえに得られる生を正当化する別の答えが出ることがときとしてある。それは当面の問題に幕がおりかけたときに一度だけ現われる。さまざまなかたちをとって、瞬時のうちに一度だけ現われる。それは生でもなければ死でもなく、両者のあわいにあるもので、次の瞬間、生と死の境界は消えてなくなっている。

そこに出現するのは真実と栄光だ。それは落ちていく肉体と昇っていく歩道を隔てる空間にある。最後の黄色い皮膜とそのひとつ手前にある被膜を結ぶ橋の上にある。銃弾と脳のあいだの一兆分の一の隙間にある。生から足を踏みだし、死をまたぐときに通る暗い裏道にある。

それはいまそこにある。ほかのどこにも見つけられないのだから、そこ以外の場所であるはずがない。

それで、テディは死なずにすみ、これまで味わったことのない幸福と平穏を知った。恐怖のせいで小便をちびるように、邪悪なものが身体から流れでたみたいだった。よこしまであさましい衝動のすべてが消え去り、自分がきれいになり、生まれ変わったように思えた。

ベッドの上でシーツにくるまって、フランキーとジョニーを愛しげに見あげると、同じような視線がかえってきた。ふたりは上機嫌で、テディがこれまで頻繁に味わってきたものを味わったような満足感にひたっていた。やるべきことはやったという満足感も大きかった。

「さて、離婚のことだが、ハニー……」

「ええ、すぐに手続きをとるわ。すぐにでも。わたしは――」

「頼んだぜ。でも、金は？　離婚してもやっていけるのか」

テディは蓄えは充分にあると明るく答え、その額を告げた。フランキーとジョニーの顔から笑みが消え、ふたりは真顔で視線を交わした。もちろん、金を奪うことはできない。そんなことをしたら、すぐにダウニングにばれてしまう。部下の隠しごとを見抜く才能には驚くべきものがある。身ぐるみはいでやれという命令を受けているわけではないのだから、余計なことはすべきでない。では、どうするべきか。

ダウニングに言われたのは、テディを脅して、これ以上ミッチを困らせないようにすることだ。それだけだ。だから、そこまでのことしかできない。それにしても、たまげた話じゃないか。このクソ女はとんでもない大金をためこんでいた。その金は――

待て。ちょっと待て。

金を奪いとることは許されないとしても、多少の徳を積むことに問題があるとは思えない。自分たちのように若くて美しい者が端金《はしたがね》しか持っていないのに、この腐れ女はとんでもない大金を持っている。こんな状態のままでいいわけがない。

ふたりはふたたび悪意に満ちた視線を交わし、それからテディのほうを向いた。テディの顔から笑みが消え、恐怖に身体が震えはじめる。

「それはおまえの金じゃない」フランキーは冷たく言った。「ミッチから絞りとった金だ」

「で、でも、でも――」

「やっぱりおまえはオカマだ」と、ジョニー。「女なら夫から金をむしりとったりしない」

「でも、でも――」

「おまえはミッチに金をかえすべきだ」と、フランキー。「元々おまえの金じゃない。かえしたほうがいい」

「もちろん、かえすべきだ。いますぐに」

テディは口をもぐもぐと動かした。意識と無意識のふたつの心が相矛盾した命令を出している。これ以上ミッチを困らせてはいけない。それは間違いない。でも、言われたとおりにしたら、間違いなくミッチを困らせることになる。

言われたとおりにしろ。そんなことをしちゃいけない。ミッチから遠ざかれ。ミッチに近づけ。どっちにすればいいのか。どっちに――

ふたりは威嚇するように身を乗りだした。これは無知が危険であることの典型例だ。テディは説明しようとしたが、ふたつの思いがお互いを打ち消しあい、さらには恐怖のために話は支離滅裂なものになった。そして、ふたりはその言葉を聞きとる耳を持っていなかった。

「いったい何が言いたいんだ、このブタ野郎。もちろん、ミッチを困らせるようなことはしないよな。それで、どういうことなんだ。ミッチに金をかえすことと、ミッチを困らせないことと、なんの関係があるというんだ」

「わ、わたしは、わたしは――」

いけない。絶対にいけない。このふたりがなんと言おうと――

「どうやら火が好きなようだな」と、フランキー。「オカマはみんな火が大好きだ」

フランキーがライターに火をつけ、それをテディに向けた。悲鳴があがる。ジョニーが乳房をひっぱたく。

「それで、どうなんだ、ブタ野郎。どうするつもりなんだ。金をかえすのか、かえさないのか」

「かえす、かえす、かえす、か……」

その日の午後、テディはヒューストンに向かった。ミッチはそこにいなかったので、金はレッドに渡した。

ビッグ・スプリング。

どこからともなく出現した都市。テキサス極西部の始まり。

ビッグ・スプリング。油井、精製所、工具や金型の製作所、機械工場、掘削装置の資材店、大きなホテル、大きな銀行、大きな店舗、大きな人々――万事において。

よそ者は静かに歩かなければならない。お行儀よくしていなければならない。地元民と親しくなるには時間がかかる。彼らがつっけんどんに見えるのは、飾りけがなく、口数が少ないからだ。店の主人は値段が気に入らなければほかの店に行けと言うかもしれない。しかし、それは親切に教えてくれただけで、客を馬鹿にしているわけではない。地元の誰かが何かを訊かれたとき、しばらく相手を見つめ、それから首を振るだけで、何も答えないかもしれない。けれども、それを非礼とすることはできない。もちろん、質問をわざと無視したのなら話は別だが、実際はどう答えればいいかを慎重に考えているからだ。結局、言うことが何もないという結論に至ったとすれば、何をどう答えればいいというのか。

こういう気風が生まれたのは、大草原《プレーリー》のせいであり、寂しさのせいだ。そこでは、話すべきことが少なく、話をする必要がいくらもない。さらに言うなら、畜産業のせいであり、遠く離れたところに点在する牧場のせいでもある。そこでは、言葉よりも行動が重視され、よそ者に注意を払うことが必要とされる。

周知のとおり、ビッグ・スプリングが畜産の街になったのはそれほど昔ではない。元々は埃っぽい道路ぞいにつくられた数多くの田舎町のひとつにすぎなかった。町の中心には郡庁舎前の広場があり、通りには砂塵が舞い、鉄製の日除けがある建物は、夏には信じられないくらいの熱に焼かれ、冬には冷たい北風に凍てついていた。

ふたりの山師が最初に見たのはこのような光景であり、この世の果てかと思うくらいのところだった。町の出迎え方はもう少し温かかった。油を見つけるためにこの町を訪れた者は多いが、このふたりはこれまでとは少し様子がちがっていた。

まず目を引いたのは掘削装置だ。ロータリー式の技術はまだ完璧なものになっていなかったため、掘削装置はもっぱらケーブルツールを使用していた。それは〝スター30〟と呼ばれるもので、付属品を含めると、掘削地に運びこむには長尺の無蓋車両二台を必要とするくらい大きなものだった。これまでこのような高価な機材をこの地に持ちこんだ者はいなかった。そして、このふたりはそのようなものを持つにふさわしい者たちではなかった。

ひとりは中年の男で、もうひとりはその息子。父親には挫折感が滲みでている。空井戸を何度も何度も掘ってきた男の顔だ。息子のほうはみすぼらしく、いつも鼻水を垂らし、いかにも不健康そうに見える。付け加えるべきことはほかにもある。

掘削装置の購入とその運用のために、父は家も家具も保険証券も手放し、拝みこんで借りたすべての金を注ぎこんだが、それでもまだ足りなかったので、息子の力を借りなければならなかった。息子はいつもひとりだった。ひとりで歩けるようになったころからずっとそうだった。そのとき、彼に起きるべきではないことが起きはじめた。それは避けられたかもしれないし、避けられなかったかもしれない。だが、本人にとってはどちらでも同じだった。あえて求めもしなかったし、逃れようともしなかった。世界とは有刺鉄線の取っ手がついた携帯用便器《おまる》のようなものであり、遠くに蹴飛ばせば蹴飛ばすほど好きにならずにはいられないものだ。そのための負荷は大きく、ダメージも同じだけ大きかった。

当時は十九歳で、結核と出血性潰瘍を患い、慢性アルコール中毒になっていた。

同行者は掘削作業員、技師、そして研削工。掘削装置は巨大な牽引車につながれて、町から十八マイル離れた掘削地まで運ばれる。もちろん道などない。道はつくらなければならなかった。うねうねと続くプレーリーを横切り、丘をのぼり、小川を越え、タイヤのハブまで泥と砂に埋まりながら。

出費は半端でなかった。掘削を始めるまえから、資金繰りは苦しかった。掘削が始まると、金は穴が地下百二十五フィートに達するまで一インチ単位で出ていった。掘削作業員は機械の操作技術が未熟で、穴をまっすぐ掘ることができなかった。曲がった穴に鋼管を入れることはできない。しかも、ケーブルツールの掘削装置では、ドリル式のピットもステムも使わないので、あまり深くまで掘ることはできない。

試掘井にはつねに災難がついてまわった。そこは未開の地であり、何に突きあたるかまったくわからず、突きあたったときには手遅れになっている。とりわけこのふたりは、いくつもの穴を掘ってまわっているうちに、いやというほどの災難に見舞われた。ボイラーが爆発したり。掘削装置に火がついたり。やぐらの支柱が折れたり。機器が穴のなかに落ちてなくなったことは十回以上ある。ドリルケーブルが激しく揺さぶられ、研削工の頭を切り落としたこともある。

息子はもう限界を超えたと訴えた。自分の尻とパンツ以外に使えるものは何も残っていない。そのどちらにも大きな穴があいている。父はなんとかすると答え、それ以降はみずからが金策を引き受けることになった。

ついに油層が見つかった。噴油井ではなかったが、湧出量はまずまずだった。父は息子に将来のプランを小さな声で訊いた。

「大人になったら何になりたいかってこと？　どうしてそんなことを訊くの？　ぼくの将来に父さんが興味を持ってくれたことがこれまで一度でもあった？」

父は悲しげに首を振った。「おいおい……わしはそんなに悪い父親だったのかい」

「いや、そうじゃない。ただ、ぼくは口べただから。父さんは何がしたいかという話をよくするけど、それをなしとげたことは一度もないよね」

父はその言葉を深刻に受けとめた。言われてみれば、たしかにこれまで口ばかりだった。「おまえは大金持ちになれると思って、ここまでやってきたんだな」

あたりまえじゃないか、と息子は答えた。それで、いまようやく油層を掘りあてた。転借しているこ土地は何百エーカーもある。それには控えめに見積もっても数百万ドルの価値がある。「でも、ぼくは十八万二千ドルでいいと思ってる。それ以上あっても、生きているうちに使いきれない」

「十八万二千ドル？　その中途半端な数字はどこから出てきたんだい」

「七歳のときからブラックリストをつけてきたんだよ。そこには百八十二人の名前が載っている。ぼくをいたぶった糞ったれどもの名前さ。あちこち調べてまわって、ひとり千ドルで処分できることがわかった」

「信じられない」父親はあきれたように首を振った。「おまえってやつは……よくそんなことを考えられるな」

「それを考えることで、いままで生きてこられたんだよ。そいつらを地獄へ道連れにできると思うと、喜んで死ねる」

父親はいままで黙っていたことを打ちあけるいい機会だと思った。息子は話を聞き、暗澹たる思いに駆られつつも奇妙に納得した。夢を壊されるのは慣れている。

「じゃ、手元には何も残ってないってことなんだね。何もかも人手に渡ってしまったってことなんだね」

「そうだ。すまん」

「掘削装置や機材は?」

「何もかもだ。トラックも車もすべて」

「まいったな。これまでに費やした金があれば、百八十二人の糞ったれどもはもうすでに全員あの世に行っていたはずだ」

息子には怒る権利があったが、どういうわけか怒れなかった。どういうわけか腹をかかえて笑いたかった。実際のところ、誰が考えても、それは滑稽きわまりない話なのだ。

息子は酒を飲みはじめた。そのときにもう何も望むまいと心に決めた。そして、煙草に火をつけているとき、ふと潰瘍の痛みがないことに気づいた。咳をし、ハンカチに唾を吐いたが、血はまじっていなかった。

「なんてことだ!」その声には畏怖の念があった。「ぼくは生きなきゃいけない」

ふたりはいっしょに町を去った。徒歩で。ほかに何を買う余裕もなく。油層の発見によってビッグ・スプリングはすでに街になりはじめていた。街のはずれで、父は後ろを振りかえった。打ちひしがれたような目には、誇りがあった。

「われわれはやったんだ。おまえとわしとで。荒野のなかに街を出現させた。われわれは歴史をつくったんだ」

「骨折り損だったかもしれないけどね」息子は笑って、父親の背中を優しく叩いた。この二年のあいだに、父の健康状態は目に見えて悪化していた。

プレーリーでは、時間が永劫にとまったままで、自然が幅をきかせ、ひとはちぢこまっている。そこで、息子は自分自身に対する見方を変えた。これまで片時も頭から離れなかった難儀な問題は小さくなり、本人はそれと反比例してしかるべき意味を持つ範囲内で大きくなった。そのときに見つけたのは、人生は瞬間の積み重ねであり、それ以上でも以下でもなく、過去の行為は耐えることによって消えてなくなるということだった。

息子と父は手を取りあって道を歩いていった。夕日に向かってではない。夕日はふたりの背後にあった。夜明けに向かって。いや、そのときの時間を考えれば、少しまえの夜明けに向かって。ふたりはいっしょに道を歩いていった。子供は大人になり、百八十二人のリストと、それにまつわる多くのものを破棄した。それ以降、その種のリストをつくることはなかった。

ミッチは笑った。「じつに面白い話だ、アート。本当にそういういきさつがあって、小さなビッグ・スプリングが大きなビッグ・スプリングになったのかい」

「わしが嘘をついていると言うのか」ミッチの友人は渋い顔で言い、それから笑った。「世のなかってのはそんなものさ。それなりに本当の話だよ。百パーセント本当の話なんてどこにもない。すべての事実を把握し、そのすべてを伝える時間がないかぎりはね。もちろん、わしにはどちらもない。ところで、あんたはそのボトルを一人占めする気かい。さしつかえなければ、こっちにもまわしてもらえんかな」

ミッチはくすっと笑い、サワーマッシュのボトルをさしだした。友人はまったく表情を変えずに大きく一飲みすると、茶色い巻き紙に煙草の葉を詰めはじめた。もう八十歳になるが、健康な六十歳にしか見えない。元カウボーイ、元ギャンブラー、元牧場主、元銀行家であり、本人は現在の職業を女たらし兼酒飲みとしている。

そこはミッチが宿泊している街でいちばんのホテルの部屋だ。いまここにいる老人は、ホテルばかりか、ホテルが建っているブロック全体を買いとれる額の小切手を切ることができるが、なのに煙草の火を途中で揉み消して、吸いさしを着古したシャツのポケットに入れた。

テキサスの西のかなたの街では、そんなふうにしている老人をあちこちで見ることができる。

彼らはサドルレザーのように日焼けし、脚はがに股で、利子さえ使いきれないくらいの金を持っている。ビッグ・スプリングやミッドランド、サンアンジェロなどのホテルのロビーにすわって、誰かが残していった新聞を読んだり、茶色の巻き紙に煙草の葉を詰めたりしている。ケチだからではない。買うものも買う機会もなかった時代と地域に育ったからだ。彼らがかつて寝泊まりしていた小屋では、みな何十日もまえの新聞を繰りかえし読んでいた。新聞はたまにしか見ることができない貴重なものだった。煙草も同様にたまにしか手に入らなかったので、決して粗末には扱えなかった。

そんなわけで、こうなったのだ。それは若かったときの暮らしのせいだ。そのときに、世間の常識を覆し、いい加減につけられた値段にまどわされることなく真の価値を見定めることができるようになったからだ。

「ところで」と、ミッチの友人アート・サヴェージは言った。「さっきはなんの話をしていたんだったかな。おまえさんが酒を隠して、わしを戸惑わせるまえに」

「ミセス・ロードの話だよ」ミッチは言って、にやりと笑った。「あんたから酒を隠すことがいつからできるようになったか教えてくれないか」

「聞いたような口をきくな、若造。ギッジ・ロード——旧姓はパートンっていうんだが、彼女のことなら知りすぎるくらい知ってるよ。ウィン・ロードと結婚するまでは、しょっちゅう会ってた。わしよりだいぶ年下だったが、ギッジにとっちゃ、年なんてどうでもよかったんだろう。

ウィンが割りこんでこなかったら、本当のところどうなっていたかわからん。なにしろ、ギッジときたら……」

言葉が途切れた。淡いブルーの瞳は実現しなかった過去を見ているみたいだった。ミッチはウィスキーのボトルを渡して、サヴェージを現実に引き戻した。

「じゃ、結婚してからは会ってないんだね」

「誰がそんなことを言った。もちろん会ってたさ。結婚した二カ月か三カ月後にまた会いだしたんだ。若干の抵抗はあったけどな。なんといっても他人の女房なんだから、良心の呵責を感じないわけにはいかなかった。テキサスじゃ許されないことだ。でも、ギッジはそれを望んでいたし、ウィンは酒と商売女に狂ってたので、まあいいかってわけさ。けじめをつけたのは、ギッジが妊娠したとわかったときだ。わしにもう少し強い意志があれば、もっとまえに別れていただろうがね。ギッジには旦那の性格の悪さが移ったにちがいない。いまじゃ、旦那と肩を並べるくらいの性悪女さ。ところで、さっきから何をにやついているんだ」

「おれが？　いや、べつに。それより、いまふと思ったんだけど、もしかしたらあんたは——」

「やめろ！」サヴェージは撥ねつけた。「それ以上は何も言うな。ウィニー・ロード・ジュニアのようなやつにわしの血が少しでもまじってるとわかったら、即座に首をちょんぎってやる。あいつはウィンの実の息子だ。くだらんことを考えるな。顔かたちからしてウィンに瓜ふたつだ。ふたりが同じ年だったら、どっちがどっちかおそらく見分けはつかんだろう」

ミッチは得心し、あんたのようなよくできた人間があんなろくでなしの父親だなんて思ったことは一度もないと言った。

「それより、アート、さっきの小切手の話だが、何か打つ手はないだろうか」

「告訴するんだな。正規の小切手なら、時間はかかるかもしれないが、かならず換金できる」

ミッチは訴訟という手は使えないことを説明した。サヴェージはブーツの先で足首を掻き、それからまたウィスキーに手をのばし、そして言った。たしかにあまりいいやり方とはいえないかもしれない。訴訟を起こしたら、告訴者の長い行列の後ろに並ばなきゃならない。

「考えてみれば、小切手を換金できないのはそれが原因かもしれんな。ギッジの立場からすれば、ただでさえ苦しい台所事情なのに、どうして払わなくてもいい金を払わなきゃならないのかってことになる」

「はあ？　どういう意味かよくわからないが、アート」

「なにもむずかしい話じゃない。ギッジは問題を抱えている。金銭的な問題だ。自業自得としか言いようがない」

「いったいどうして？　百万エーカーの土地と二、三百の油井を持ち、しかも――」

どうしてなのか、サヴェージは説明した。ギッジが持ってる土地は百万エーカーじゃきかない。その版図はニューヨークから、南アメリカ、イランや極東にまで及んでいる。業種はチェーン店、賃貸住宅、運送会社、製造会社、その他もろもろ……ギッジ自身も全部は把握できていないにちがいない。

「そうなんだ。ギッジは何もかも他人まかせにしている。なんでも、事業の指揮をとる者はすべてニューヨークのオフィスビルに集められているらしい。でも、それじゃ、現地の従業員の声は届かない。働く気なんか起きない。当然ながら、利益もあがらない」サヴェージは言葉を切り、苦々しげに笑った。「もうずいぶんまえの話になるが、ギッジが手を広げすぎたときに、忠告したことがあった。親切心から。すると、どんな返事がかえってきたと思う」

「あまり愉快なものじゃなかったんだね」

「そう。あまり愉快なものじゃなかった。罵りの言葉まで添えられていた。先週、ギッジから電話がかかってきたとき、同じ言葉をかえしてやりたかったが、ご婦人にそういう言葉を使うのはいささかはばかられる。たとえそのご婦人が品位ある淑女じゃなかったとしても」

なんでも借金を頼んできたらしい（もちろん、サヴェージは断わった）。銀行には借金の山ができていて、これ以上の融資には応じられないと言われているらしく、私用に使う金にも困っている。当座二千万ドルほど必要だが、まだその半分も集まってないという。

「そんなに金に困っているのなら、まず息子のウィニーの浪費に歯止めをかけるべきじゃないかと言ったんだが、たぶんそれは無理な注文というものだろう。殺してもしないかぎり、そんなことはできない。いずれにせよ、ギッジばかりか、おまえさんにまで金を要求されているような男だ。何も期待することはできない」

「たしかに。なにしろ一セントも払わずに好き放題のことをしているやつだからね」

「ああ。それがあの連中の十八番《おはこ》なんだ」

ボトルが空になった。そのほとんどはサヴェージが飲んでいた。ミッチはドアまで送っていき、そこで握手をした。

「寄ってくれてありがとう、アート。厄介ごとが片づいたらまた会おう」

「いつでも喜んで。口笛を吹いてくれたら、飛んでくるよ。今日のわしの話は役に立ちそうか」

「役に立ちそうって、なんの?」

「明日、ギッジの牧場に行くつもりなんだろ」

「役に立つかどうかはわからない。でも――」

「だったら、言っておく。行くな」

サヴェージは会釈をして廊下に出ると、背筋をのばし、身体を左右に揺すりながらエレベータに向かった。

翌朝八時、ミッチは牧場に向けて出発した。

最初の四十分ほどはハイウェイを走ったので、運転は楽だった。郡道に入ると、急カーブの連続になり、そこを二十マイルほど走ったところで、とつぜん低い山の麓に出た。

三重の有刺鉄条網が山麓にそって延々と続いている。いちばん上の有刺鉄線から錆ついたブリキの標識がぶらさがっていて、絶え間なく吹く西テキサスの風に揺れている。

立入禁止
ロード

鉄条網ぞいに、轍の道が起伏のある草地を横切り、南西方向にのびていた。クランクケースに土が入りこむのを恐れながら、そこに車を進め、ほとんどずっとロー・ギアで慎重に走る。車は揺れたり傾いたりし、しばらく行ったところでボンネットの下から蒸気が噴きだしはじめた。ロード家は道路にあまり興味を持っていないようだ。出かけるときは飛行機かヘリコプターなのだろう。鉄道の支線が対抗方向から牧場内に引きこまれていて、買ったものを運びいれ、売るものを運びだせるようになっている。道を使わないのであれば、当然ながら、その維持管理のために金を出すことはない。郡と地方税務局が道路整備のための寄付金を募るのをやめたのはもうずいぶんまえのことだ。

一時間もたたないうちに、エンジンを冷やすために車をとめなければならなくなった。ボンネットをあけると、フェンダーにもたれかかって、目に入った砂ぼこりを拭い、どこまでも続く鉄条網を見やった。五十フィートおきにブリキの標識がぶらさがっている。〝立入禁止　ロード〟。わかった。もういい。フェンスの支柱には、五本か六本ごとに、牛の頭蓋骨が引っかけられていて、牧場経営が楽な仕事ではない証拠を不気味に示している。いまもそのひとつが数フィート先からこちらを見ている。角《つの》をわざとらしく傾け、肉のない顎を開いていて、何かを語りかけているように見える。

ミッチはそこからふいに目を離し、声に出して言った。「おいおい。おれはここで何をしようとしているんだ」その問いに納得のいく答えは見つからなかった。ここへ来たのは、ほかに何をすればいいかわからなかったからだ。どんなに絶望的に見えるときでも、チャンスはかならずある。可能性はひどく低いかもしれない。返り討ちにあう可能性のほうがずっと高い。けれども、チャンスはある。それを見つけ、そこにつけこめば、ゲームを続けることは可能だ。レッドを失わずにすむこともできる。そのチャンスを逃したら、可能性は百万分の一に――

まあいい。気にすることはない。

ミッチは車に戻り、轍の道をまたたどりはじめた。顎はこわばり、胃はむかついている。これはどうしてもしなければならないことだ。成功率がどんなに低くても。ただ、ギャンブラーの本能はやめろと叫んでいる。これまで文明的な生活を送ってきた長い歳月も、その声に加勢している。暴力沙汰が日常茶飯事だった世界にいたのは昔の話だ。そのときの腕力がいまも通用するかどうかはまもなくわかる。

道は緩やかな昇り勾配になり、そこを一マイルほど進むと、なだらかなうねりのある平地が現われた。低木の茂みに覆われた崖や岩場は消え、索漠とした光景は一変し、命の証しが満ちあふれている。

ポンプの駆動装置や原動機つきのクレーン。重たげな腕金やケーブルが取りつけられた電柱。そして、白い顔の無数の牛。思案深げに顎を動かし、ものうげに尻尾を振りながら草地を移動している。そのさまは大きな絨毯をゆっくり延べていくようだ。群れのはずれは地平線の彼方に消えている。右側の遠くのほうに、牧場の白い建物群が姿を現わした。その向こうから、いまちょうど飛行機が飛び立ち、まぶしい空に消えていくところだった。

道がまた直角に曲がる。一マイルほど行ったところに、〝家畜に注意〟の標識とゲートがあった。ゲートは開いていて、そこから砂利道が奥にのびている。ゲートのすぐ先に、一台のジープが行く手をふさぐようにしてとまっていた。ルーフには大きな無線用のアンテナが付いている。車のなかで、若い男が電話で話をしながら、ときおり白い歯を見せて笑っている。

男は挨拶がわりにライフルの銃身を振り、ミッチが車から降りようとすると、首を振って、ライフルを水平に構えた。ミッチは車内にとどまった。数分後、男は受話器を置いて、ゲートの前に出てきた。

ライフルを手に持ち、ガンベルトに拳銃をさしている。これほど重武装したカウボーイを見たことはない。窓から黄褐色の髪の頭を突っこんで、大きな笑みを浮かべた。「何か用かい」

ミッチはミセス・ロードとその息子に会いたいと言った。男の口もとで、意味のない愛想笑いがさらに大きくなった。

「ウィニーは留守だ。どういう用件なんだい」

「個人的なことだ」

「おれには話せないってことかい」

「すまないが、そうだ」

男はライフルの銃身で車の側面をこすり、それから銃口を後方へ向けた。「この道をまっすぐ行くと街へ出る。ここへ来たのと同じ道だ」

ミッチは小切手のことを話した。詳しく話した。そうしないと、納得してくれそうになかったから。

男が電話をかけにいくと、ミッチはシートにもたれかかり、胸を少しどきどきさせながら待った。長い電話だった。あるいは、そう思えただけかもしれない。電話の最中、男はずっと笑っているように見えた。しばらくしてようやく受話器を置くと、ジープを動かして道をあけ、手招きをした。

ミッチは指示に従った。車が家畜の脱出防止溝を越えたとき、男がまた手ぶりで合図を送ったので、ジープの横でいったん停止する。

男はまた白い歯を見せた。「ここをまっすぐ行けばいい。迷うことはない」

「ありがとう。礼を言うよ」

「道からそれないようにな。それたら、撃たれるぞ」

ミッチはうなずき、車を出した。勾配がついているとは思えないほどの緩やかな長い坂道をのぼりきり、そこから少しさがったところに、いくつかの建物が雑然と立ち並んでいるのが見えた。

建物のまわりに囲いはなく、手入れもそんなに行き届いていない。まんなかにあるのが母屋のようだ。白い日干し煉瓦造りで、二階建て。屋根には分厚い赤瓦が葺《ふ》かれている。一階部分には、やはり赤瓦葺きのベランダ屋根が設置されていて、その下の日陰に座り心地のよさそうなラウンジチェアが並んでいる。

いろいろな音がまじりあい、ひとつになって聞こえてくる。ジープの爆音、ラジオの音、カチャカチャとかカチカチという機械音。くぐもった話し声。忍び笑い、そこから急にはじける爆笑。「おい、おまえ、いったい――」という怒鳴り声。それから急にトラクターの轟音。

建物と建物のあいだの通路には、多くの人影がある。鞍を肩にかついでいる男、ジープの車上のふたりの男、重そうな金属製の道具をふたりがかりで引っぱっている男。皿を洗ったあとの汚水を窓から捨てている白いエプロン姿の老人。その窓の下で、ひとりの男が立ちあがり、拳《こぶし》を振りまわして怒っている。

ミッチは砂利敷きの中庭に車をとめた。車から降り、まだら模様の芝地を屋敷に向かって歩きはじめたとき、誰かに声をかけられて、振りかえった。

「コーリー！」

左側の建物のすぐ後ろに、油井用のクレーンがあった。だが、起重機もパイプもないので、油層を掘りあてることができず、廃棄されたということだろう。そこの薄い鉄板の囲いのなかから、ひとりの娘がふたりの男を後ろに従えて出てきていた。ミッチが振りかえると、手を振って、声をかけたのは自分だということを伝えた。ミッチはとりあえず手を振りかえし、そっちのほうへ歩いていった。

たぶんロード家の一員なのだろう。ここの従業員なら、男たちを従えて歩くようなことはない。だが、ミセス・ロード以外に女性の家族がいるという話を聞いたことはない。そういう者がいるとしたら、耳にしていたはずだ。

ずいぶん日に焼けていたので、顔の造作はよくわからない。じつを言うと、顔はちらっとしか見なかった。身体に視線を吸い寄せられ、そこから目を離すことができなかったからだ。一瞬、裸ではないかと思った。そう。乗馬ズボンとブラウスを身につけていたにもかかわらず、裸のように見えた。その身体つきのせいだ。十二枚のコートを重ね着していても、一糸まとわぬ姿に見えただろう。本人もそのことはよくわかっていて、それを好ましいものと思っているにちがいない。そう思わせるのもその身体つきのせいだ。

お色気たっぷりのメス犬だ。わざとらしく尻を振り、大きな胸をゆさゆさ揺すりながら近づいてくる。五十フィート離れていても、肉のほてりが伝わってくる。

劣情をそそる身体から無理やり目を離し、日の光を剝ぎとろうとしているかのように目をこすっていたとき、固い地面にブーツのヒールの音が響き、ようやく娘の顔をまともに見ることができた。

見たとたん、吐きそうになった。

娘ではなく、もっと年上の女だった。老婆といっていい。ということは、この女がギッジ・アガサ・ロードか。

髪の色はブロンドではなく、くすんだ灰色だ。顔は日に焼けて浅黒く、肌は首狩り族の干し首のようにしなびて、かさかさになっている。目の色は淡く、無色ないしは乳白色。唇は口を閉ざしていると、褐色の肌に褐色の皺が寄っているようにしか見えない。

手をさしだしたので、ミッチは握手をしようとしたが、のばしかけた手をぴしゃりとはたかれた。

「小切手ですって？　見せてもらえる？」

「もちろん。三万三千ドルと引きかえに」

「いいから見せなさい！」

ふたりの男がギッジの左右の脇を抜け、前に進みでて、三人でつくる三角形の角の位置に立った。親指をズボンのベルトに引っかけ、だるそうに顎を動かしながら、まばたきをせず冷たい視線を投げてよこしている。

ミッチは軽く肩をすくめると、驚くほど明るい笑みを浮かべた。「まあいい、そこまで言うのなら」そして、小切手をさしだした。

それから、煙草を取りだして、ふたりにすすめるふりをした。そうやって自信と愛想のよさを見せつけ、自分が持っている唯一の武器でふたりを呑んでかからなければならない。男たちは同じ位置にとどまり、ズボンのベルトに親指を引っかけたまま、やはりまばたきをせずに目を凝らしている。ミッチのことは、もしかしたら先々興味の対象になるかもしれないが、とりあえずは取るに足りないものと見なしているようだ。

ギッジは小切手に一枚ずつ目を通した。

そして、それを引き裂き、ミッチの顔に投げつけた。

「この間抜け野郎！　あんたのような間抜け野郎がここでどういう扱いを受けるかわかる？」

「教えてくれるんだろ」

「もちろんよ。わたしたちは間抜け野郎をどんなふうに扱うの、アル？」

背後で、小さな笑い声がした。「穴に放りこむんですよ、マダム」

ミッチは振り向いたが、ちょっと遅かった。だが、どんなに素早く動いても、間にあわなかっただろう。いずれにせよ、このような場所では逃げることもできない。ロープが音を立てて飛んできて、身体のまわりに落ちる。ロープが引っぱられ、足をすくわれる。頭が固い地面に叩きつけられ、百万のロケット花火が打ちあげられ、意識が遠ざかる。

気がついたときには、クレーンの架台の床に横たわっていた。足はきつく縛られていたが、手と腕は自由に動かすことができた。身体を起こして、目に入った砂ぼこりを拭いとる。

ふたりの男が架台の床の中央に敷かれた四角い厚板を引っぱりあげている。別のふたりはクレーンにケーブルを取りつけている。もうひとりはずいぶん若い男で、ギッジの腰に腕をまわし、大きな尻を撫でている。

ミッチが見ていることに気づくと、ふたりは笑ったが、それでもおたがいのあいだに少し距離をとった。

ミッチはずきずきする頭をさすりながらクレーンを見あげた。そのとき、ひとりの男がケーブルにつかまって下におりてきた。その男の足が床につくと同時に、とつぜん身体が宙に浮き、ミッチは逆さづりになった。

そのまま三十フィートぐらいの高さまで引っぱりあげられた。それから、ゆっくり降下し、クレーンの架台にあいた四角い穴のすぐ上で停止した。

ギッジがミッチの髪をつかみ、老いさらばえた顔を近づけた。「これからどうなるかわかる？考えてごらん」

考える必要はなかった。考えなくてもわかる。

最近の油井には、たいていロータリー式の掘削装置が使われていて、パイプに取りつけたビットを回転させて穴を掘る。穴が深くなるにつれて、パイプを継ぎ足していくので、穴の幅は上から下まで同じで、そんなに広くはない。だが、一九三〇年以前の古い掘削方法は、ケーブルツール方式と呼ばれるもので、穴はケーブルにつないだ重いビットを地面に打ちつけて掘られる。この方法では、穴の崩落から掘削装置を守るために、頻繁にケーシング管を挿入しなければならない。当然ながら、あとで入れるケーシング管は先に入れたケーシング管より細いものになる。油層が深いところにあると推定される場合には、上部の穴はそれだけ大きなものになるということだ。

ミッチの身体の下にあいた穴は古く、大きなものだった。深い油井用の、いわゆる〝ビッグホール〟だ。けれども、このあたりで穴が深部まで掘りすすめられたことはない。ビットは地下二百フィートのところで花崗岩の岩脈に突きあたるからだ。となると、そこは諦めて、ほかをあたるしかなくなる。

穴をふさがなかったのは、いま起きているようなことのために使えると考えたからかもしれない。だが、たとえロード家の風評がいかなるものであったとしても、これまでそれを使う機会は長いことなかったにちがいない。

身体が架台の床にあいた穴のなかに入り、地中へおりていく。ミッチは抗わなかった。そんなことをしても意味はない。いま望めるのは、できるだけ面倒なことにならないよう、そして痛みが少なくなるようにすることだけだ。

両腕をダイバーのように真下に突きだし、身をこわばらせ、背中をまっすぐにのばす。途中、身体を少しでも曲げたり、ねじったりしたら、大怪我をしかねない。それで、穴の側面に軽く触れるだけで、擦れることもなく、暗闇のなかをスムースにおりていくことができた。頭に血がのぼり、脳が破裂しそうになる。けれども、冷静さはなんとか保つことができている。

窮地にはちがいない。だが、それ以上ではない。死ぬことはない。やつらに殺すつもりはない。

穴のなかを下へ下へおりていきながら、ミッチはその考えにしがみついた。何度も何度も自分にそう言い聞かせた。やつらに殺すつもりはない。殺されはしない……

それは間違いだった。

殺される。

故意にではなく。

試掘井が閉鎖されたとき以来、穴には水がしみだしつづけていたにちがいない。地上からは見ることができないので、そのことは誰も知らなかったのだろう。実際は、穴の半分以上まで水がたまっていた。

ミッチは頭からそこに突っこんでいき、全身を水に包まれた。

カジノ経営者のフランク・ダウニングはこれまで熟睡できたためしがない。長年、特に若いころは、熟睡すれば身の危険にさらされる世界に生きてきた。もちろん、いまではそういう世界とは縁が切れているが、習慣とは恐ろしいもので、いまも眠りは浅い。夜遅くなってもなかなか眠れず、眠っても、すぐに起きる時間になる。

朝食前にはいつもコーヒーを六杯は飲むことにしている。食事中と食後には、さらに六杯のコーヒーを飲む。それでようやく他人にいい顔ができるようになる。もちろん、それに値すると思う相手に対してだけだが。

フランキーとジョニーはそれに値すると思っていなかった。たしかに役には立つ。少なくとも自分たちはそう思っている。だが、あのふたりにくれてやってもいいのは、彼らが他人に好んでくれてやるものだ。そして、それは以前からそうする口実ができるのを待っていたものでもある。

昨日は夕方も夜も多忙をきわめていたので、ふたりがテディのところへ行ったときのことは報告できていなかった。いや、報告しようと思えばできたのだが、実際より手間暇がかかったと思わせたくて、翌朝までわざと遅らせたのだった。

その日の朝は、ダウニングがほとんど眠れない夜をやりすごしたあとだった。さらに、フランキーとジョニーはボスに好印象を与えたくて約束の時間より早く部屋に出向いた。そのため、ダウニングは毎朝欠かすことのできない重要な十二杯のコーヒーを何杯か飲み終えていなかった。そんなときに、ふたりはくすくすにやにや笑いながら、首尾のほどをしたり顔で話した。話を聞いて、ダウニングの手がひくっと動き、カップになみなみ注がれていたコーヒーがこぼれ落ちる。こぼれたコーヒーをナプキンで拭きとろうとしたとき、ふたりが笑いながら目配せしたのがちらっと視界に入った。だが、ふたりはそのことに気がつかなかった。ダウニングはとても上機嫌に見えた。夜眠れず、神聖な目覚めの儀式を中断させられたことや、三百ドルもする服にコーヒーをこぼしてしまったことや、大事な命令をふたりの若造がおかしな方向にねじまげてしまったことのすべてが、まるで心安らぐ愉快な経験であったかのように。

糞ったれ。あの脅しはミッチのためだったのに。朝飯前の簡単な仕事だったのに。なのに、この馬鹿たれどもは余計なことを……

ダウニングはにこやかに微笑み、ふたりの抜け目のなさを褒めた。

「利口だ。じつに素晴らしい。それにしても変だな。どうして自分で思いつかなかったんだろう」

「仕方ありません」ジョニーが得意げに言う。「誰だってすべてを思いつくことはできませんよ」

「なるほど。すべてを思いつくことはできないか。鋭い指摘だ、ジョニー。覚えておこう」

「とにかく」フランキーは言った。「あの女があれだけの金を持ってるとは誰も思いませんよ。もう少し頭を働かしていたら、気がついていたかもしれないけど――」

「でも、おまえたちは気がついた」たしかに誰だってすべてを思いつくことはできない。「どうやらわしの思慮不足を補うためには、いつもおまえたちの助けを借りなきゃいけないようだな。ちょっと失礼するよ」

ダウニングは立ち去った。そして、少しして戻ってくると、ふたりの前に立ち、それから机の端に腰かけた。両手は上着のポケットに入っている。それぞれの手には棒状に束ねた二十五セント玉が握られている。

「ところで、おまえたちはミッチの居所をどうやって知ったんだ」

「テディが知ってたんです。金蔓なんだから、知ってるのは当然のことです」ジョニーは笑った。

「ミッチの首根っこをおさえておくのがあの女の仕事なんです」

フランキーはくすくす笑っている。「でも、これからは新しい仕事を見つけないといけません」

ダウニングが打ちあけ話をするように頭を前に突きだしたので、ふたりは身を乗りだした。

「おまえたちに聞かせたい面白い話がある。きっといい刺激になるはずだ」ダウニングはにやっと笑い、二十五セント玉の棒を強く握りしめた。「ミッチはいまヒューストンにいない。誰かが訪ねていったら、そこで留守番をしている娘と会うことになる。なにしろ気性の激しい娘だから、その女がミッチのことを話したら――」

それ以上の説明は必要なかった。ふたりは後ろに飛びすさって逃げようとした。ダウニングは拳を突きだした。

ふたりの美しい顔面に電光石火のワンツーパンチが食いこむ。ふたりの身体がくるっとまわったとき、そこに左右の逆手打ちが飛んでくる。ふたりは部屋の反対側の壁に激突した。

フランキーとジョニーが意識を失った状態のまま十分ほどたったとき、エースが部屋に入ってきた。ふたりを見て眉を吊りあげ、咎めるように首を振った。

「こんなところに寝かせておいちゃ駄目ですよ、ボス。体裁が悪すぎます」

「部屋の空気のせいかもしれん。話をしている最中に居眠りしはじめたんだ」

「そいつはいけませんね」エースは言って、仰向けに横たわっているふたりにしかめ面を向けた。

「最近、耳の具合はいかがです、ボス」

「あまりよくない。このまま路地で騒いでいたときには、何も聞こえなかった」

気をつけなきゃ、とエースは言った。路地はここから百ヤードほどしか離れていない。「もう一度試したほうがいいかもしれませんね」

ダウニングは同意した。エースはフランキーとジョニーを起こした。

エースにかかれば、誰でもすぐに目を覚ます。二度と起きないと思われている者でも同じだ。ふたりはそれから数秒のうちに立ちあがり、わめいたり、身をよじったりして、テディと同じように騒ぎたてた。

エースはふたりを外の高い塀に囲まれた路地に連れていった。

「よし、いいぞ」百ヤード離れたところからダウニングは言った。「テストを開始しろ」

23

闇……

漆黒。ずぶ濡れ。かすかな光……

喉が詰まっている。息が苦しい。はあ、はあ、はあ、はあ。足が削られている。焼ける。引っぱられている。上へ。高いところへ……

空気が流れている。光。光が揺れている。ドスン。ぼそぼそ。叫び声。光。光。息。咳。苦しい。胸が熱い……

声。ウィスキー。咳。ゴホゴホ……

頭を後ろに引き、唇を固く閉ざして、ウィスキーを拒む。目はつむったまま、わざと支離滅裂なことを口走る。意識は完全に戻っているが、何がどうなっているかを理解するには時間が必要だ。身体はびしゃびしゃで、油井のヘドロがしたたり落ちている。まわりに数人の男たちがいる。牧場の使用人だろう。まだ意識が戻っていないと思っているらしく、声をかけたり、身体を揺すったりしている。いまミッチが横になっているのは、革張りのソファーの上だ。部屋は広そうな感じがする。少し離れたところからギッジ・ロードの声が聞える。

「……いえ、まさか。ちがいます。なんの問題もありません。いまはちょっと外へ出ているだけで……待ってください。お願いです。すぐに呼んできますから……」

ギッジが受話器を机の上に置いたとき、ミッチはようやく目を開いた。ギッジは男たちに部屋から出ていくよう手振りで命じ、大急ぎでミッチのところへやってきた。

「本当にごめんなさい、コーリー。知らなかったのよ。まさか穴に水がたまっているとは——」

ミッチは立ちあがった。わざとよろけながらゆっくりと。いまここで答えを出さないといけないことがある。ギッジは何をびくついているのか。何をこんなにあわてふためいているのか。それがわかれば、百万分の一のチャンスをつかめるかもしれない。

「お願い、コーリー」ギッジはミッチの腕を取り、大きな胸をこすりつけるようにして机のほうへ連れていった。「わたしのことを悪く言わないで。ね、お願いだから。わたしのことをひどい女だと言わないで。なんの問題も起きてないと言って。そうしてくれたら、かならず……」

ギッジはがさがさの顔に笑みを浮かべた。乳白色の目にはへつらいの色がこびりついている。

ミッチは受話器を取って、電話に出た。歌うような口調の声が電話線の向こうからかえってくると同時に、謎が解けた。

ギッジ・ロードは銀行に多額の借金があり、これ以上の融資は受けられない。個人的に使う金にも困っていて、必死になって融資先を探している。ロード家が所有する土地の価値を知り、一家の不始末を好機ととらえて、大金を融通してくれる可能性があるのは——

「ミスター・ゼアースデール」と、ミッチは言った。「よかった。こんなに早くまたあんたの声が聞けるとは思わなかったよ」

「そう言ってもらえてなによりです。妹さんからここだとお聞きしたものでね」

ちょうどいいタイミングで電話をかけてきてくれた、そろそろおいとましようと思っていたところなんだ、とミッチは言った。間にあってよかった、とゼアースデールは言った。

「そこに長居しなくていいということなら、今晩わたしの家で小さなパーティーを開くことになっているので、ぜひ。あなたさえよければ、妹さんも来たいとおっしゃっています」

「ありがとう。時間は？　八時？　ちょっと待ってくれるかい」

ミッチがギッジのほうに身体の向きを変えようとしたとき、ゼアースデールは鋭い声でミッチを呼びとめた。「そこで何かあったんですか、ミスター・コーリー。何も隠す必要はありません。そこの牧場はあまり評判がよくないようなので」

「ええっと――」ミッチは口ごもった。

「ミセス・ロードにこう言えばいい。今夜わたしのホーム・パーティーに招待されている。行かないと、まずいことになる」

「じつをいうと、取り急ぎ片をつけておかなきゃならない問題があってね。その気になりさえすれば、すぐに解決する問題なんだが――」

「だったら、こう言ってやればいい。いや、わたしのほうから言いましょう」

ミッチは受話器をギッジにさしだした。ギッジは受話器を受けとると、こびへつらうような口調で話しだした。その腰の低さと、ゼアースデールの高飛車ぶりを考えあわせると、そこから導きだされる結論はひとつ。

ギッジはすでに融資を受けているのだろう。それも多額の。一夜のうちに融資が焦げつく可能性があるとしたら、決済は支払いを先送りにできる手形ではなく、いつでも現金化できる小切手が使われたにちがいない。つまり、ギッジはゼアースデールに頭があがらないということだ。下手なことはできない。ご機嫌をそこなうようなことは絶対にできない。でないと、大きな尻にとんでもない痛棒を食らうことになる。

ギッジが受話器をミッチにかえしたとき、その顔には苦々しげな作り笑いがあった。全面的な敗北を認めたということだ。ミッチがウィンクすると、ギッジは壁に埋めこまれた金庫の前へ行き、組みあわせ番号のダイヤルをまわしはじめた。

「ミスター・コーリー」ゼアースデールは言った。「これでミセス・ロードは自分が置かれた立場を理解したと思います」

「そのようだね。どうもありがとう」

「どういたしまして。話は変わりますが、ミッドランドにジェット機をとめてあります。よければ、お送りしますよ」

「せっかくだけど、往復切符を買ってあるので。このあとのことだけど、さしつかえなければ……」

「なんでしょう」

「これからビッグ・スプリングまでの長い道のりを車で戻らなきゃならない。二、三時間後にそこからあんたに連絡を入れたいんだ。無事にたどり着けたことを知らせるために」

ゼアースデールはすぐにその意味を理解した。「わかりました。そうしてください、ミスター・コーリー」

それから他愛もない話を少ししたあと、ふたりは電話を終えた。

ギッジ・ロードは金庫の扉を閉めて、机に戻ってきた。三万三千ドルを数えて、机ごしにさしだす。

「身体を洗ってきたらどう。着替えも用意してあげるわ」

ありがたいが、まずは酒と煙草を、とミッチは言った。ギッジはそれをすぐに用意し、自分にも酒を注いだ。

そして、ミッチが椅子に腰をかけると、いらだたしげに言った。「急いだほうがいいんじゃないの。二、三時間のうちに街へ戻らなきゃいけないんでしょ」

ミッチはゆっくり酒の味を楽しんだ。「ああ。そこへ着くまでに困ったことになると思ってるのかい」

「だいじょうぶよ。心配しなくったって。必要なら、おんぶしてでも連れていくわ」

ミッチはくすっと笑った。

通常は勝負がついた相手をいたぶるようなことはしない。だが、ギッジ・ロードは別だ。もう少しで殺されるところだったのだ。いやみのひとつくらいは言っておいてもいい。

「おれはプロのギャンブラーだ。おれはここへひとりで来て、荒くれ者の一団と向かいあった。そして、あんたからスロットマシンのように金を吐きださせた。今日のこの経験はいい勉強になったはずだ、ミセス・ロード」

「だから?」ギッジはそれだけしか言わなかった。言ってもおかしくないことを何も言わなかった。ゼアースデールはミッチがプロのギャンブラーであることをおそらく知らないとか、自分を行儀よくさせられるのはゼアースデールだけだとか。

ギッジは報いを受けなければならない。当然だ。理由はどうだっていい。

「あんたは知りたくないのかい」ミッチはからかうように言った。「なぜゼアースデールのような男がおれのためにこんなことをしてくれるのか」

ギッジは抑揚のない口調で言った。「いいえ、ぜんぜん。でも、あなたは知っておかなきゃいけないかもね、コーリー」

ミッチは午後の早い時間にビッグ・スプリングに戻った。そこでゼアースデールに一報を入れたあと、借りた服を脱ぎ、熱い風呂にゆっくり入って、持ってきていた自分の服に着替えた。それからレッドに電話して、ヒューストンに着いたら迎えにきてほしいと頼んだ。

レッドの声は冷ややかで、棘があった。でも、それは当然のことだ。なんの話もせずに街を離れたのだから。話をしていたら、危険すぎると言って猛反対していただろう。結果的には無事に帰ってこれたのだが、心配をかけたことを咎められるのは避けられない。

説明をするには多くの言葉が必要になる。むしろ余計なことは何も言わないほうがいいかもしれない。それくらい愚かで、危険な行為だったのだ。小切手が不渡りになったので、かっとなり、あとは野となれ山となれ、馬鹿を承知でついやってしまったとだけ言えばいい。かっとなってのことと言えば、納得してくれるはずだ。レッドほどそのことがよくわかっている人間はいない。

実際のところ、ミッチはあまりにも上機嫌であり、あまり深刻に考える気にならなかった。

夕食は機内でとった。スチュワーデスはいかにも品がよく、垢ぬけていて、一目でダラス娘だとわかった。ミッチの隣の席の男と笑いながら話をしている。男はフォートワースの住人らしい。田舎者ではないが、話し方はゆっくりしていて、物腰は穏やかで、人懐っこい。テキサスの東部と西部のやりとりや立ち居振るまいに気をとられていると、後ろから南部の綿花栽培業者が北部の小麦農場主と言い争う声が聞こえてきた。こんなときには、いつも思うのだが（いつもといっても、そんなことを考える時間があるときだけだが）自分が生まれ育った州では、相容れないものが驚くほど数多く併存していた。

地域によっては、アクセントだけでなく、言葉そのものがちがっていたりする。たとえば、〝ポンド〟と〝タンク〟。〝ビスケット〟と〝ブレッド〟。〝クッキー〟と〝ケーキ〟。〝アフターヌーン〟と〝イーヴニング〟。〝エスコート〟と〝キャリー〟（女性をダンスにキャリーする）。〝ダーティ〟と〝ナスティ〟（ナスティなシャツ）。〝ミート〟は〝赤いミート〟と限定しないかぎり〝ポーク〟を意味する。

服装にも違いがある。説明できないくらい多くの違いがある。昨今の輸送機関の高速化のせいで、画一化は少しずつ進みつつあるが、それでも人種に対する見方の地域による相違は変わることがない。ヒューストンでは、白人のレストランに黒人は入れない。たとえその黒人が外国の有力者であったとしても。オースティンでは、テキサス大学の教授陣のなかに黒人がいる。ある市では、マイノリティは市政から完全に締めだされている。別の街（たとえばエル・パソ）では、マイノリティが大きな発言権を有している。

それがテキサスなのだともいえるし、同時にテキサスでないともいえる。ことほどさようにテキサスを定義づけるのはむずかしい。無理に定義づけようとすれば、かならずみずからの狭量さを思い知らされることになる。それは通俗的なアメリカ映画を外国人が見ているようなものだ。その目に映るのは、セクシーな女とガンマンの国で、酒に酔っていないのはセックスをしているときか拳銃をぶっぱなしているときだけだ。

いまでも無知であることを自慢するテキサス人は多い。聖書以外の本は読んだことがないとか。生まれてから一度も州外に出たことがないとか。「これからも出ていくつもりはねえ」。その原因はおそらく州の昔の歴史にある。辺境の立法者が公けの場で述べたところによると、両親が望まないなら子供を学校に通わせる必要はなく、子供の教育は十一年（十二年ではなく）で充分ということになっている。

近年になって、テキサスでも教育制度の抜本的な改変が進みつつある。しかしながら、古い考え方はいまでも根強く残っている。それに、異論があることを承知で言うなら、古い考え方がすべて悪いというわけではない。世の親のなかには、学校は家庭の領分を侵していると抗議の声をあげる者もいる。学校が子供の身だしなみや礼儀作法にあまりにうるさいことを言いすぎるからだ。けれども、親の言い分は無視され、しばらくするとたいていは丸くおさまる。

テキサスの子供は、読み書きを習うまえから、年長者を敬うことを教わる。男（紳士）には、話しかけるときも返事をするときもつねにサーをつけなければならない。そして、淑女（すべての女性は淑女）にはつねにマダムをつけなければならない。同様に、〃プリーズ〃や〃サンキュー〃や〃エクスキューズ・ミー〃などという言葉も忘れてはならない。ただ、あまり頻繁に使いすぎるのもよくない。子供たちは親切心や勇敢さの重要性を説かれ、弱者や年長者を大事にすることを教えられる。そのような教えを学ばない者は、どんなに勉強ができたとしても、すぐにそのことを後悔させられるはめになる。

結局のところ、テキサスに共通するものはひとつしかない。礼儀正しさや公明正大さをあからさまに軽視する風潮は、ほかの州では顕著になりつつあるかもしれないが、テキサスはちがう。そのようなきざしはないし、これからもないだろう。偽善ではないのかって？　それはあるかもしれない。たしかにそのとおりだと思う者もいるだろう。だが、そう思っている者がじつはろくでもない人間だとしたら、そういった言説をおおっぴらにするのは控えたほうがいい。

アメリカの都市のなかには、通りに無法者があふれているところがある。善人ぶった者に甘やかされて育った者は、大目玉を食わされないと性根がなおることはない。彼らはサディスティックな悪党であり、義務には鈍感なのに、特権には情けないくらい敏感に反応する。汚れ仕事や重労働の恩恵に日々あずかっていることにはなんの興味も示さない。要求するばかりで、自分はなんの貢献もしない。するとしたら、血の気の多いろくでなしの子孫をつくることぐらいで、扶養の負担は品行方正な有徳の市民に押しつけられる。

そういった卑劣な無法者どもは、アメリカの都市の通りを闊歩し、無害な市民に襲いかかり、強盗や傷害や殺人事件を起こす。そういったことをしても、逃げおおせるとたかをくくっている。百人のひとが見ていても、誰も割ってはいろうとはしないと思っている。

それはそれとして仕方のないことだ。だが、そのような恥ずべき光景はテキサスでは見られない。テキサス人なら、十数人のチンピラどもが善良な市民を足蹴にして殺すのを黙って見ていたりしない。

テキサス人なら、九歳でも、十九歳でも、九十歳でも、金持ちでも貧乏人でも、保守でもリベラルでも、たとえこっちがひとりで相手が百人であっても、女性がレイプされているときに素知らぬ顔をしている者はいない。

――ダラスで、三十分の飛行機の乗り継ぎ時間があった。ミッチは少し遅れることをレッドに伝えるために電話ボックスに入った。だが、ホテルの部屋の電話に応答はなく、しばらくして係の者が電話に出て、レッドは数分前に空港に向かったと教えてくれた。

なるほど。交通事情を考えたら納得がいく。ミッチはそこから立ち去りかけたが、途中で振り向いて、ダウニングに電話をかけた。

礼は尽くさなければならない。昨日は厄介な身の上話を聞いてもらったわけだから、この日い い結果が出たことを報告するのは義務だ。

電話の向こうからダウニングの声が聞こえると、ミッチは言った。「これからゲントに向かうところだ。エクスからの知らせは素晴らしいものだったと伝えておこうと思ってね」

ひとしきり沈黙があった。それから、くすっと笑う声が聞こえた。

「詩だな。授業はさぼってばかりだったが、その詩は覚えている。吉報をもたらした者には、ワインがふるまわれたんだったな」

ミッチは笑った。「知ってるとは思わなかったよ。ありがとう、フランク。でも、今夜は付きあえない。いま飛行機の乗り継ぎ中なんだ」

ダウニングはため息をつき、今度は自分が詩を送るといった。「〝われここに悲嘆にくれて座す〟」

ミッチは笑った。詩ではなく、便所の落書きの決まり文句だ。「それで？　どういう意味なんだ、フランク」

「柄にもないことだが、おまえのために一肌脱いでやろうと思ってな。それで、その結果なんだが――聞くまえに気を引きしめたほうがいい」

ミッチは言われたとおりにした。

だが、それはなんの役にも立たなかった。

ミッチは受話器を耳から離して、それを見つめ、しばらくしてからまた耳にあてた。感情の昂りのせいで喉が詰まり、声が出てこない。

首を何度も何度も振って、ようやく声を絞りだすことができた。「フランク……どうしてひとこと言ってくれなかったんだ。ガラガラ蛇だって嚙みつくまえに音を鳴らすんだぞ」

「すまん。おまえを助けようと思って……」

ぶん殴れるものならぶん殴ってやりたい。「おれを助ける？　どうやって？　女を殴る蹴るして？　毛むくじゃらの蛮人だって、その十倍はましなことをするはずだ。いったいあんたは何者なんだ。人間か、ラバか。返事はいらん！」

「よかったよ。格上げされて。さっきはガラガラ蛇だったからな」

「ふざけるな、フランク！」ミッチはほとんど叫んでいた。「この始末をどうつけるつもりだ。おれが荒っぽいやり方を好まないことは知ってるはずだ。そういうやり方をつねに避けてきたことも知ってるはずだ。おれには考える頭がある。それを使うべきだと思ってる。どうして放っておいてくれなかったんだ。自分の問題は自分のやり方で片をつける。なのに、どうしてあんたは――」

「ミッチ、こっちへ来て、わしを撃ち殺せ。いつでもいい。予約は必要ない」

「槍を用意しておく。あんたのような男には槍がお似あいだ。来週そっちへ行く」

ミッチは受話器を叩きつけた。

力まかせに電話ボックスのドアを閉め、鼻息を荒らげて数歩行ったところで思いなおした。そして電話ボックスに戻り、もう一度ダウニングに電話をかけた。ダウニングは自分を助けようとしてくれたのだ。そして、謝ったのだ。としたら、それを受けいれるしかない。それに、ひとつ訊いておかねばならないことが――

「悪かった、フランク。ついかっとなってしまって。フランキーとジョニーのことだが――あのふたりはテディを間違いなくビビらせたんだろうな」

「ああ」ダウニングは悔やむように、だがきっぱりと言った。「あのふたりは完璧に仕事をする。あのふたりに命じられたら、テディはショッピングカートを路面電車につくりかえることだってするはずだ」

「やれやれ」ミッチはため息をついた。「じゃ、どうしてあのふたりは金を自分たちの懐に入れなかったんだ」

「それは盗みになる。そんなことをしたら、わしにばれるってことくらい、ふたりともよくわかっているはずだ」

「なるほど。そりゃそうだろうな」

「そんなに悪いことばかりじゃないはずだ。これでテディと離婚でき、二度と顔をあわせなくてもいいようになったんだから。それはそれでありがたいことじゃないか」

たしかにそうだ。でも、レッドを失うことになるとしたら、なんの意味もない。それは昨日が今日でないのと同様にたしかなことだ。ダウニングは言った。おまえはレッドを見損なっている。おまえに心底惚れてるんだ。笑って許してくれるかもしれない。それは昨日と今日が同じだというようなものだ、とミッチは答えた。そして、そのみじめな言葉で会話を終えた。

飛行機はダラス空港から飛びたったかと思うと、次の瞬間にはヒューストン空港への着陸態勢に入っていた。ミッチはシートベルトを締め、暗く絶望的な問題に思案をめぐらせた。レッドにはまだ愛想を尽かされていない。でなければ、電話でその旨を言い渡していただろう。もちろん、言うべきことは面と向かって言ったほうがいいと考えている可能性もなくはない。としたら……

知りあってからの数年間に、レッドは何度同じ言葉を口にしたか。「嘘をつかないでね。絶対よ。絶対に嘘をつかないでね」貸し金庫のなかにあるはずの金について嘘をつかれたと思ったときのレッドの態度はどうだったか。氷のような冷たさで、決して態度を軟化させたり、言いくるめられたりしなかった。ごく些細なことで怒ることもあった。たとえば、きついことを言ったり、心ない言葉を口にしたときとか。いったん怒りに火がついたら、一日以上おさまることはない。けれども、たいていの場合、その責任は自分にある。

これまでレッドには多くの嘘をついてきた。嘘をつき、それを取り繕うために嘘を重ねた。多くの約束もした。約束を果たす機会はおそらくないとわかっていたにもかかわらず。そういえば、

「だったらいいわ。ほかのひとと結婚していないのなら。わたしたちは結婚しているのと同じだから。何も恥じることはない。でも、嘘をついちゃ駄目。聞いてる？　もし嘘をついたら——」

こんなことも——

ミッチは飛行機を降り、空港ビルの階段をあがった。待合室に入ったとき、自分の名前を呼ぶ構内アナウンスが聞こえた。一瞬その場に立ちつくし、それから、むかつくような恐怖を胸にインフォメーション・デスクへ向かった。

伝言はレッドからだった。内容はなんということもないものだった——ミス・コーリーが駐車場でお待ちです。

ミッチは荷物を受けとって、駐車場へ向かった。

レッドは車の横で待っていた。黒のセミフォーマル・ドレス、丈は短く、襟ぐりは深い。白く長い手袋。白いミンクのストールを肩にかけ、メッシュの小さなバッグを持っている。

ミッチはその少し手前で立ちどまった。レッドのこわばった表情を見ると、なんと言えばいいかわからなくなった。それで、とりあえずその身体を抱き寄せようとした。

レッドはさっと後ずさりした。「やめて。せっかくの身繕いが……」

「レッド、聞いてくれ。おれは——」

レッドはいらだたしげに頭を後ろにそらした。「やめてちょうだい。いま話をしている時間はないわ」

「ゼアースデールのパーティーのことかい。こんな状態で行くことはできないよ」

「いいえ、行くのよ。行くと約束したんだから、行かなきゃ。約束を破ったら、あのひとは――」レッドは言葉を途切らせ、顔をそむけた。「とにかく、すっぽかすことはできないわ、ミッチ」

レッドは車のドアをあけて、乗りこんだ。ドレスの裾がずりあがっている。ミッチは荷物をトランクに入れ、ハンドルの後ろに身体を滑りこませた。いまここでどんな手を打てばいいかはわからない。そもそも打つ手があるのかどうかもわからない。わかっているのは、いま自分がしていることはどう考えてもおかしいということだ。本当なら、レッドの言いなりになるのでなく、自分が主導権をとるべきところなのに。これからどんな修羅場が待ちかまえているかわからないときに、レッドをパーティーに連れていくなんて。

レッドの膝の上には小さなメッシュのバッグがのっている。ミッチはそこに手をのばしかけたが、レッドはバッグをつかんで渡さなかった。

「駄目！　触らないで！」

「どうして？　おれのポケットに入れておいてやろうと思っただけなのに」

「そんなことをしなくたっていい。自分で持ってるから」

「わかったよ」ミッチはすぐに引きさがった。べつにどうということはない。レッドがバッグを自分で持っていたい気持ちはわからないでもない。

ミッチは車を出し、駐車場からまっすぐゼアースデールの屋敷に向かった。その間、どちらも何もしゃべらなかったが、レッドのほうは何度か話しかけたそうな素振りをみせた。ときどきこっちを盗み見るのがわかったし、何か言おうとするのを思いとどまるような息づかいも聞こえた。だが、助け舟を出してやることはできなかったし、そのつもりもなかった。それがどんな結果をもたらすかもわかっていた。それで結局レッドもずっと沈黙を守りつづけた。

ゼアースデール邸の私道へ入ったとき、ミッチはもうどうでもいいという気持ちになり、何も感じなくなっていた。ただその頭から戸惑いが消えることはなかった。

なぜレッドはこんなことをするのか。こんなときにパーティーに連れていけとはいったいどういう料簡なのか。

車をとめ、レッドが降りるときには手を貸した。玄関前の階段をあがるときには、レッドとのあいだに少し距離ができていた。その唇にはいらだたしげな小さな笑みが浮かび、頬は紅潮していた。

ゼアースデールは以前訪ねた夜と同様みずから戸口で出迎えてくれた。愛想よく話しかけながら、ふたりを小ぶりの応接室に案内し、飲み物をすすめた。レッドはわずかに眉を寄せて首を振った。

「いまはけっこうよ。ありがとう。わたしたちが最初なの?」

「最初?」

「最初の客という意味だよ」ミッチもわずかに眉を寄せて言った。「ほかには誰もいないようだが」

ゼアースデールはどこかに何人かいるとさらりと受け流した。「広い家ですからね。あなたはどうです。何かお飲みになりますか」

「いいや、けっこう。飲むのなら、みんなといっしょに」

「何かお飲みになったほうがいいのでは」ゼアースデールは言ったが、ミッチはやはり応じなかった。「では、こちらに来ていただきましょう。お見せしたいものがあるんです」

部屋を出るとき、ゼアースデールはなぜかふたりのあいだに割ってはいった。応接室より少し広い部屋に入ったときも、まだふたりのあいだに立っていた。部屋のまんなかあたりにスタンドにかけられたスクリーンがあり、ドアの近くに大きな十六ミリの映写機が設置されている。

「そこにおかけください、ミスター・コーリー」ゼアースデールは指さした。「そう、その椅子です。それから、あなた――レッドと呼んでいいでしょうか。あなたはここへ、ミス・レッド。ほかのお客さまはすでにご覧になっています。ですから――さあ、かけてください、ミスター・コーリー」

「いいや、お断りする、ゼアースデール。これ以上ここにいるつもりもない。おれは帰る。レッドといっしょに。引きとめようとしても無駄だ」

部屋に沈黙が垂れこめた。ゼアースデールの顔は快活さと怒りのあいだで凍りついている。一瞬、それが馬鹿面に見えたのは、こういった状況にどう対応すればいいかわからなかったからだろう。

ミッチは心のなかで毒づいた。

クラップスのテーブルの上の鏡張りの天井。ゲームの最中に頭上からとつぜん聞こえた物音。

そして今日。ギッジ・ロードへの威圧的な弁舌。金の力を笠に着て、自分たちをこの〝パーティー〟に呼び寄せたこと。

いったい何を間違えたのか。どうしてレッドをこんな罠に引っぱりこんでしまったのか。レッド。小さくて、無力なレッド。いまは大きなラウンジチェアになかば隠されてしまっている。あらためて見てみると、その腹づもりの証しである闇雲な怒りはもうどこにもない。いまここでいちばん大事なのは、レッドをこの家から無事に連れだすことだ。

ミッチは微笑みかけ、優しく話しかけた。「何も心配することはない、ハニー。行こう」

レッドは弱々しく微笑みかえした。そして、立ちあがろうとしたとき、ゼアースデールの大きな手に肩を押さえられ、またラウンジチェアにすわらされた。

「ここにいてください。ふたりとも」

「ゼアースデール」ミッチは前に進みでた。「あんたは間違っている」

ゼアースデールはその場に立ったままだった。レッドが小さな叫び声をあげた。警告の叫び声だ。ミッチは振り向こうとしたが、そのまえに首筋を拳でどやされ、腎臓に全身が燃えあがるようなパンチを見舞われた。そして、後ろに引っぱられて、背骨が音を立てるほどの力で椅子に叩きつけられた。

三人の男が見おろしている。若く、屈強で、腕力を売りにしているタイプの男たちだ。ビリヤードのチョークと、めったに風呂に入らない身体の臭いがする。知りあいの知りあいの知りあいをたどっていけば、この手のやからは一人あたり二百ドルでいつでも雇うことができる。でも、そうしたいのなら、急いだほうがいい。彼らの喉もとには大鎌の刃が近づきつつある。

三人のうちのひとり、少なくともひとりは死刑囚監房にぶちこまれる。第一候補は小さい頭に寄り目の男だ。二人目の男は？　そうだな。この男には百倍返しで、頭をカチ割り（どうせ頭を使うことはないだろう）、死体を暗い路地に運び、そこに脳みそを撒き散らしてやる。三人目の男（美形のヤサ男）は五ドルをけちって医者にかからなかった報いを受けるだろう。こちらも種類はちがうが脳をやられる口だ。近寄って、すぐ先の未来を覗いてみればいい。ズボンをさげると、パンツに赤い染みがついていることがわかる。エボナイトの皮下注射器には特効薬が入っている（どこの公衆便所にも広告が出ている）。プランジャーが押され、薬剤が大脳に届くと、甲高い悲鳴があがる。肝臓のようなものが床に落ちる。舌だ。連中はよく自分の舌を半分に嚙み切る。半分の舌でもないよりはましだ。ちがうか。あっはっは。いずれにせよ、自分の血の海のなかで死にかけている者に舌は必要ない。

――ゼアースデールの手振りによる合図で、三人の男はミッチから離れ、次の合図に備えた。レッドはもう怯えていなかった。すまなそうに笑うゼアースデールに向けた目は氷のように冷たい。

「さっきは手荒な真似をしてすまなかった、ミス・レッド。お見せようとしたフィルムなんだが、やはり見ておくべきだと思う。どうしても見たくないというなら――」

「見る必要はない」ミッチは言った。「いいかい、レッド。それは先日おれたちふたりでやったゲームを撮影したものだ。ゼアースデールはそのゲームのなかで何かおかしなことがあったんじゃないかと思っているらしい」

「いまもそう思ってるってこと？　だから、何をどうしようとしてるの？」

ゼアースデールはレッドの声の調子にあきらかに気分を害しながらも、なんとか苦労して父親のような笑みを取り繕った。「あなたの気持ちはよくわかる。あなたはわたし以上の被害者です。もちろん、あなたがミッチの妹じゃないってことはわかっています」

「なるほど。あなたはわたしが妹じゃないってことを知っている。だからどうだっていうの」

「やれやれ」ゼアースデールはしかつめらしく首を振った。「あなたは彼と結婚できると思ってたんでしょ。そういう約束をしていたんでしょ。あなたは知らないだろうが、彼はすでに結婚しているんです。調べるのは大変でしたが――」

「なぜ？」

「なぜ？　それは、ええっと――」

「なぜなの？　誰がそんなこと頼んだの。あんたにどんな関係があるというの。あんたはいったい何さまのつもりなの」

「神さまのつもりらしい」ミッチは言った。「自分でそう言ってた」

ゼアースデールは怒りで顔を真っ赤にし、口を慎めと言った。レッドはそっちこそ口を慎みなさいと言いかえした。

「冗談じゃないわ、糞ったれ。あんたに言われなくても、ミッチが結婚してることは知ってるわよ。離婚しようとしていることもね。そうしたら、わたしたち、結婚するのよ。そうでしょ、ダーリン」そして、レッドはミッチにまぶしいほどの笑みを投げかけた。「そのことを知ったときには、頭にきて殺してやろうと思ったわ。今夜、空港に行ったときは、本当に殺すつもりだった。でも、飛行機の到着が遅れたので、不安になってきたの。何かあったんじゃないかと思って。だから――だから――」

レッドは目に涙をためてゼアースデールのほうに向きなおった。

「あなたにミッチのことをとやかく言われる筋合いはない。わたしと出会ったときには、離婚が成立しているとミッチは思ってたのよ。そうでないとわかったときに、そのことを言えなかったのは、わたしが傷つくと思ったから。わたしを愛していて、わたしを守りたいと思ったからよ。それに、それに――いいえ、なんでもない。気にしないで。あんたには関係のないことだから。わかった、このすっとこどっこい！」

それでレッドは口を閉ざし、鼻をすすった。ミッチは深く息を吸いこみ、両手でレッドを抱きしめたい衝動を抑えた。これですべてが腑に落ちた。レッドはなぜあんなに気を張っていたのか。なぜあんなに気まずげだったのか。なぜふたりきりになるのでなく、あいだにほかの人間を置こうとしたのか。ふたりの関係が危機に瀕したとき、レッドは大人としての新たな心の持ち方ができるようになったにちがいない。それは自分でも予期しえなかったことで、慣れるまでに時間が必要だったということだろう。さらには――

「どうやらあなたを見損なっていたようだ」ゼアースデールは顔をしかめて言った。「あなたはミスター・コーリーと同じくらいゲスな人間らしい」

「うるさい！　黙れ！」

「たしかにゲスだ」ゼアースデールは苦々しげにうなずいた。「そんなだから困った目に――やめろ、コーリー。ひとが話しているときに指を鳴らすな」

「火がほしいんだ」ミッチは煙草を上にあげてみせた。「手下のひとりに命じてくれ」

ゼアースデールが合図をすると、男のひとりが火をさしだした。

ミッチは手首をつかんで引っぱり、その男の身体を後ろ向きに転がした。と同時に、椅子を蹴って引っくりかえし、もうひとりの男に向かって足を突きだした。

それで、先の男ともつれあうようにして床に倒れた。三人目の男が殴りかかってくると、その腕の下に潜りこみ、強烈な頭突きを食わせた。何かが砕ける音がし、男は顎を鼻の下までめりこませて、どさっと床に崩れ落ちた。そのときには、倒れていたふたりが立ちあがり、血走った目でよろけながら向かってきていた。ミッチはふたりのあいだに進みでて、いきなり両腕をのばした。その腕をふたりの首に巻きつけ、締めあげ、引っぱり寄せる。頭と頭が激しくぶつかり、ふらついたところを、下から足を蹴りあげると、ふたりは床にへたりこんだ。

「ミッチ、これを！」レッドが小さな拳銃をさしだしている。ミッチを撃とうと思って持っていたものだろう。

ミッチはそれを受け取り、銃口をゼアースデールに向けた。「よかろう。あんたはおれにだまされたと思っている。おれにカモられたと信じている。弁解の余地などどこにもないというわけだ。それで、チンピラどもをここに連れてきて、おれたちをこらしめようとした。でも、どうしてなんだ。どうしておれにだまされたと思ったんだ」

ゼアースデールは叩きのめされた三人の男を見つめた。ミッチのほうに向きなおったとき、その落ちくぼんだ目には好奇の色が宿っていた。

「どこでそんな荒わざを学んだんだね、コーリー。きみにこんなことができるとは思っていなかったよ」

「おおよそはホテルのロッカールームで。いっときベルボーイをしていたことがあるんだよ」

「それは面白い。さぞ優秀なベルボーイだったんだろうな」

ミッチはまた怒りがぶりかえすのを感じた。さっきはあんなに無体な真似をしておきながら、いまはおしゃべりをしたがっている。

「話を元に戻そう。あんたはおれをいかさま師だと言う。でも、おれが勝つのは実力があるからだ。おれはそれだけの力を持っている。訓練と経験によって得られた力だ。誰だって、成功するためには他人より勝るものを持ってなきゃならない。あんただって持っている。ビジネスの世界でも、勝てる見こみなしに勝負に打ってでることはないはずだ」

ゼアースデールはまだ男たちを見ている。「何を言ってるんだ。きみはプロのギャンブラーだ。思いどおりにサイコロの目を出すことができる」

「思いどおりに？　いつも？　だったら、あの夜、どうしておれはあんたに負けたんだ」

「最後にはきみが勝った」

「でも、いったんは負けた。負けてすっからかんになった。だから、おれはおやすみの挨拶をして、立ち去ろうとした。ゲームに負けたときは、いつもそうしている。なのに、あんたはそうさせなかった。無理やりおれに借金をさせて、ゲームを続けさせた。そうだろ。ちがうか。いったんはあんたが勝った。だが、そこでやめなかったのは、あんた以外の誰の責任でもない」

ゼアースデールはゆっくり唇を嘗めた。「そうだろうか。きみはわたしをだました。きみはわざと負けたんじゃないのかね」

「馬鹿馬鹿しい。おれは勝つために全力を尽くしている。そこのフィルムをみればわかるはずだ。どうしておれがわざと負ける必要がある？　次のゲームで大勝ちするため？　でも、どうして次のゲームがあるとわかるんだ。その確率がどれだけあるというんだ。だったら、最初から負けなきゃいいじゃないか」

ミッチは眉を寄せて待った。

ゼアースデールは肩をすくめた。「どんなふうに言われようと、わたしはいまこの点についてきみと議論できるような立場にない」

「どうして」ミッチは言い、それから拳銃に目をやった。「これのせいか？　だったら、問題は何もない」前に進みでて、拳銃を手渡し、また後ろへさがった。「さあ、好きなだけ反論すればいい。それとも、そのまえに、チンピラどもにおれを襲わせるか」

ゼアースデールは呆気にとられたような顔をしていた。少しためらったあと、三人にうなずきかけた。「いいぞ。もう用はない」

三人は用心深くミッチから目を離さずにドアのほうに向かった。

ゼアースデールは困惑のていで首を振った。「コーリー……ミスター・コーリー。なんと言えばいいかよくわからない。ひとを見誤ることはめったにないんだが——」

「なんと言えばいいかわからないのなら、何も言わないほうがいい。黙っておれの話を聞いていればいい。そうしたら、何か学べるかもしれない」

ゼアースデールはうなずいた。「かもしれない。話してみるがいい」

「わかった。あんたはおれが優秀なベルボーイだったと思っている。実際はそうじゃない。世の若者のつねとして、求めるものは多かったが、それを得るために努力しようとは思わなかった。だからサイコロを振りはじめた。簡単に大金を稼げると思って。やっているうちに、サイコロの腕は自然にあがっていくと思っていた。どんなことでもうまくなるのは簡単なことじゃないとわかったときには、もう抜けだせなくなっていた」

だが、もちろんサイコロの腕があがるだけでは充分ではない。もっと上の段階へ行きたかったら、見識を広め、本を読み、自分を磨かなければならない。しかるべき人生観を持ち、他人と接触する際の品位と呼ばれるものを身につけなければならない。それは言葉で説明できないものであり、模倣することもできないものだ。そういったことをすべて身につける必要がある。そうしないと、一流のサイコロ賭博師になることはできない。

「あんたはひとつ大事なことを忘れている、ゼアースデール。努力せずに目的を達成できる人間はいないってことだ。努力をしないでおれと同じように勝てるとしたら、かならず裏に何かある。そんな人間があんたを負かしたとすれば、そいつはいかさまをしているということになる。たしかにおれは素人じゃない。でも、いかさまなどしない。おれはあんたが対戦した誰よりもまっとうなギャンブラーだ。おれがゲームに勝つのは、プロ野球の投手が十球のうち九つストライクをとるのと同じだ。あるいは、射撃の名手が正確に的を射つづけるのと同じだ。なんなら、サイコロ以外で勝負してもかまわない。たとえば質疑応答ゲームとか。どの分野にするかはあんたが決めればいい。あるいはポーカー。カードはあんたが配ればいい。ゴルフなら、おれのクラブをあんたに貸そう。マッチ棒遊びでも、ビー玉遊びでもかまわない。とにかく、おれはあんたをこてんぱんに打ち負かす。そうしたら、あんたは長いことまっとうな人間と出会っていないから、一も二もなくそれをいかさまだと決めつけ、大騒ぎをする」

レッドが我が意を得たりと手を叩いた。ゼアースデールは苦虫を嚙みつぶしたような顔をして、もじもじと身体を動かしている。こんなふうに言われるのには慣れていない。それを真に受ける必要もない。もちろん誇り高い人間は好きだ。誇りと反骨精神を持ち、歯に衣を着せずにずけずけものを言う人間に悪感情は持っていない。しかし――

分厚い唇がねじれ、苦笑いになった。それから、ゼアースデールは頭をのけぞらせて笑いはじめた。目に涙が浮かぶまで笑った。大きな音を立てて鼻をかんだあと、ようやく冷静さをとりもどした。

「その言葉、肝に銘じておくよ、コーリー。これから先どんなことがあっても――」このとき、自分が拳銃を手に持っていることに気づいたみたいだった。「困ったな。これをどうしたらいいものやら。とりあえず、きみにかえしておこう」

「あんたが持っておいてくれ」ミッチは言った。「そんなものは必要ない。おれもレッドも」

「わたしだって。まあいい。では、こちらで処分しておく」

ゼアースデールはちょっと失礼すると言って部屋から出ていった。戻ってきたときには、拳銃は持たず、キャスターつきのワゴンを押していた。

「いかがです、一杯。ことによると二杯になるかもしれないが。あなたは何にしますか、ミス・レッド」

レッドは目を尖らせている。「何もいらない。あんたが謝るのが先よ」

「そりゃそうだね。謝ります」

「〝心の底から〟を付けて。本当にすまないと思ってるのなら、そう言わなきゃ」

ゼアースデールは身をよじり、ミッチにすがるような目を向けた。ミッチは降参したほうがいいと言った。言われたとおりにしなければ、決して許してもらえないだろう。それで、ゼアースデールは心の底から謝るとずいぶんな早口で言った。

「よろしい」レッドは言って、とっておきの笑みを浮かべた。ゼアースデールの身体の奥に浸みこんで、心臓を優しく撫でるような笑みだ。「知りあいになれば、そんなに悪い人間じゃないかもしれないわね」

「誰のことを言ってるんだい」ミッチは言った。

「まあいいじゃないですか」ゼアースデールは言った。

そして、みんなで一杯やった。

ことによると二杯になるかも……

解説

円熟の境地をのぞかせるパルプ・フィクション

三橋暁（コラムニスト）

五年前に『天国の南』から始まった文遊社のジム・トンプスン作品集（そういう叢書名はないが、仮にそう呼ばせてもらう）も、『テキサスのふたり』で遂に十作を数える。

本作もまた、既刊の九作と同様に本邦初訳で、作者が生前に上梓した二十九の長編のうち、これで四分の三が日本語で読めるようになったことになる。翻訳されたのは映画公開時に原作として紹介された『ゲッタウェイ』（邦訳一九七三年）ただ一作という、『内なる殺人者』（邦訳一九九〇年）が登場するまでの長い不遇を思えば、まさに隔世の感がある。

『テキサスのふたり』は、原題を *Texas by the Tail* といい、一九六五年、ニューヨークの出版社フォーセットの傘下で、ジョン・D・マクドナルドやデイヴィッド・グーディスらの犯罪小説でおなじみの〈ゴールド・メダル・ブックス〉の一冊として刊行された。トンプスンの作品の大半がそうであるように、本作もまたペーパーバック・オリジナルだが、この原題はやや意味が取りづらいかもしれない。

本作の舞台となるテキサスは、ご存じのように牛の放牧業が有名だが、牛はその尻尾を握ることでコントロールし易くなると言われることから、すべてがうまく行くことを含意する have the world by the tail との俗語があるという。一方、by the tail には、have a bear by the tail のように絶体絶命を意味する使い方もあるようで、待ちうける前途は多難だが、それに立ち向かっていく主人公ら男女を描いた作品であることを考えれば、なるほど納得がいく。

アウトサイダーのカップルといえば、誰もが思い浮かべるのは、禁酒法と大不況の時代だった一九二〇〜三〇年代に、アメリカ中南西部を荒らし回ったボニー・パーカーとクライド・バロウだろう。二人の出会いから死までを描いたアーサー・ペン監督の「俺たちに明日はない」（1967）はあまりに有名だが、さらに時代を下ると「ハネムーン・キラーズ」（1970）をはじめ、繰り返し映画にもなってきた結婚詐欺と殺人で悪名を馳せたマーサ・ベックとレイモンド・フェルナンデスの二人もいた。

実話ではないが、ジム・トンプスンも『ゲッタウェイ』（一九五九年）で強盗を繰り返しながら逃走するカップルを描いている。一九七二年に、スティーブ・マックイーン、アリ・マッグロー主演で映画化され大ヒットしたが、原作に惚れ込んだ監督のサム・ペキンパーからの依頼でトンプスンが執筆した脚本はマックイーンの意に沿わず、降板の憂き目に遭ったという。

ハリウッドではこの手の降板劇など珍しくもないが、『ゲッタウェイ』は一九九四年にもアレック・ボールドウィンとキム・ベイシンガーで再び映画化されている。「ボウイ&キーチ」（1974）、「サムシング・ワイルド」（1986）、「ワイルド・アット・ハート」（1990）、

「トゥルー・ロマンス」（1993）、「ナチュラル・ボーン・キラーズ」（1994）と続いていく逃げるカップルを描く犯罪映画の系譜に、トンプスンの原作が大きく寄与していることは想像に難くない。

さて、この『テキサスのふたり』の主人公カップル、ミッチとレッドも、物語冒頭で夜行列車に飛び乗り、逃げるように州北部の町フォートワースを後にする。石油掘削業者や畜牛のバイヤーらをクラップスでカモったばかりの二人が、寝台車両で痴話喧嘩をしながら向かう先は、テキサス一の大都会ヒューストンだ。連れのレッドにはしばしの骨休めと息子のサムを寄宿学校に訪ねるためと言い含めるが、実は何かと出費がかさむことから、ミッチは苦しい台所事情をなんとかしなければならない状況に追い込まれてもいた。

物語の前半は、ミッチ・コーリーというサイコロ賭博師の来し方と、ヒューストンに着いた彼が厄介な事態に巻き込まれていくという、過去と現在が交互に語られる。昔馴染みが副支配人を務めるホテルに長逗留を決め込むと、ミッチはかつての仲間たちとの旧交を温めつつ、金策のために悪辣な銀行員や大企業を率いる地元の顔役、放埒な大富豪らと渡り合っていくが、それと並行して幼き日を回想し、自身の育ってきた昔日をふり返るのだ。

既訳作の中では、『バッドボーイ』（一九五三年）や『漂泊者』（一九五四年）が自伝的要素の強い作品と言われるが、本作もその流れをくんでいる。『ドライヴ』などの犯罪小説の実作者として知られ、優れた論客でもあるジェームズ・サリスは、「ジム・トンプスンのゆがんだ鏡」(『ジム・トンプスン最強読本』所収)という論考で作者の少年時代に触れ、「学校の成績は悪く、しばしば問題を起こし、もっとしばしば欠席していた」と記している。

買収した同級生に代筆させたレポートで卒業できたという挿話もまた、少年時代のミッチのものとして通用しそうだが、やはりサリスが挙げる若き日のトンプスンの職歴の一つにギャンブラーがあることが、ミッチが作者の分身であることを強く意識させる。コーリー家の父親のいかにも怪しげな生業や、両親の間の不協和音、やがて待ちうける一家離散の運命などに作者の辿った幼き日が見え隠れするが、学校をさぼって補導されたミッチに対する父親の説教が、逆に遊びだった賭け事に対する少年の興味に火をつける顚末は、主人公の人生を決定づける重要なエピソードとしてとりわけ印象的だ。

一方、ミッチの相棒であり、将来を誓い合った仲であるレッドこと赤毛のハリエットとの関係については、なれそめのエピソードが第四章にある。遡ること六年前、貧しい実家に仕送りをするために家を出た十九歳の彼女は、メンフィスへと向かう列車の中で、酒浸りのアシスタントを馘にしたばかりのミッチと隣り合わせになった。娘の人懐こさにも惹かれ、仕事を手伝わないかと口説くミッチに対し、警戒心を抱きながらもレッドはその誘いに乗る。互いが公私にわたる人生のパートナーとなる瞬間が章の末尾だ。

ところで、ミッチが腕を磨き、飯のたねとしてきた〝クラップス〟は、サイコロ賭博の一つで、映画ファンなら「オーシャンズ13」（2007）のダイスにイカサマを仕込むくだりや、「アイアンマン」（2008）にあったラスヴェガスのシーザーズ・パレスのシーンを思い浮かべるかもしれない。アメリカのカジノで人気の高いゲームの一つだが、一説によれば起源は中世のヨーロッパで、十字軍遠征で兵士たちが興じた暇潰しの遊びが発祥とも伝えられる。同時に二つのダイスを投げ、勝敗はその出目の合計（但し、その多寡ではない）で決せられる。

一対一《サシ》の勝負と胴元がいるカジノで遊ぶのではルールが異なるし、賭け方にもバリエーションがあるが、パスラインと呼ばれる基本的な例で説明すれば、投げ手《シューター》が一投目《カムアウトロール》で7か11（勝ち《ウイン》の目）、又は2・3・12（負け《クラップス》の目）を出せば、そこで勝負は結着する。しかしそれ以外（4・5・6・8・9・10）の場合は、場の目《ポイント》と呼ばれる一投目と同じ目を出して勝つか、7を出して負けるまで勝負は続く。一見複雑だが、実はダイスの出目を当てるだけのシンプルなゲームだ。

数学的にいえば出目によって確率は異なり（7が出る率が最も高い）、そこに駆け引きやギャンブルとしてのスリルが生じる余地もあるが、一般にクラップスは戦略が不要の運のゲームだと言われている。それでも、都合四つの場面で登場する本作のクラップスの勝負で、ミッチが駆け引きを見せ、芝居っけに興じるのは、プロのギャンブラーたる所以だろう。そんな彼の内面を詳らかにする一人称からは、勝負に対する緊張感とそれに屈せぬ冷静なプロフェッショナリズムが伝わってくる。

少年期の思い出や、ホテルのドアマンだった時代に知り合った精神医学博士とのつき合いを通じて、主人公が切り離すことのできない過去を引き摺っていることは読者の前にも明かされていくが、それでも現在を生きようとする主人公にとって、善と悪といった相反する価値観の折り合いをつけることは必然のものなのだろう。犯罪と紙一重の阿漕な生業を営みつつも、自分の在り方には確固たる誇りを持っている主人公の姿勢は、それを物語っている。

自分が頼るべきは手先の技であり、捕まる可能性があるイカサマではない。そんな彼の言葉も、生業に対する自負のあらわれだと思う。かけがえのないレッドを伴い、地元の顔役を前にして堂々と胸を張る終章の一節には、ギャンブラーの矜持が見え隠れする。

文遊社のジム・トンプスン作品集は、これまでも早過ぎたリーガル・スリラーとでもいうべき『犯罪者』（一九五三年）や、アガサ・クリスティーの世界を本歌取りしたとしか思えない『殺意』（一九五七年）で、主な作品はほぼ紹介され尽くしたと思っていたジム・トンプスンの読者に、次々嬉しい驚きをもたらしてきた。そしてこの『テキサスのふたり』もまた、代表作の数々で激烈な読書体験をお持ちの読者を、いい意味で裏切ってくれることは間違いない。

本作のミッチとレッドは、ボニーとクライドのようなお尋ね者でもなければ、『ゲッタウェイ』のドクとキャロルのような犯罪者のカップルとも違う。賭場を渡り歩き、ギャンブル好きの金持ちから大枚を巻き上げては、ひと芝居打って逃亡するという行状は確かに真っ当とは言えないが、二人の関係には血の通う温かさがあり、信頼の情が見て取れるのだ。常軌を逸し、どこか虚ろな法執行官たちや、男ばかりか物語そのものまでを狂気の世界に沈める運命の女《ファムファタール》とは、明らかに異なる世界の住人なのである。

そういう意味で本作は、『内なる殺人者』(一九五二年、別題『おれの中の殺し屋』)や『死ぬほどいい女』(一九五四年)、『ポップ1280』(一九六四年)といった作品で地獄めぐりの一巡を終えた作者が至った悟りの境地とも言えるだろう。また、ジャンル小説を意識して書かれた最初の作品で、あまり言及されることのない犯罪小説の隠れた佳篇『取るに足りない殺人』(一九四九年)の初心に立ち返ったようにも受け取れる。

しかし、そこはこの作者のこと、危険な匂いを孕んだ人物も登場する。この女性の刹那的で破滅型ともいうべき予測のつかない行動の数々は、喉に刺さった魚の小骨のようにミッチを脅かし、苛み続ける。登場人物に破滅の予感と地獄をもたらし、読者の心に不安の種子を蒔くデモーニッシュな人間像の造形にかけては、衰えの気配など微塵もない。

やはり少年時代を過ごしたテキサスを舞台にした晩年の作品に、犯罪映画の香り高き『天国の南』(一九六七年)があるが、それと並び称されるべきパルプ・フィクションの秀作を、どうぞお楽しみください。

訳者略歴

田村義進

1950年、大阪生まれ。金沢大学法文学部中退。日本ユニ・エージェンシー翻訳ワークショップ講師。訳書にジム・トンプスン『殺意』『脱落者』(小社刊)、アガサ・クリスティー『メソポタミヤの殺人』、アビール・ムカジー『阿片窟の死』(早川書房)、スティーヴン・キング『書くことについて』(小学館)など。

テキサスのふたり

2022年6月30日初版第一刷発行

著者 : ジム・トンプスン

訳者 : 田村義進

発行所 : 株式会社文遊社

東京都文京区本郷 4-9-1-402　〒113-0033

TEL: 03-3815-7740　FAX: 03-3815-8716

郵便振替 : 00170-6-173020

装幀 : 黒洲零

印刷・製本 : 中央精版印刷株式会社

乱丁本、落丁本は、お取り替えいたします。

定価は、カバーに表示してあります。

Texas by the Tail by Jim Thompson

Originally published by Fawcett Publications, Inc., 1965

Printed in Japan.　ISBN 978-4-89257-160-2

ジェイコブの部屋

ヴァージニア・ウルフ
出淵 敬子 訳

「わたしが手に入れそこなった何かを彼はもっている――」視線とイメージの断片が織りなす青年ジェイコブの生の時空間。モダニズム文学に歩を進めた長篇重要作。

装幀・黒洲零 ISBN 978-4-89257-137-4

壁の向こうへ続く道

シャーリイ・ジャクスン
渡辺 庸子 訳

サンフランシスコ郊外、周囲と隔絶した住宅地は悪意を静かに胚胎する。やがて壁を貫く道が建設されはじめ――。傑作長篇、待望の本邦初訳。

装幀・黒洲零 ISBN 978-4-89257-138-1

絞首人

シャーリイ・ジャクスン
佐々田 雅子 訳

わたしはここよ――周囲から孤立し、居場所のない少女が、謎めいた少女に導かれて乗る最終バス、彷徨い歩く暗い道。傑作長篇、待望の本邦初訳。

装幀・黒洲零 ISBN 978-4-89257-119-0

草地は緑に輝いて

アンナ・カヴァン
安野玲 訳

破壊を糧に蔓延る、無数の草の刃。氷の嵐、炎に縁取られた塔、雲の海に浮かぶ〈高楼都市《ハイシティ》〉――近未来SFから随想的作品まで珠玉の十三篇を収録した中期傑作短篇集、待望の本邦初訳。

書容設計・羽良多平吉 ISBN 978-4-89257-129-9

われはラザロ

アンナ・カヴァン
細美遙子 訳

強制的な昏睡、恐怖に満ちた記憶、敵機のサーチライト……。ロンドンに轟く爆撃音、そして透徹した悲しみ。アンナ・カヴァンによる二作目の短篇集。全十五篇、待望の本邦初訳。

書容設計・羽良多平吉 ISBN 978-4-89257-105-3

ジュリアとバズーカ

アンナ・カヴァン
千葉薫 訳

「大地をおおい、人間が作り出したあらゆる混乱も醜悪もその穏やかで、厳粛な純白の下に隠してしまったときの雪は何と美しいのだろう――。」カヴァン珠玉の短篇集。解説・青山南

書容設計・羽良多平吉 ISBN 978-4-89257-083-4